探偵《たんてい》チームKZ《カッズ》事件《じけん》ノート

学校《がっこう》の都市《とし》伝説《でんせつ》は知《し》っている

藤本《ふじもと》ひとみ／原作《げんさく》
住滝《すみたき》 良《りょう》／文《ぶん》　駒形《こまがた》／絵《え》

講談社 青い鳥文庫

もくじ

おもな登場人物《とうじょうじんぶつ》

立花《たちばな》 彩《あや》
この物語《ものがたり》の主人公《しゅじんこう》。中学《ちゅうがく》1年生《ねんせい》。高校《こうこう》3年生《ねんせい》の兄《あに》と小学《しょうがく》2年生《ねんせい》の妹《いもうと》がいる。「国語《こくご》のエキスパート」。

黒木《くろき》 貴和《たかかず》
背《せ》が高《たか》くて、大人《おとな》っぽい。女《おんな》の子《こ》に優《やさ》しい王子様《おうじさま》だが、ミステリアスな一面《いちめん》も。「対人関係《たいじんかんけい》のエキスパート」。

上杉《うえすぎ》 和典《かずのり》
知的《ちてき》でクール、ときには厳《きび》しい理論派《りろんは》。数学《すうがく》が得意《とくい》で「数《かず》の上杉《うえすぎ》」とよばれている。

小塚《こづか》 和彦《かずひこ》
おっとりした感《かん》じで優《やさ》しい。社会《しゃかい》と理科《りか》が得意《とくい》で「シャリ(社理《しゃり》)の小塚《こづか》」とよばれている。
若武《わかたけ》 和臣《かずおみ》
サッカーチームKZ《カッズ》のエースストライカーであり、探偵《たんてい》チームKZ《カッズ》のリーダー。目立《めだ》つのが大好《だいす》き。
七鬼《ななき》 忍《しのぶ》
彩《あや》の中学《ちゅうがく》の同級生《どうきゅうせい》。妖怪《ようかい》の血《ち》をひく一族《いちぞく》の末裔《まつえい》。IT《アイティー》の天才《てんさい》で、人工知能《じんこうちのう》の開発《かいはつ》を手《て》がける。
美門《みかど》 翼《たすく》
彩《あや》のクラスにやってきた美貌《びぼう》の転校生《てんこうせい》。鋭《するど》い嗅覚《きゅうかく》の持《も》ち主《ぬし》で、KZ《カッズ》のメンバーに加《くわ》わった。

1　この本《ほん》を、初《はじ》めて読《よ》んでくださる方々《かたがた》へ

初《はじ》めまして、立花彩《たちばなあや》です。

私《わたし》は、中学《ちゅうがく》1年生《ねんせい》で、進学塾《しんがくじゅく》の秀明《しゅうめい》ゼミナールに通《かよ》っています。

その秀明《しゅうめい》の仲間《なかま》で「探偵《たんてい》チームKZ《カッズ》」を結成《けっせい》したのは、小《しょう》6の時《とき》。

ある事件《じけん》に巻《ま》きこまれたことで、それを解決《かいけつ》するために発足《ほっそく》したチームだったのですが、今《いま》では積極的《せっきょくてき》に事件《じけん》を探《さが》して解決《かいけつ》しています。

KZ《カッズ》のメンバーは、全部《ぜんぶ》で7人《にん》。

それぞれが特技《とくぎ》を持《も》っていて、それをフルに発揮《はっき》すると、私《わたし》たち探偵《たんてい》チームKZ《カッズ》は無敵《むてき》なんだ。

リーダーは、若武和臣《わかたけかずおみ》。

サラサラの髪《かみ》で、ちょっとキザで、でも運動神経抜群《うんどうしんけいばつぐん》、そして目立《めだ》ちたがり屋《や》。

特技《とくぎ》は、素晴《すば》らしいリーダーシップと、えっと・・・詐欺師《さぎし》の能力《のうりょく》、かな。

6人《にん》のメンバーは、上杉和典《うえすぎかずのり》、小塚和彦《こづかかずひこ》、黒木貴和《くろきたかかず》、美門翼《みかどたすく》、七鬼忍《なな き しのぶ》、そして私《わたし》。

上杉君《うえすぎくん》は、数学《すうがく》の成績《せいせき》が断《だん》トツだから、「数《かず》の上杉《うえすぎ》」と呼《よ》ばれている。

宇宙《うちゅう》の成《な》り立《た》ちも数式《すうしき》で証明《しょうめい》できるんだって言《い》ってるけど、ほんとかな。

その他《ほか》に、心理学《しんりがく》や病理学《びょうりがく》にも、とても詳《くわ》しいんだ。

小塚君《こづかくん》は、社会《しゃかい》と理科《りか》の知識《ちしき》がすごい。

動植物《どうしょくぶつ》はもちろん、昆虫《こんちゅう》でも、岩石《がんせき》でも、星座《せいざ》でも、つまり自然界《しぜんかい》のあらゆることを知《し》っている。

黒木君《くろきくん》は、女子《じょし》の心《こころ》をとらえる魔術師《まじゅつし》。

あ、男子《だんし》や大人《おとな》ともつながりをキープしてて、その交友関係《こうゆうかんけい》の広《ひろ》さは驚異的《きょういてき》だよ。

翼《たすく》は、誰《だれ》もがうっとりするような完璧《かんぺき》な美貌《びぼう》の持《も》ち主《ぬし》で、頭脳的《ずのうてき》には、万能型《ばんのうがた》の天才《てんさい》。

とりわけすごいのは、どんな匂《にお》いも嗅《か》ぎ分《わ》けられること。

KZ《カッズ》の調査《ちょうさ》には、すごく便利《べんり》。

でも日常生活《にちじょうせいかつ》では、感《かん》じすぎてつらいみたいで、いつもマスクをかけてるんだ。

忍《しのぶ》は、IT《アイティー》関係《かんけい》に強《つよ》くて、どんなアプリも作《つく》れるし、パソコンも自由自在《じゆうじざい》に操《あやつ》るイマドキ少年《しょうねん》。

実家《じっか》は、三重県《みえけん》の伊勢志摩《いせしま》にあって、平安時代《へいあんじだい》から続《つづ》く豪族《ごうぞく》の末裔《まつえい》。

そのせいかどうか、霊感《れいかん》を持《も》ってて、悪霊退治《あくりょうたいじ》もできるんだ。

そして私《わたし》は、国語《こくご》がとても得意《とくい》。

だから探偵《たんてい》チームKZ《カッズ》では、書記《しょき》をしています。

今《いま》まで解決《かいけつ》してきた数々《かずかず》の事件《じけん》は、私《わたし》が全部《ぜんぶ》、事件《じけん》ノートに記録《きろく》してあるんだ。

私《わたし》も含《ふく》めてKZ《カッズ》のメンバーは皆《みな》、個性《こせい》が強《つよ》いから、仲《なか》のいい時《とき》ばかりじゃない。

ケンカも始終《しじゅう》だし、分裂《ぶんれつ》の危機《きき》にさらされることも、よくある。

でも私《わたし》は、このチームが大好《だいす》き。

きっと皆《みんな》も、そうなんだ。

だからケンカしても、いつの間《ま》にか元《もと》に戻《もど》って、また事件《じけん》を追《お》っている。

そんな関係《かんけい》が、私《わたし》は、すごく気《き》に入《い》っています。

いつまでもいつまでもKZ《カッズ》が続《つづ》きますようにって、祈《いの》っている。

ではこれから、探偵《たんてい》チームKZ《カッズ》に起《お》こった、もっとも最近《さいきん》の事件《じけん》について、詳《くわ》しくお話《はな》しします。

読《よ》んでね！

2　さよならを言《い》いにきた

「あ！」

ドキッとして、私《わたし》は立《た》ち止《ど》まった。

あの子《こ》、泣《な》いてた！

それは、金曜日《きんようび》の朝《あさ》のこと。

私《わたし》は自転車《じてんしゃ》を駐輪場《ちゅうりんじょう》に入《い》れ、駅《えき》の階段《かいだん》を上《のぼ》って、改札《かいさつ》に向《む》かって歩《ある》いていた。

階段《かいだん》を上《のぼ》った所《ところ》は、わりと広《ひろ》いスペースになっていて、右手《みぎて》には、いくつかのお店《みせ》、パン屋《や》さんやコーヒー店《てん》やドラッグショップが並《なら》んでいる。

左《ひだり》には鉄道会社《てつどうがいしゃ》が経営《けいえい》する売店《ばいてん》と改札《かいさつ》があって、その向《む》こうに切符《きっぷ》の券売機《けんばいき》と、エレベーターの昇降口《しょうこうぐち》があった。

で、それらの間《あいだ》に、トイレに行《い》く通路《つうろ》があるんだ。

私《わたし》がその間《あいだ》を歩《ある》いていると、トイレから出《で》てきた女《おんな》の子《こ》とすれ違《ちが》った。

私《わたし》と同《おな》じ中《ちゅう》1くらいだった。

特別変《とくべつか》わったところのない、ごく普通《ふつう》の子《こ》だったけれど、その目《め》が真《ま》っ赤《か》で、鼻《はな》のあたりもグズグズしていたから、すぐ泣《な》いてたってわかった。

思《おも》わず足《あし》が止《と》まった、びっくりしたし、かわいそうだったから。

いったい何《なに》があったんだろう。

私《わたし》、力《ちから》になれないかな。

そう思《おも》ったけれど、呼《よ》び止《と》めることができなかった。

全然《ぜんぜん》知《し》らない子《こ》だったし、声《こえ》をかけたら迷惑《めいわく》かもしれないって思《おも》ったんだ。

その子《こ》はそのまま歩《ある》いていき、北口《きたぐち》から階段《かいだん》を降《お》りていった。

北口《きたぐち》の方《ほう》にあるのは、公立《こうりつ》の中学校《ちゅうがっこう》と、私立《しりつ》の英和中学《えいわちゅうがく》だった。

制服《せいふく》をよく見《み》ていなかったから、どちらなのかわからない。

でも気《き》になって、私《わたし》は一日中《いちにちじゅう》、その子《こ》のことを思《おも》い返《かえ》していた。

学校《がっこう》が終《お》わると、いつも通《どお》りに秀明《しゅうめい》に行《い》って、きちんと授業《じゅぎょう》を受《う》けて、いつも通《どお》りに家《いえ》にGO《ゴー》。

まず自分《じぶん》の部屋《へや》に行《い》って秀明《しゅうめい》バッグを置《お》き、手《て》を洗《あら》ってからもう一度《いちど》部屋《へや》に戻《もど》ってバッグからお弁当《べんとう》を出《だ》し、台所《だいどころ》に行《い》って洗《あら》った。

これは、ママとした約束《やくそく》。

私《わたし》は、お弁当《べんとう》を作《つく》ってもらう代《か》わりに、洗《あら》って乾燥機《かんそうき》にかけることになっている。

その後《ご》、お風呂《ふろ》に入《はい》って、部屋《へや》に戻《もど》った。

で、復習《ふくしゅう》と予習《よしゅう》をしようとしていたら、玄関《げんかん》のドアが開《あ》いて、パパが帰《かえ》ってきたんだ。

いつもならパパは、まっすぐ自分《じぶん》の部屋《へや》に行《い》くんだけれど、なぜか階段《かいだん》を上《のぼ》ってきて、私《わたし》の部屋《へや》をノックした。

私《わたし》は、奈子《なこ》の部屋《へや》との間仕切《まじき》りになっているカーテンをめくり、奈子《なこ》がぐっすり眠《ねむ》っているのを確認《かくにん》してからドアを開《あ》けた。

「勉強《べんきょう》の邪魔《じゃま》して、ごめん。」

そう言《い》いながらパパは、道路《どうろ》に面《めん》した窓《まど》の方《ほう》に顔《かお》を向《む》ける。

「外《そと》に、友《とも》だちが来《き》てるよ。」

え？

「パパが今帰《いまかえ》ってきたら、家《いえ》の前《まえ》に、2階《かい》の窓《まど》を見上《みあ》げて立《た》っている子《こ》がいたんだ。声《こえ》をかけたら、若武《わかたけ》といいますって。」

びっくり！

「彩《あや》の友《とも》だちだって言《い》うから、今《いま》、呼《よ》んでくるって返事《へんじ》しておいたんだけど、出《で》る？」

私《わたし》は頷《うなず》き、自分《じぶん》がパジャマを着《き》ていることに気《き》づいて、あわてて着替《きか》えた。

もう面倒《めんどう》で嫌《や》だなって、チラッとだけ思《おも》った。

だってせっかくお風呂《ふろ》に入《はい》ってきれいな体《からだ》でパジャマ着《き》てるのに。

勉強終《べんきょうお》わったら、このまま寝《ね》るつもりだったのに。

ここで普段着《ふだんぎ》を着《き》て、靴《くつ》も履《は》かなくちゃならないとなったら、その後《あと》そのままパジャマを着《き》ることなんてできないから、またお風呂《ふろ》に入《はい》り直《なお》さなきゃならないんだもの、すごく面倒《めんどう》。

でもパジャマのままじゃ若武《わかたけ》に会《あ》えないし、わざわざ訪《たず》ねてきた理由《りゆう》が気《き》になった。

夜《よる》も遅《おそ》いのに、電話《でんわ》じゃなくて直接来《ちょくせつく》るなんて、いったい何《なん》の用事《ようじ》なんだろうと思《おも》って。

しかもピンポンせずに、家《いえ》の前《まえ》に立《た》ってるって、どーして？

玄関《げんかん》を開《あ》けて外《そと》を見《み》ると、フェンスの向《む》こうに、街灯《がいとう》に照《て》らされている若武《わかたけ》の横顔《よこがお》が見《み》えた。

すごく暗《くら》くて思《おも》いつめた感《かん》じで、私《わたし》は胸《むね》を突《つ》かれ、しばらく固《かた》まってしまった。

きっと何《なに》か、一大事《いちだいじ》が起《お》きたんだ！

どーしよう!?

そう思《おも》ったら、何《なん》て言《い》っていいのかわからなかった。

でも、一番大変《いちばんたいへん》なのは若武《わかたけ》なんだから、ここで私《わたし》が動揺《どうよう》していてもしかたがない。

若武《わかたけ》を支《ささ》えてやらないと！

それで急《いそ》いで部屋《へや》を出《で》て、階段《かいだん》を降《お》り玄関《げんかん》を開《あ》けて、力《ちから》を振《ふ》り絞《しぼ》って近《ちか》づいていったんだ。

私《わたし》の足音《あしおと》を聞《き》いて、若武《わかたけ》はこちらを見《み》た。

その顔《かお》は、もういつも通《どお》りだった。

「あ、出《で》てこなくてよかったのに。」

は？

「いや、この辺《へん》、ちょうど通《とお》りかかっただけだからさ。」

え、そうなの。

「そしたら偶然《ぐうぜん》、お父《とう》さんに出会《であ》っちゃって、名前聞《なまえき》かれて、この展開《てんかい》になったんだ。」

もうっ、パパの馬鹿《ばか》！

もっと落《お》ち着《つ》いた対応《たいおう》をしてくれてたら、私《わたし》は着替《きか》えなくてもよかったし、お風呂《ふろ》の入《はい》り直《なお》しもせずにすんだのに。

憤慨《ふんがい》する私《わたし》の前《まえ》で、若武《わかたけ》の顔《かお》にふうっと、さっきの暗《くら》さが戻《もど》ってきた。

睫《まつげ》の長《なが》い、きれいな2つの目《め》にも、影《かげ》が広《ひろ》がる。

私《わたし》はドキリとし、やっぱり何《なに》かあったんだと思《おも》わないわけにはいかなかった。

若武《わかたけ》は、それをごまかしてるんだ。

言《い》いたくないか、あるいは、言《い》えないとか・・・。

こういう時《とき》は、こっちが水《みず》を向《む》けないとダメかも。

私《わたし》は、若武《わかたけ》に関係《かんけい》する情報《じょうほう》を頭《あたま》の中《なか》で整理《せいり》してみた。

その中《なか》で深刻《しんこく》な材料《ざいりょう》といえば、やっぱり膝《ひざ》のことだった。

それについて私《わたし》たちが知《し》らされたのは、「本格《ほんかく》ハロウィンは知《し》っている」の時《とき》。

若武《わかたけ》は膝《ひざ》を痛《いた》め、手術《しゅじゅつ》に踏《ふ》み切《き》ったんだ。

でも手術《しゅじゅつ》の後《あと》、普通《ふつう》にプレーができるようになるまでには時間《じかん》がかかる。

それでサッカーKZ《カッズ》のレギュラーから外《はず》れ、今《いま》は補欠《ほけつ》チームに入《はい》って足《あし》ならしをしているところだった。

当分《とうぶん》、補欠《ほけつ》チームで練習《れんしゅう》して、調子《ちょうし》を上《あ》げてレギュラーに戻《もど》ることになっていた。

ところが若武《わかたけ》がレギュラーに戻《もど》れるかどうかについては、今《いま》、皆《みな》が危《あや》ぶんでいる。

はっきりと、もうだめだって言《い》ってる子《こ》もいた。

若武《わかたけ》は、このまま補欠《ほけつ》から上《あ》がってこられない、潰《つぶ》れるって。

これまでずっとエースストライカーで、不動《ふどう》のトップ下《した》と言《い》われ、チームの中《なか》で一番目立《いちばんめだ》っていた若武《わかたけ》にとって、補欠《ほけつ》チームでいること自体《じたい》がすでにつらいのに、興味本位《きょうみほんい》で注目《ちゅうもく》され、未来《みらい》を否定《ひてい》されるような噂《うわさ》を立《た》てられているのは、相当《そうとう》なストレスに違《ちが》いなかった。

その話《はなし》は、HS《ハッズ》に入《はい》っている翼《たすく》の耳《みみ》にも届《とど》いたらしく、この間《あいだ》、私《わたし》は、翼《たすく》から聞《き》かれたんだ。

＊

「ちょっと話《はなし》があんだけど、」

午前中《ごぜんちゅう》の授業《じゅぎょう》が終《お》わり、昼食時間《ちゅうしょくじかん》になって皆《みな》がお弁当《べんとう》を出《だ》したり、自分《じぶん》の好《す》きな所《ところ》で食《た》べるために移動《いどう》したりし始《はじ》めた時《とき》、翼《たすく》が私《わたし》の机《つくえ》のそばに来《き》た。

「今《いま》、いい？」

翼《たすく》はバスケ部員《ぶいん》だから、お昼《ひる》は部室《ぶしつ》で食《た》べる。

それで、お弁当《べんとう》を入《い》れた袋《ふくろ》を片手《かたて》に持《も》っていた。

翼《たすく》のお弁当袋《べんとうぶくろ》は、チェックの布製《ぬのせい》。

灰色《はいいろ》と赤《あか》、緑《みどり》と黄色《きいろ》、いかにもスコットランドらしい柄《がら》の袋《ふくろ》を5つ持《も》っていて、毎日取《まいにちと》り換《か》えてくるんだ。

女子《じょし》の視線《しせん》はいつも翼《たすく》を追《お》っているから、その袋《ふくろ》も注目《ちゅうもく》を浴《あ》びていて、翼《たすく》5《ファイブ》チェックと呼《よ》ばれている。

今日《きょう》はどのチェックかなって、皆《みな》で予想《よそう》して当《あ》てっこしたり、もし翼《たすく》がそれをくれると言《い》ったらどの袋《ふくろ》がほしいか、なんて熱心《ねっしん》に話《はな》しているのが時々《ときどき》聞《き》こえてきた。

だから私《わたし》は、周《まわ》りの視線《しせん》が気《き》になったんだ。

教室《きょうしつ》にいる女子《じょし》が皆《みな》、こっちを見《み》ている気《き》がして。

でも、だからって、翼《たすく》を無視《むし》したりはしなかったよ。

私《わたし》は以前《いぜん》に、周《まわ》りの目《め》を気《き》にして翼《たすく》に冷《つめ》たくして、すごく後悔《こうかい》したことがある。

友《とも》だちより噂《うわさ》の方《ほう》を大事《だいじ》にするなんて、自分《じぶん》はなんて愚《おろ》かなんだろうって思《おも》ったんだ。

それ以降《いこう》、そういうことはしないように、ちょっとビクビクしながら、でも頑張《がんば》っている。

「あのさ、若武《わかたけ》、膝《ひざ》の手術《しゅじゅつ》しただろ。」

私《わたし》は頷《うなず》く。

「その後《ご》の様子《ようす》、何《なに》か聞《き》いてる？」

いーえ、全然《ぜんぜん》。

ブンブンと首《くび》を横《よこ》に振《ふ》ると、翼《たすく》は、残念《ざんねん》そうな表情《ひょうじょう》になった。

「そっか。」

諦《あきら》められない様子《ようす》で言葉《ことば》を呑《の》んでいたので、私《わたし》は言《い》いそうになった、直接《ちょくせつ》、聞《き》けば、って。

でもよく考《かんが》えたら、翼《たすく》は今《いま》、サッカーKZ《カッズ》のライバルチームHS《ハッズ》に入《はい》ってるんだ。

あまり聞《き》けないよね、様子《ようす》を探《さぐ》ってるみたいに思《おも》われるかもしれないし。

「若武《わかたけ》のこと、気《き》になるの？」

そう言《い》うと、翼《たすく》は眉《まゆ》をひそめた。

きれいなその顔《かお》がわずかに曇《くも》り、大人《おとな》っぽい雰囲気《ふんいき》になって、私《わたし》は何《なん》だかドキドキした。

「早《はや》く復帰《ふっき》してほしいって思《おも》ってるんだけど、様子《ようす》がわからなくってさ。俺《おれ》が直接《ちょくせつ》聞《き》くと、勘《かん》ぐられるかもしれないし。」

やっぱ、気《き》にしてたんだ。

「若武《わかたけ》がいなくて、KZ《カッズ》もサポーターもてんで盛《も》り上《あ》がってなくて、それが伝《つた》わってくるから、うちのHS《ハッズ》も盛《も》り上《あ》がらないんだ。若武《わかたけ》がいた時《とき》は、こんなんじゃなかった。あいつがピッチに現《あらわ》れるだけで、会場全体《かいじょうぜんたい》が、うわぁ若武《わかたけ》だって沸《わ》いたんだよ。若武《わかたけ》には、きっと何《なに》かをやるって期待《きたい》させるものがある。ワクワク感《かん》っていうかさ。それが、まるっきしハズされることもあるけれど、それはそれで、まぁ若武《わかたけ》だからしょうがないなってことになるし。他《ほか》の人間《にんげん》じゃ絶対埋《ぜったいう》められない何《なに》かを、若武《わかたけ》は持《も》ってるんだ。」

ああ翼《たすく》は、若武《わかたけ》を尊敬《リスペクト》するようになったんだね。

それは若武《わかたけ》が優秀《ゆうしゅう》なストライカーだとか、エースキラーだとかいうような目《め》に見《み》えることじゃなくて、もっと無限《むげん》の可能性《かのうせい》を感《かん》じ取《と》っているからなんだ。

だから早《はや》くピッチに復帰《ふっき》して、若武《わかたけ》らしいサッカーを見《み》せてほしいと願《ねが》っている。

翼《たすく》がそう思《おも》っているって、いつか必《かなら》ず若武《わかたけ》に伝《つた》えよう。

そしたら、それが若武《わかたけ》の励《はげ》みになるかもしれないから。

＊

「あの、」

私《わたし》は思《おも》い切《き》って切《き》り出《だ》した。

「膝《ひざ》の調子《ちょうし》、どう？」

若武《わかたけ》は、肩《かた》をすくめる。

「まぁまぁ、かな。」

その場《ば》を取《と》り繕《つくろ》うような言《い》い方《かた》だった。

真実《しんじつ》から遠《とお》い感《かん》じがして、私《わたし》は素直《すなお》に受《う》け取《と》れなかったばかりか、いっそう心配《しんぱい》になった。

それで若武《わかたけ》の本音《ほんね》を聞《き》き出《だ》そうとして、踏《ふ》みこんだんだ。

「翼《たすく》がね、期待《きたい》してたよ。早《はや》く復帰《ふっき》してほしいって。若武《わかたけ》のこと尊敬《そんけい》してるんだと思《おも》う。」

若武《わかたけ》は、伏《ふ》せていた目《め》を上《あ》げた。

その瞳《ひとみ》の中《なか》で、暗《くら》さと喜《よろこ》びが入《い》り混《ま》じる。

「そっか。」

私《わたし》は強《つよ》く頷《うなず》いた。

「若武《わかたけ》の復帰《ふっき》を待《ま》ち望《のぞ》んでいるのは、翼《たすく》だけじゃないと思《おも》う。きっとたくさんの子《こ》が、若武《わかたけ》のプレーを見《み》たいって思《おも》ってるはずだよ。」

若武《わかたけ》は、ふっと片目《かため》を細《ほそ》める。

「おまえも？」

まっすぐに見《み》つめられ、その視線《しせん》が心《こころ》の奥《おく》まで射《さ》しこんできて私《わたし》はドキンとした。

「ん、もちろん。」

そう答《こた》えると、若武《わかたけ》はちょっと微笑《ほほえ》み、再《ふたた》び目《め》を伏《ふ》せた。

長《なが》い睫《まつげ》の影《かげ》が、きれいなカーブを描《えが》いた頰《ほお》に落《お》ちる。

「誰《だれ》にでも、乗《の》り越《こ》えていかなきゃならない運命《うんめい》ってあるんだ。逃《に》げられないヤツね。怪我《けが》や病気《びょうき》はその1つだよ。そんな運命《うんめい》に、自分《じぶん》の人生《じんせい》を踏《ふ》みにじられたくない。俺《おれ》はずっとそう思《おも》ってきたから、頑張《がんば》るつもりでいる。ありがと。翼《たすく》にもそう言《い》っといて。大丈夫《だいじょうぶ》だからって。」

ああ、よかった！

そう思《おも》いながら私《わたし》は、若武《わかたけ》の顔《かお》がちっとも明《あか》るくなっていないことに気《き》づいた。

さっき玄関《げんかん》から見《み》た時《とき》の、暗《くら》く思《おも》いつめた感《かん》じが、全然《ぜんぜん》、消《き》えていない。

若武《わかたけ》が悩《なや》んでいたのは、膝《ひざ》の故障《こしょう》やサッカーKZ内《カッズない》での自分《じぶん》のポジションについてじゃないのかもしれない。

そう感《かん》じたけれど、でも私《わたし》には、それ以外《いがい》に思《おも》い当《あ》たることがなかった。

探偵《たんてい》チームKZ《カッズ》では、今《いま》のところ事件《じけん》を扱《あつか》っていないから、解決《かいけつ》の目途《めど》がつかなくて苦《くる》しんでるってこともないはずだし。

もしかして、学校《がっこう》で何《なに》かあったのかな。

あれこれと考《かんが》えていると、若武《わかたけ》は目《め》を上《あ》げ、こちらを見《み》た。

「ほんとは今夜《こんや》、おまえに会《あ》うつもりじゃなかった。」

あ・・・だからピンポンしなかったんだ。

「こっそり、さよならを言《い》いたかっただけだから。」

え、何《なに》、それ。

「やらなけりゃならないことができたんだ。それやってると、今《いま》までみたいな目《め》で、おまえのこと見《み》てられないから。」

若武《わかたけ》は、照《て》れたような笑《え》みを浮《う》かべる。

「俺《おれ》、何度《なんど》も告《コク》っただろ。」

ん、まぁ、ね。

「その気持《きも》ちに、さよならするって決《き》めたから。」

そうなんだ・・・。

私《わたし》は、「本格《ほんかく》ハロウィンは知《し》っている」の中《なか》で、砂原《すなはら》から言《い》われたことを思《おも》い出《だ》した。

「俺《おれ》、好《す》きな子《こ》ができたんだ。」

言葉《ことば》は違《ちが》っているけれど、これ、内容的《ないようてき》には同《おな》じことだよね。

若武《わかたけ》には、きっと、好《す》きな子《こ》ができたんだ。

私《わたし》は、ほっとしたような、ちょっと寂《さび》しいような、微妙《びみょう》で複雑《ふくざつ》な気持《きも》ちになった。

ほっとしたのは、これではっきりと友《とも》だちとして付《つ》き合《あ》えるようになるから。

KZ《カッズ》のメンバーとは、そういう関係《かんけい》でありたかったんだ。

寂《さび》しかったのは・・・何《なん》でかな、よくわからない。

心《こころ》の中《なか》って、自分《じぶん》でもはっきりと表《あらわ》せないモヤモヤしたものが浮《う》かんでたり、沈《しず》んでたりするものだから。

以前《いぜん》は、それを何《なん》とか言葉《ことば》にしようと躍起《やっき》になっていた。

でも今《いま》は、そのままでいいかなって思《おも》っている。

一生懸命《いっしょうけんめい》になってもピッタリする言葉《ことば》にめぐり合《あ》えない時《とき》って、自分《じぶん》の心《こころ》の中《なか》に相応《ふさわ》しい言葉《ことば》がないからだと思《おも》うんだ。

心《こころ》がもっと成長《せいちょう》していろんな言葉《ことば》を取《と》りこめるようになれば、ある日《ひ》ふっとこれだったんだって気《き》がつくんじゃないかな。

今《いま》、近《ちか》いものを当《あ》てはめて満足《まんぞく》するより、その方《ほう》が時間《じかん》はかかっても正確《せいかく》なはずだ。

そう思《おも》いながら若武《わかたけ》を見《み》つめている私《わたし》の前《まえ》で、若武《わかたけ》は、相変《あいか》わらず暗《くら》い表情《ひょうじょう》だった。

ちっともうれしそうじゃない。

好《す》きな子《こ》ができたんだったら、こんな顔《かお》、してないような気《き》がする。

それで若武《わかたけ》がさっき言《い》った言葉《ことば》を思《おも》い出《だ》したんだ。

そこから聞《き》いていくのがいいかもしれない。

「やらなきゃならないことって、何《なに》？」

若武《わかたけ》はちょっと溜《た》め息《いき》をつき、広《ひろ》げた掌《てのひら》で前髪《まえがみ》をかき上《あ》げた。

その手《て》をそのまま頭《あたま》の上《うえ》で止《と》める。

細《ほそ》い指《ゆび》の間《あいだ》から、サラサラの髪《かみ》が零《こぼ》れ落《お》ちてきた。

ひと筋《すじ》落《お》ちるたびに、その影《かげ》が瞳《ひとみ》に映《うつ》って、深《ふか》い輝《かがや》きに変《か》わる。

若武《わかたけ》のそんな仕草《しぐさ》が、私《わたし》はすごく好《す》きだった。

思《おも》わず見惚《みと》れていたんだけれど、若武《わかたけ》は、いかにも憂鬱《ゆううつ》そうで、ボヤくようにつぶやいた。

「明日《あした》、KZ《カッズ》会議《かいぎ》、招集《しょうしゅう》するからさ、そん時《とき》に話《はな》すよ。」

3　若武《わかたけ》の家《いえ》にはオリーブがある

意味《いみ》ありげな若武《わかたけ》の表情《ひょうじょう》と言葉《ことば》は、結構《けっこう》、心《こころ》に食《く》いこんで、私《わたし》を悩《なや》ませた。

あんな思《おも》いつめた顔《かお》をして、いったい何《なに》をやろうとしてるんだろう。

その夜《よる》は、ずっとそのことを考《かんが》えていた。

小塚君《こづかくん》から連絡《れんらく》があったのは、翌朝《よくあさ》のこと。

「若武《わかたけ》から招集《しょうしゅう》かかったよ。今日《きょう》、若武《わかたけ》んちに午後《ごご》1時《じ》だって。昼食《ちゅうしょく》は、向《む》こうで出《だ》してくれるみたい。」

わーい！

友《とも》だちの家《いえ》でごちそうになる食事《しょくじ》って、たいてい美味《おい》しいし、若武《わかたけ》の家《いえ》の台所《だいどころ》を担当《たんとう》してる島《しま》崎《ざき》さんは料理《りょうり》が上手《じょうず》なんだ。

何《なに》を作《つく》ってくれるんだろう、楽《たの》しみ！

「あのね、別件《べっけん》だけど、僕《ぼく》、冬《ふゆ》と夏《なつ》が苦手《にがて》だったんだけど、今年《ことし》の冬《ふゆ》はすごく快適《かいてき》だった。夏《なつ》も大丈夫《だいじょうぶ》そう。」

へぇ、なんで?

「僕《ぼく》、太《ふと》ってるだろ、」

あ・・肯定《こうてい》していいのか、否定《ひてい》しないといけないのか、う〜ん微妙《びみょう》。

「表面積《ひょうめんせき》が大《おお》きいから冬《ふゆ》や夏《なつ》は、すごくつらかったんだ。でも今年《ことし》の冬《ふゆ》は、全然寒《ぜんぜんさむ》くなかった。七鬼《なき》がミニサイズのバッテリーを作《つく》って、制服《せいふく》のコートに付《つ》けてくれたんだ。」

へ?

「袖《そで》に付《つ》いたボタンを押《お》すと、コートの肩《かた》と袖《そで》、背中《せなか》に入《はい》っているヒーターが熱《ねっ》を放《はな》つ。スマホのケーブルで充電《じゅうでん》できて、6時間持《じかんも》つんだ。」

すごいっ!

私《わたし》もほしいかも。

駅《えき》のホームで電車《でんしゃ》を待《ま》つ時《とき》なんか、風《かぜ》が吹《ふ》き抜《ぬ》けて足《あし》が寒《さむ》いんだもの。

「夏《なつ》には、冷気《れいき》を出《だ》すのを付《つ》けてくれるって。すごくうれしいんだ。」

よかったね。

「じゃ1時《じ》に会《あ》おう。」

電話《でんわ》を切《き》って時計《とけい》を見上《みあ》げると、もう学校《がっこう》に行《い》かなければならない時間《じかん》だった。

私《わたし》は急《いそ》いで着替《きか》え、ママに、学校《がっこう》が終《お》わったらそのまま若武《わかたけ》んちに行《い》くということを話《はな》してから、自転車《じてんしゃ》に飛《と》び乗《の》った。

前《まえ》かごに入《い》れた通学《つうがく》バッグには、もちろん事件《じけん》ノートが入《はい》っている。

今日《きょう》は事件《じけん》じゃないかもしれないけれど、KZ会議《カッズかいぎ》のことは全部《ぜんぶ》、記録《きろく》に残《のこ》したいと思《おも》ってるから。

土曜日《どようび》の学校《がっこう》は、午前中《ごぜんちゅう》だけ。

私《わたし》は真面目《まじめ》に授業《じゅぎょう》を聞《き》いていたけれど、その途中《とちゅう》や15分休《ふんやす》みの間《あいだ》に、翼《たすく》や忍《しのぶ》と何度《なんど》も目《め》が合《あ》った。

2人《ふたり》ともすごくうれしそうで、私《わたし》は、若武《わかたけ》の家《いえ》で食《た》べる昼食《ちゅうしょく》を相当楽《そうとうたの》しみにしてるんだろうなって思《おも》った。

で、学校《がっこう》が終《お》わると、走《はし》るようにして駅《えき》まで行《い》き、ちょうどやってきた電車《でんしゃ》に飛《と》び乗《の》ったんだ。

乗降《じょうこう》の邪魔《じゃま》にならないよう気《き》をつけながらドアの近《ちか》くに立《た》って、いつも降《お》りる駅《えき》に着《つ》いたらすぐ飛《と》び降《お》りられるように身構《みがま》える。

しばらくすると、クスクス笑《わら》う声《こえ》が耳《みみ》に入《はい》った。

振《ふ》り向《む》くと、すぐ後《うし》ろに翼《たすく》と忍《しのぶ》がいたんだ。

ニヤニヤ笑《わら》いながら、2人《ふたり》で私《わたし》をのぞきこむ。

「澄《す》ましてた今《いま》の顔《かお》、撮《と》ったからね。」

げっ！

「一緒《いっしょ》に行《い》こうと思《おも》って楽《たの》しみにしてて、昇降口《しょうこうぐち》で声《こえ》かけたのに、てんで無視《むし》して1人《ひとり》で行《い》っちまった罰《ばつ》。」

自分《じぶん》の顔《かお》の写《うつ》ったスマホを2台《だい》、同時《どうじ》に突《つ》き付《つ》けられて、私《わたし》は真《ま》っ青《さお》。

ものすごく間抜《まぬ》けに写《うつ》っていた。

電車《でんしゃ》の中《なか》でなかったら、大声《おおごえ》で叫《さけ》んで暴《あば》れるところだった。

「消《け》して！　今《いま》すぐ早《はや》く、即行《そっこう》でっ!!」

＊

若武《わかたけ》の家《いえ》は、丘《おか》の上《うえ》。

緑色《みどりいろ》の屋根《やね》で、クリーム色《いろ》の壁《かべ》。

初《はじ》めて見《み》た時《とき》、ここだ絶対《ぜったい》って思《おも》ったくらい若武《わかたけ》の雰囲気《ふんいき》にピッタリ。

洋館《ようかん》で、大《おお》きな玄関《げんかん》の脇《わき》には、オリーブの木《き》が植《う》えられている。

2メートルくらいで、とてもきれいな木《き》。

葉《は》の表《おもて》と裏《うら》の色《いろ》が違《ちが》っていて、風《かぜ》になびくと、キラキラ輝《かがや》いて見《み》えるんだ。

玄関《げんかん》にはドアフォンがなく、代《か》わりに拳《こぶし》の形《かたち》をしたノッカーが付《つ》いていて、それでドアを叩《たた》くようになっている。

センスのいい家《いえ》だと思《おも》うな。

「このノッカー、カッコいいな。」

忍《しのぶ》がそれを手《て》に取《と》った。

「俺《おれ》んち、いろんな骨董品《こっとうひん》があるけど、こういうのはまだない。」

なかなかドアを叩《たた》かないので、脇《わき》から翼《たすく》がそれを取《と》り上《あ》げてノックした。

ノッカーを元《もと》の場所《ばしょ》に戻《もど》すと、またも忍《しのぶ》が取《と》り上《あ》げる。

「これ、ほしい。」

相当《そうとう》に、ご執心《しゅうしん》。

「皆《みな》さん、いらっしゃい。」

ドアを開《あ》けてくれた島崎《しまざき》さんに、忍《しのぶ》が真面目《まじめ》な顔《かお》で言《い》った。

「これ、どこに売《う》ってるんですか？」

島崎《しまざき》さんは首《くび》を傾《かし》げる。

「さぁ、どこでしょう。聞《き》いておきますね。」

道路《どうろ》の方《ほう》で自転車《じてんしゃ》のブレーキ音《おん》がいくつも響《ひび》き、振《ふ》り向《む》くと、小塚君《こづかくん》と上杉君《うえすぎくん》、それに黒木君《くろきくん》が到着《とうちゃく》したところだった。

停《と》めた自転車《じてんしゃ》のペダルに片足《かたあし》をかけ、もう一方《いっぽう》の脚《あし》を無造作《むぞうさ》に後方《こうほう》に振《ふ》り上《あ》げて、地面《じめん》に降《お》りる。

長《なが》い脚《あし》が空中《くうちゅう》にきれいなラインを描《えが》くのを、私《わたし》は見《み》ていた。

カッコいいなって思《おも》いながら。

3人《にん》は中高一貫《ちゅうこういっかん》の名門校《めいもんこう》、開生《かいせい》に通《かよ》っているんだ。

開生《かいせい》は、東大合格者数《とうだいごうかくしゃすう》三十年連続《ねんれんぞく》1位《い》を誇《ほこ》る男子校《だんしこう》。

制服《せいふく》は濃紺《のうこん》の詰《つ》め襟《えり》で、胸《むね》がキュンとしそうなほど、す・て・き。

でもKZ《カッズ》で集《あつ》まる時《とき》は、緊急《きんきゅう》で着替《きか》えが無理《むり》な場合《ばあい》を除《のぞ》いて、誰《だれ》も着《き》てこない。

若武《わかたけ》に気《き》を使《つか》ってるから。

3人《にん》と一緒《いっしょ》に、若武《わかたけ》も開生《かいせい》に行《い》く予定《よてい》だった。

それで皆《みな》で受験《じゅけん》して、若武《わかたけ》だけが落《お》ちたんだ。

「黒木《くろき》、耳《みみ》に何《なに》入《い》れてんの。」

翼《たすく》の声《こえ》で目《め》を向《む》ければ、黒木君《くろきくん》の耳《みみ》の片方《かたほう》に白《しろ》い物《もの》が入《はい》っていた。

え、なんだろ。

「これはスマホを操作《そうさ》する端末《たんまつ》。」

黒木君《くろきくん》の同意《どうい》を得《え》た忍《しのぶ》が指《ゆび》を伸《の》ばしてそれを抜《ぬ》き取《と》り、掌《てのひら》に載《の》せて見《み》せてくれる。

「無線《むせん》で、ポケットに入《い》れたスマホとつながってる。これを耳《みみ》に入《い》れとけば、命令《めいれい》するだけで電《でん》話《わ》をかけたり会話《かいわ》したり音楽《おんがく》を聞《き》いたりできるんだ。」

私《わたし》は驚《おどろ》きをこめて、2センチ半《はん》ほどのその白《しろ》い物体《ぶったい》を見《み》つめた。

IT《アイティー》って日進月歩《にっしんげっぽ》だね、すごいなぁ。

「どうぞ、お上《あ》がりください。和臣君《かずおみくん》は書斎《しょさい》です。」

島崎《しまざき》さんに言《い》われて、私《わたし》たちは声《こえ》をそろえた。

「お邪魔《じゃま》しまっす。」

ひと塊《かたまり》になって、ドヤドヤと家《いえ》に上《あ》がりこむ。

ＫＺ《カッズ》会議《かいぎ》が開《ひら》かれる場所《ばしょ》は、廊下《ろうか》の突《つ》き当《あ》たりにある書斎《しょさい》。

弁護士《べんごし》をしている若武《わかたけ》のパパの部屋《へや》なんだ。

若武《わかたけ》のパパは今《いま》、アメリカの会社《かいしゃ》で仕事《しごと》をしていて、その間《あいだ》はＫＺ《カッズ》が使《つか》わせてもらっている。

「やぁ諸君《しょくん》！」

ドアを大《おお》きく開《あ》けて若武《わかたけ》が出《で》てきて、私《わたし》たちを迎《むか》え入《い》れた。

「ご苦労《くろう》！　入《はい》ってくれ。」

部屋《へや》はとても広《ひろ》くて、庭《にわ》に面《めん》した三方《さんぽう》の窓《まど》から光《ひかり》が射《さ》しこんでいる。

初《はじ》めて入《はい》ったのは、「卵《たまご》ハンバーグは知《し》っている」の時《とき》だった。

部屋《へや》の中央《ちゅうおう》にはテーブルと２つのソファがあり、壁《かべ》に面《めん》してアンティークの大《おお》きな両袖机《りょうそでづくえ》と肘《ひじ》
掛《か》け椅子《いす》が置《お》かれている。

その机《つくえ》を使《つか》う権利《けんり》は、記録係《きろくがかり》である私《わたし》にあった。

若武《わかたけ》との闘《たたか》いの末《すえ》に、勝《か》ち取《と》ったんだ、うふっ。

机《つくえ》の横幅《よこはば》は、私《わたし》が両腕《りょううで》を伸《の》ばしたよりもずっと広《ひろ》く、奥行《おくゆ》きも長《なが》くて、磨《みが》きこんであり、艶々《つやつや》
している。

中央《ちゅうおう》には革《かわ》のデスクマットが敷《し》かれていて、つまり本格的《ほんかくてき》な机《つくえ》だった。

皆《みな》はソファに腰《こし》を下《お》ろし、私《わたし》はまっすぐ机《つくえ》に行《い》って、床《ゆか》に通学《つうがく》バッグを置《お》き、中《なか》から事件《じけん》ノートを出《だ》して、開《ひら》いて机《つくえ》に載《の》せる。

「記録準備《きろくじゅんび》、オーケイ。」

そう言《い》いながら、若武《わかたけ》の顔色《かおいろ》をうかがった。

相変《あいか》わらず暗《くら》い。

それでも、いつも通《どお》りに目《め》いっぱい気取《きど》って口《くち》を開《ひら》いた。

「諸君《しょくん》、」

若武《わかたけ》が思《おも》いつめていることが何《なん》なのか、ようやく明《あき》らかになるんだ。

私《わたし》は、ドキドキしながら耳《みみ》を傾《かたむ》けた。

「事件《じけん》だ。この真相《しんそう》を究明《きゅうめい》できるかどうかは、我《わ》がKZ《カッズ》の力次第《ちからしだい》だ。いいか、心《こころ》して聞《き》けよ。」

皆《みな》は一瞬《いっしゅん》、息《いき》を詰《つ》め、穴《あな》の空《あ》きそうなほど若武《わかたけ》を注視《ちゅうし》した。

もちろん私《わたし》も！

「今回《こんかい》の事件《じけん》は、俺《おれ》の学校《がっこう》に伝《つた》わる校内都市伝説《こうないとしでんせつ》だ。」

瞬間《しゅんかん》、上杉君《うえすぎくん》がガックリと首《くび》を垂《た》れ、うつむいた。

言葉《ことば》も出《で》ないほど、落胆《らくたん》している様子《ようす》だった。

まぁ上杉君《うえすぎくん》は、数学系男子《すうがくけいだんし》だからな。

都市伝説《としでんせつ》なんて、くだらない子供騙《こどもだま》し、としか思《おも》えないんだ、きっと。

でも国語系《こくごけい》の私《わたし》も、ただただびっくり。

だって昨日《きのう》、若武《わかたけ》が言《い》ってた、やらなきゃならないことって、それだったの⁉

都市伝説《としでんせつ》って、ただの噂《うわさ》でしょ。

そんなのを思《おも》いつめて、あんなに暗《くら》い顔《かお》をしてたわけ？

おまけにその究明《きゅうめい》をするのに、私《わたし》へのさよならが必要《ひつよう》って・・・どういう脈絡《みゃくらく》なんだろ。

なんか変《へん》だ、変《へん》すぎるっ！

そもそも噂《うわさ》に過《す》ぎない都市伝説《としでんせつ》を追《お》いかけて、いったい何《なん》になるんだろう。

だいたい伝説《でんせつ》って、事件《じけん》じゃないし。

「都市伝説《としでんせつ》って、何《なん》だ？」

忍《しのぶ》が、隣《となり》に座《すわ》っていた翼《たすく》を見《み》る。

「都市《とし》に伝《つた》わる伝説《でんせつ》のこと？」

忍《しのぶ》はずっと引《ひ》きこもりだったから、知《し》らないことがたくさんあるんだ。

「いや、田舎《いなか》で起《お》こってても都市伝説《としでんせつ》でしょ。」

ん、都会《とかい》か地方《ちほう》かは、あまり関係《かんけい》ないんだよね。

「簡単《かんたん》に言《い》うと、都市伝説《としでんせつ》ってのは、近年《きんねん》になって流《なが》れ始《はじ》めた奇怪《きかい》な噂話《うわさばなし》のこと。過去《かこ》の事件《じけん》や、事件《じけん》の起《お》こった場所《ばしょ》なんかにコジつけることもあるけど、実際《じっさい》には起《お》きていない事件《じけん》や奇妙《きみょう》な噂話《うわさばなし》を、身近《みぢか》な誰《だれ》かがさも体験《たいけん》したかのように話《はな》すのが特徴《とくちょう》。たとえば駅前《えきまえ》にあって閉店《へいてん》したハンバーガーショップは猫《ねこ》の肉《にく》を使《つか》っていて、アルバイトをしていた友人《ゆうじん》が裏庭《うらにわ》に猫《ねこ》の頭《あたま》が転《ころ》がっているのを見《み》て警察《けいさつ》にチクったとか。」

翼《たすく》の説明《せつめい》が終《お》わったとたん、上杉君《うえすぎくん》が腹立《はらだ》たしげに立《た》ち上《あ》がる。

「都市伝説《としでんせつ》に、真相《しんそう》なんかねーよ。よって究明《きゅうめい》もできん。俺《おれ》、帰《かえ》る。」

その腕《うで》を、黒木君《くろきくん》が摑《つか》んで引《ひ》き留《と》めながら若武《わかたけ》を見《み》た。

「KZ《カッズ》で、それをやる意味《いみ》は？」

若武《わかたけ》は、ちょっと苦《くる》しそうに頰《ほお》を歪《ゆが》める。

「うちの学校《がっこう》の生徒《せいと》は、そのために困《こま》ってるんだ。怯《おび》えてる生徒《せいと》もいる。真相《しんそう》を解明《かいめい》し、はっきりさせれば、皆《みな》がその呪縛《じゅばく》から解放《かいほう》されて学校生活《がっこうせいかつ》を楽《たの》しく過《す》ごせるようになるからさ。」

そう言《い》われてしまうと、誰《だれ》も反対《はんたい》できなかった。

多《おお》くの生徒《せいと》のためになることで、社会正義《しゃかいせいぎ》にも合致《がっち》するのなら、KZ《カッズ》としては見過《みす》ごすわけにはいかない。

上杉君《うえすぎくん》も、しかたなさそうに椅子《いす》に座《すわ》り直《なお》した。

でも明《あき》らかに、やる気《き》ゼロ。

「どうやって解明《かいめい》すんだよ、都市伝説《としでんせつ》なんかさぁ・・・」

小塚君《こづかくん》も眉根《まゆね》を寄《よ》せる。

「噂《うわさ》に過《す》ぎないんだから、科学的《かがくてき》に分析《ぶんせき》するってわけにはいかないよね。」

ん、そうだよねぇ。

私《わたし》は、どうにも腑《ふ》に落《お》ちない若武《わかたけ》の態度《たいど》を疑問《ぎもん》に思《おも》いながらも、皆《みんな》の前《まえ》でそれを若武本人《わかたけほんにん》に問《と》い質《ただ》すわけにもいかず、もどかしい気分《きぶん》だった。

「まずは、さ。」

翼《たすく》が前《まえ》かがみになり、両腿《りょうもも》の上《うえ》に両肘《りょうひじ》をついて皆《みな》を見回《みまわ》す。

「どんな都市伝説《としでんせつ》なのか、具体的《ぐたいてき》に聞《き》かなくっちゃ始《はじ》まらないでしょ。」

凜《りん》としたその目《め》の中《なか》で、悪戯《いたずら》っ子《こ》みたいな光《ひかり》がきらめいた。

「話《はなし》の全貌《ぜんぼう》を把握《はあく》して、各《かく》エキスパートに役目《やくめ》を分《わ》けるってことで、どう?」

忍《しのぶ》が頷《うなず》く。

「もし霊《れい》が関係《かんけい》してるなら、俺《おれ》が引《ひ》き受《う》ける。任《まか》せろよ。」

きっぱりと言《い》ったその横顔《よこがお》は、毅然《きぜん》としていて挑戦的《ちょうせんてき》で、とてもカッコよかった。

私《わたし》は満足《まんぞく》した気分《きぶん》になりながら、皆《みな》を見回《みまわ》す。

当初《とうしょ》KZ《カッズ》は、5人《にん》でスタートした。

それが今《いま》は、7人《にん》になっている。

それぞれが専門分野《せんもんぶんや》を持《も》っていて、チームとしては、かなり充実《じゅうじつ》してきているんだ。

都市伝説《としでんせつ》だって、きっと何《なん》とかなる！

そう思《おも》えて、うれしかった。

「じゃ若武《わかたけ》、話《はな》せよ。」

黒木君《くろきくん》に言《い》われて、若武《わかたけ》が口《くち》を開《ひら》く。

私《わたし》はシャープペンを構《かま》えながら、心《こころ》で祈《いの》った。

どうか、あまり恐《こわ》いのじゃありませんようにって。

恐《こわ》いのは、苦手《にがて》。

それを自分《じぶん》の文字《もじ》で書《か》いていかなければならないとなったら、ますます恐《こわ》くなってしまう。

「1つじゃないんだ。全部《ぜんぶ》で5つある。」

ゴックン！

4　5つの校内都市伝説《こうないとしでんせつ》

「1つ目《め》は、音楽室《おんがくしつ》の壁《かべ》の肖像画《しょうぞうが》。数人《すうにん》の作曲家《さっきょくか》の肖像画《しょうぞうが》がかけてあるんだけど、その中《なか》の1枚《まい》、ベートーベンが笑《わら》う。」

げっ！

「笑《わら》っているところを見《み》ると、体重《たいじゅう》が増《ふ》える。」

太《ふと》るのは、すごく恐《こわ》いかもっ！

「2つ目《め》は、校舎《こうしゃ》の裏庭《うらにわ》。そこにある非常階段《ひじょうかいだん》から足音《あしおと》が聞《き》こえる。だが、見《み》ても誰《だれ》もいない。これを聞《き》くと成績《せいせき》が下《さ》がる。」

成績下《せいせきさ》がるのは、恐怖《きょうふ》っ！

「3つ目《め》は、第《だい》3水曜日《すいようび》に保健室《ほけんしつ》に行《い》くと、絶対《ぜったい》に悪化《あっか》する。」

やだ、その日《ひ》に具合《ぐあい》が悪《わる》くなったら、どうすればいいの。

「4つ目《め》は、理科準備室《りかじゅんびしつ》。真夜中《まよなか》に何《なに》かを引《ひ》きずる音《おと》を聞《き》いた生徒《せいと》がいる。」

理科準備室《りかじゅんびしつ》って、人体模型《じんたいもけい》とか動物《どうぶつ》の剝製《はくせい》なんかを置《お》いてあるとこだよね、ゾクッ！

もしかしてホルマリン漬《づ》けになった動物《どうぶつ》の霊《れい》がズリズリ動《うご》いてるとか、ゾク、ゾク、族《ぞく》。

「5つ目《め》は、開《あ》かずの井戸《いど》の水《みず》を飲《の》むと死《し》ぬ、以上《いじょう》。」

私《わたし》は背筋《せすじ》を震《ふる》わせていたけれど、皆《みな》は、まったく普通《ふつう》の顔《かお》だった。

「その5つさぁ、」

上杉君《うえすぎくん》が、開《ひら》いた片手《かたて》の中指《なかゆび》で、眼鏡《めがね》の中央《ちゅうおう》を押《お》し上《あ》げる。

レンズの向《む》こうの切《き》れ上《あ》がった目《め》には、冷《ひ》ややかな光《ひかり》があった。

「事実《じじつ》なのかどうかを、まず確《たし》かめるとこからスタートだな。」

翼《たすく》が、パチンと指《ゆび》を鳴《な》らす。

「よし、皆《みな》で学校《がっこう》に忍《しの》びこもうぜ。」

わっ!

「昼間《ひるま》はダメだ。夜《よる》だな。」

わわっ!

「おっもしれぇ。」

忍《しのぶ》が活気《かっき》づく。

「行《い》こ、行《い》こ。」

小塚君《こづかくん》も考《かんが》え深《ぶか》げな顔《かお》で頷《うなず》いた。

「5つ目《め》の都市伝説《としでんせつ》の井戸《いど》、水《みず》を採取《さいしゅ》して調《しら》べてみたいな。」

黒木君《くろきくん》が若武《わかたけ》を見《み》る。

「全員《ぜんいん》で現場《げんば》に行《い》くとして、校舎《こうしゃ》の間取《まど》りは、どうなってんの？」

若武《わかたけ》は腕《うで》を組《く》み、天井《てんじょう》を見上《みあ》げながらソファの背《せ》もたれに体《からだ》を預《あず》けた。

「うちは、校舎《こうしゃ》が学年別《がくねんべつ》に3棟《むね》、平行《へいこう》に並《なら》んでいて、一番南《いちばんみなみ》が1年生棟《ねんせいとう》、一番北《いちばんきた》が3年生棟《ねんせいとう》で、その間《あいだ》に2年生棟《ねんせいとう》がある。この3棟《むね》は東側《ひがしがわ》と西側《にしがわ》にある渡《わた》り廊下《ろうか》でつながっているんだ。3年生《ねんせい》棟《とう》の北側《きたがわ》に裏庭《うらにわ》があって、それを隔《へだ》てて準備室棟《じゅんびしつとう》がある。敷地《しきち》の西側《にしがわ》には体育館《たいいくかん》、東側《ひがしがわ》にはグランド。」

聞《き》きながら私《わたし》は、それを図《ず》にした。

「音楽室《おんがくしつ》は1年生棟《ねんせいとう》の3階《がい》。保健室《ほけんしつ》は1年生棟《ねんせいとう》の1階《かい》、理科準備室《りかじゅんびしつ》は準備室棟《じゅんびしつとう》の西端《にしはし》。開《あ》かずの井戸《いど》は理科準備室《りかじゅんびしつ》の隣《となり》。」

皆《みな》が、それぞれ頭《あたま》の中《なか》に校内図《こうないず》を描《えが》いているみたいで、一様《いちよう》に難《むずか》しい顔《かお》をし、空中《くうちゅう》をにらんでいた。

私《わたし》は自分《じぶん》の図《ず》を完成《かんせい》させ、都市伝説《としでんせつ》のある場所《ばしょ》に番号《ばんごう》を書《か》いて、それを赤《あか》い丸《まる》で囲《かこ》む。

立《た》ち上《あ》がって皆《みな》のいるソファまで歩《あゆ》み寄《よ》り、テーブルの上《うえ》に事件《じけん》ノートを開《ひら》いて置《お》いた。

皆《みな》が身《み》を起《お》こし、いっせいに図面《ずめん》に見入《みい》る。

「3グループに分《わ》かれるんだな。」

黒木君《くろきくん》が人差《ひとさ》し指《ゆび》を伸《の》ばし、赤《あか》い丸《まる》を1つずつ指《さ》した。

「都市伝説《としでんせつ》1の音楽室《おんがくしつ》と3の保健室《ほけんしつ》は、1年生棟《ねんせいとう》。4の理科準備室《りかじゅんびしつ》と5の開《あ》かずの井戸《いど》は、校内《こうない》の北西《ほくせい》。その間《あいだ》に、2の裏庭《うらにわ》がある。1、3を調《しら》べるチームと、4、5を調《しら》べるチーム、それに2を調《しら》べるチームに分《わ》かれよう。」

ん、いいかも。

「夜《よる》だけど、アーヤは来《こ》られるの？」

皆《みな》がいっせいに、こっちを見《み》た。

私《わたし》は、ちょっと口《くち》ごもる。

夜《よる》は、家《いえ》を出《で》にくいんだ。

ママが、なかなか許《ゆる》してくれないんだもの。

「無理《むり》しなくていいぞ。」

若武《わかたけ》にそう言《い》われて、ちょっとくやしいなと思《おも》ったその時《とき》、突然《とつぜん》、聞《き》き覚《おぼ》えのない声《こえ》がした。

「私《わたし》だったら、行《い》くけどな。」

びっくりして声《こえ》の方《ほう》に目《め》を向《む》ければ、書斎《しょさい》のドアが少《すこ》し開《ひら》いて、そこから1人《ひとり》の女《おんな》の子《こ》が顔《かお》を出《だ》していたんだ。

「だってチームの一員《いちいん》なんでしょ。当《あ》たり前《まえ》じゃない？」

それは、なんとっ！　私《わたし》が駅《えき》ですれ違《ちが》った、あの子《こ》だった。

え、なんで、あの子《こ》がここに？

そもそも、誰《だれ》っ!?

唖然《あぜん》としたのは私《わたし》ばかりではなく、皆《みな》が呆気《あっけ》にとられ、言葉《ことば》を失《うしな》った。

そんな中《なか》で、ただ1人冷静《ひとりれいせい》だったのは、上杉君《うえすぎくん》。

ものすごく嫌《いや》な顔《かお》をしながら吐《は》き捨《す》てた。

「いきなり、おまえ、誰《だれ》だよ。」

若武《わかたけ》があわてて立《た》ち上《あ》がり、ドアに走《はし》り寄《よ》る。

「後《あと》で紹介《しょうかい》するから、待《ま》ってろって言《い》ったろ。」

そう言《い》いながら、バタンと閉《し》めた。

即座《そくざ》にクルッとこちらを振《ふ》り返《かえ》り、私《わたし》を見《み》る。

「で、アーヤ、どうなんだ？」

私《わたし》は、はっと我《われ》に返《かえ》った。

今《いま》、あの子《こ》の口《くち》から出《で》た言葉《ことば》が、エコーがかかって心《こころ》の中《なか》に響《ひび》いている。

「だってチームの一員《いちいん》なんでしょ。当《あ》たり前《まえ》じゃない？」

確《たし》かに、その通《とお》りだった。

私《わたし》は大《おお》きく息《いき》を吸《す》いこみ、自分《じぶん》の気持《きも》ちを固《かた》めてから答《こた》えた。

「行《い》くから。」

何《なん》とか、頑張《がんば》るしかない！

「じゃ、」

若武《わかたけ》が、いつもみたいに一瞬《いっしゅん》で決定《けってい》する。

「音楽室《おんがくしつ》と保健室《ほけんしつ》は、上杉《うえすぎ》&アーヤ。」

ううっ、笑《わら》うベートーベンと、悪化《あっか》する保健室《ほけんしつ》ね。

「理科準備室《りかじゅんびしつ》と開《あ》かずの井戸《いど》は、小塚《こづか》、黒木《くろき》、七鬼《ななき》、美門《みかど》。裏庭《うらにわ》の非常階段《ひじょうかいだん》は、俺《おれ》。」

若武《わかたけ》の采配《さいはい》は、いつも的確《てきかく》だった。

冷静《れいせい》な理系《りけい》の上杉君《うえすぎくん》と、感情的《かんじょうてき》になりやすい私《わたし》を組《く》み合《あ》わせたり、力仕事《ちからしごと》になりそうな理科準《りかじゅん》備室《びしつ》に体《からだ》の大《おお》きな黒木君《くろきくん》や忍《しのぶ》を配《はい》し、分析《ぶんせき》が必要《ひつよう》になる開《あ》かずの井戸《いど》には、鼻《はな》のきく翼《たすく》と小塚君《こづかくん》を置《お》く。

その素早《すばや》さから考《かんが》えて、ほとんど直感《ちょっかん》で決《き》めているとしか思《おも》えないけれど、それでいつも間違《まちが》いがないんだ。

若武《わかたけ》は、そういう才能《さいのう》を持《も》っている。

「それぞれの調査《ちょうさ》が終《お》わったら、俺《おれ》がいる裏庭《うらにわ》で合流《ごうりゅう》だ。忍《しの》びこむ日《ひ》は、それぞれの都合《つごう》を聞《き》いて決定《けってい》するから、ダメな日《ひ》を出《だ》しといてくれ。」

そう言《い》ってから若武《わかたけ》は大《おお》きな息《いき》をつき、私《わたし》たちを見回《みまわ》した。

「1つ、報告《ほうこく》があるんだが、」

片手《かたて》で髪《かみ》をかき上《あ》げながら、重《おも》い口《くち》を開《ひら》く。

「俺《おれ》、彼女《かのじょ》できたから。」

えーっ!?

5 KZ《カッズ》、激震《げきしん》！

驚《おどろ》きが、私《わたし》たちの間《あいだ》を走《はし》り抜《ぬ》けた。

何《なに》しろ私《わたし》たちは、忍《しのぶ》を除《のぞ》いて、まだ誰《だれ》も特定《とくてい》の相手《あいて》を持《も》っていなかったから。

その忍《しのぶ》も、彼女《かのじょ》とは今《いま》まで会《あ》ったことも話《はな》したこともないそうで、まったく普通《ふつう》じゃないから、彼女《かのじょ》とはいえないと思《おも》う。

私《わたし》たちは、先《さき》を越《こ》されたくやしさと、羨《うらや》ましさが混《ま》じり合《あ》った目《め》で、若武《わかたけ》を見《み》た。

でも、よく考《かんが》えてみれば、これは初《はじ》めてのことじゃない。

「初恋《はつこい》は知《し》っている」の中《なか》で、若武《わかたけ》は一度《ど》、恋《こい》をしてるんだもの。

完全《かんぜん》に目《め》がハートになっていたその時《とき》と比《くら》べると、なんか雰囲気《ふんいき》違《ちが》いすぎるけど、でも自分《じぶん》で彼女《かのじょ》って宣言《せんげん》してるんだから、間違《まちが》いないよね。

それにしても、いったいいつの間《ま》に、彼女《かのじょ》なんてできたんだろう。

ちょっと前《まえ》まで、そんな気配《けはい》もなかったのに。

「同《おな》じ学校《がっこう》の子《こ》なんだ。付《つ》き合《あ》うことにした。」

私《わたし》は、ドキッ！

だって付《つ》き合《あ》い始《はじ》めると、時間《じかん》を取《と》られるって聞《き》いたことがある。

それでお母《かあ》さんから、交際禁止《こうさいきんし》を宣言《せんげん》されている中学受験生《ちゅうがくじゅけんせい》もいるって話《はなし》だもの。

若武《わかたけ》が付《つ》き合《あ》って忙《いそが》しくなると、KZ《カッズ》の活動《かつどう》に影響《えいきょう》が出《で》る。

リーダーの若武《わかたけ》がそんなことになったら、KZ《カッズ》は、もしかして活動《かつどう》していけなくなるかもしれない。

私《わたし》は、悪《わる》いことばかり次《つぎ》から次《つぎ》へと想像《そうぞう》してしまい、すごく恐《こわ》くなった。

私《わたし》にとってKZ《カッズ》は、命《いのち》と同《おな》じくらい大事《だいじ》なものなんだ。

失《うしな》いたくない！

不安《ふあん》を抱《かか》えて息《いき》を呑《の》んでいると、若武《わかたけ》はドアに歩《あゆ》み寄《よ》り、それを開《あ》けた。

「いいぜ、入《はい》って。」

さっきの女《おんな》の子《こ》が、部屋《へや》に入《はい》ってくる。

気後《きおく》れする様子《ようす》は微塵《みじん》もなく、堂々《どうどう》とした態度《たいど》で私《わたし》たちを見回《みまわ》した。

「初《はじ》めまして。私《わたし》は宮下美久《みやしたみく》。苗字《みょうじ》の初《はじ》めがミで、名前《なまえ》の初《はじ》めもミだから、通称《つうしょう》はミミー。」

そう言《い》いながら手《て》を出《だ》し、そばにいた若武《わかたけ》の腕《うで》に絡《から》めて自分《じぶん》に引《ひ》き寄《よ》せる。

「臣《おみ》ぃ、KZ《カッズ》メンバーを紹介《しょうかい》してぇ。」

甘《あま》えた口調《くちょう》に、私《わたし》は何《なん》だか恥《は》ずかしくなった。

小塚君《こづかくん》が、初《はじ》めての人種《じんしゅ》でも見《み》るかのように目《め》を真《ま》ん丸《まる》にし、上杉君《うえすぎくん》はケッと言《い》わんばかりの苦々《にがにが》しい顔《かお》つきになる。

忍《しのぶ》は、なぜか、1人《ひとり》で固《かた》まっていた。

笑《え》みを浮《う》かべていたのは、翼《たすく》と黒木君《くろきくん》。

若武《わかたけ》が、メンバーの1人《ひとり》1人《ひとり》を紹介《しょうかい》すると、ミミーは小《ちい》さなカードを出《だ》して皆《みな》に配《くば》った。

「これ、私《わたし》の名刺《めいし》。」

手渡《てわた》されたそのカードには、宮下美久《みやしたみく》という名前《なまえ》、住所《じゅうしょ》、携帯番号《けいたいばんごう》とメールアドレスがパソコンで打《う》たれていた。

すごくおしゃれで、私《わたし》は自分《じぶん》もそんなカードを作《つく》ってみたくなった。

翼《たすく》と黒木君《くろきくん》が、拍手《はくしゅ》を始《はじ》める。

「若武《わかたけ》、ミミー、カップル誕生《たんじょう》おめでとう。」

それで私《わたし》たちも、あわてて手《て》を叩《たた》いたんだ。

「どっちが告《コク》ったの？」

翼《たすく》が、からかうような顔《かお》で2人《ふたり》を見回《みまわ》す。

「そもそもの、きっかけは？」

ミミーは、得意《とくい》げに微笑《ほほえ》んだ。

「学校《がっこう》の渡《わた》り廊下《ろうか》で衝突《しょうとつ》しそうになったの。それで私《わたし》が転《ころ》んだら、臣《おみ》が手《て》を出《だ》して、起《お》こしてくれたんだ。KZ《カッズ》の若武《わかたけ》だって、すぐわかったよ。有名人《ゆうめいじん》だもんね。その時《とき》はそれだけだったんだけど、今日《きょう》の朝《あさ》、突然《とつぜん》、臣《おみ》が私《わたし》のクラスを訪《たず》ねてきて、付《つ》き合《あ》ってほしいって言《い》ったの。クラスの女子全員《じょしぜんいん》の前《まえ》でだよ。皆《みんな》、猛烈《もうれつ》に興奮《こうふん》して大騒《おおさわ》ぎだった。若武《わかたけ》に申《もう》しこまれるなんて、マジすごいって、ふふっ。」

私《わたし》は、ようやくすべてがわかったと思《おも》った。

若武《わかたけ》がKZ《カッズ》会議《かいぎ》で発表《はっぴょう》するって言《い》ってたのは、このことだったんだ。

そのために、若武《わかたけ》は昨夜《さくや》、私《わたし》にさよならを言《い》いにきた。

それって・・・若武《わかたけ》が、この子《こ》のために私《わたし》を振《フ》ったってことだよね。

そのこと自体《じたい》は、別《べつ》にいい。

私《わたし》は、若武《わかたけ》と付《つ》き合《あ》いたいなんて思《おも》ってないし、むしろ、そういう目《め》で見《み》てほしくないって気《き》持《も》ちでいるもの。

でも彼女《かのじょ》を作《つく》った若武《わかたけ》に、ちょっとだけ不満《ふまん》だった。

若武《わかたけ》は、なんでKZ《カッズ》の活動《かつどう》だけで満足《まんぞく》できないんだろう、って思《おも》って。

私《わたし》にとっては、友情《ゆうじょう》の方《ほう》が、恋愛《れんあい》よりグレードが高《たか》い。

友情《ゆうじょう》は透明感《とうめいかん》があって、すごくきれいで、自己犠牲《じこぎせい》や献身《けんしん》が伴《ともな》う尊《とうと》いもので、カッコいいと思《おも》うんだ。

でも恋愛《れんあい》って、自分《じぶん》たち2人《ふたり》だけの満足《まんぞく》や幸《しあわ》せを求《もと》めるものだから、その閉鎖的《へいさてき》な感《かん》じがどうも好《す》きになれない。

私《わたし》は、自由《じゆう》に自分《じぶん》の世界《せかい》を広《ひろ》げて、たくさんの人《ひと》たちと友情《ゆうじょう》でつながっていきたいんだ。

その方《ほう》が、成長《せいちょう》できる気《き》がするし、もっと素敵《すてき》な自分《じぶん》になれるんじゃないかって思《おも》う。

若武《わかたけ》がどう考《かんが》えるかは若武《わかたけ》の自由《じゆう》だけれど、でもKZ《カッズ》のリーダーを務《つと》めているんだから、全力《ぜんりょく》でKZ《カッズ》に取《と》り組《く》んでほしい、余所見《よそみ》をしないで。

そう考《かんが》えながら私《わたし》は、昨夜《さくや》、説明《せつめい》のつかなかった自分《じぶん》の寂《さび》しさの原因《げんいん》がわかった気《き》がした。

それは若武《わかたけ》が、友情《ゆうじょう》より恋愛《れんあい》を大切《たいせつ》にしていると感《かん》じたからだった。

私《わたし》と同《おな》じじゃないんだなぁって思《おも》って・・・寂《さび》しかったんだ。

「思《おも》ったんだけどね、」

ミミーは、若武《わかたけ》の腕《うで》を強《つよ》く自分《じぶん》に引《ひ》きつけながらニッコリした。

「私《わたし》ってリーダーの彼女《かのじょ》なんだから、これからはKZ《カッズ》活動《かつどう》にも参加《さんか》しなくちゃいけないよね。」

そのひと言《こと》は、私《わたし》たちの真《ま》ん中《なか》に爆弾《ばくだん》でも投《な》げこんだかのような騒《さわ》ぎを巻《ま》き起《お》こした。

それまでの祝福《しゅくふく》ムードが、その瞬間《しゅんかん》に、ガラッと変《か》わったんだ。

「参加《さんか》しなくていい、マジでっ！」

突《つ》っ立《た》って上杉君《うえすぎくん》が叫《さけ》び、小塚君《こづかくん》も顔《かお》を引《ひ》きつらせた。

「簡単《かんたん》に見《み》えるだろうけど、いろいろと大変《たいへん》だからね。やめといた方《ほう》がいいよ。」

話《はな》し合《あ》ったわけでもないのに、皆《みな》が一瞬《いっしゅん》で気持《きも》ちを1つにし、必死《ひっし》になってミミーを思《おも》い留《とど》まらせようとしたんだ。

「危険《きけん》もあるしさ。」

「ん、体力的《たいりょくてき》にキツいことも多《おお》いと思《おも》うし。」

KZ《カッズ》に入《はい》るための条件《じょうけん》は、はっきりと決《き》められているわけじゃない。

それを規定《きてい》するはずのKZ大憲章《カッズだいけんしょう》は、まだ整備中《せいびちゅう》なんだ。

でも私《わたし》が考《かんが》えるに、KZ入団《カッズにゅうだん》の資格《しかく》としては、何《なに》か1つ飛《と》び抜《ぬ》けた特技《とくぎ》を持《も》っていて、KZ活《カッズかつ》動《どう》そのものが好《す》きで、自分《じぶん》の利害《りがい》を超《こ》えて事件解決《じけんかいけつ》のために尽《つ》くすことができ、しかもそれを喜《よろこ》べること。

それが、絶対《ぜったい》はずせない条件《じょうけん》だと思《おも》う。

若武《わかたけ》の彼女《かのじょ》だからKZ《カッズ》に入《はい》るっていうのは、どっか変《へん》だ。

皆《みな》が、そう思《おも》ったのに違《ちが》いなかった。

そんな気持《きも》ちじゃ、責任《せきにん》あるきちんとした活動《かつどう》なんかできっこないし、そういう存在《そんざい》はKZ《カッズ》の結束《けっそく》を乱《みだ》すって。

私《わたし》も、同《おな》じ気持《きも》ちだった。

「このチームは、メンバーの関係者《かんけいしゃ》だから受《う》け入《い》れるっていう組織《そしき》じゃないんだ。」

黒木君《くろきくん》が、説得《せっとく》にかかる。

「若武《わかたけ》の彼女《かのじょ》なら、彼女《かのじょ》らしさは2人《ふたり》の間《あいだ》で発揮《はっき》しておいた方《ほう》がいいと思《おも》うよ。」

笑《え》みを含《ふく》んだ声《こえ》で優《やさ》しく言《い》った黒木君《くろきくん》から、ミミーは目《め》を逸《そ》らせ、びしっと私《わたし》を指差《ゆびさ》した。

「そこに1名《めい》、女子《じょし》がいるじゃん。」

わ、攻撃《こうげき》の矢《や》がこっちに！

「どうせ誰《だれ》かの彼女《かのじょ》なんでしょ。つまり女禁制《おんなきんせい》じゃないってことじゃん。その子《こ》にできるんなら、私《わたし》にだってできる。絶対《ぜったい》、KZ《カッズ》に入《はい》るからね。」

上杉君《うえすぎくん》が、浅《あさ》い笑《わら》いをもらす。

「おまえなぁ、園児《えんじ》か？　入《はい》るって言《い》い張《は》れば、入《はい》れるってもんじゃねーだろうが。しかも自分《じぶん》と立花《たちばな》を同《おな》じだと思《おも》ってるし。10年早《ねんはえ》ぇよ。立花《たちばな》は、ずっと努力《どりょく》してきてんだからな。」

びっくりした。

上杉君《うえすぎくん》が、そんなふうに言《い》うなんて、全然思《ぜんぜんおも》っていなかったから。

驚《おどろ》きながら上杉君《うえすぎくん》を見《み》ると、上杉君《うえすぎくん》は、あわてて横《よこ》を向《む》いた。

しまった、言《い》っちまったと言《い》わんばかりのその表情《ひょうじょう》が、ちょっとおかしかった。

上杉君《うえすぎくん》は、私《わたし》を認《みと》めてくれてるんだ。

そうわかってうれしかったし、もっと頑張《がんば》ろうって気持《きも》ちにもなった。

「ねぇ臣《おみ》ぃ、」

ミミーは上杉君《うえすぎくん》をにらみつけてから、その視線《しせん》を若武《わかたけ》に転《てん》じる。

「私《わたし》、臣《おみ》の役《やく》に立《た》ちたいんだもの、いいでしょ。入《い》れてくれるよね。さっき聞《き》いてたら、あの役《やく》割分担《わりぶんたん》だって臣《おみ》だけが1人《ひとり》じゃん。私《わたし》がいれば一緒《いっしょ》にできるよ。そしたら、2人《ふたり》の時間《じかん》を過《す》ごせるしさ。」

なんか方向《ほうこう》が、全然違《ぜんぜんちが》ってきてる気《き》がする・・・。

「若武《わかたけ》、」

上杉君《うえすぎくん》が、凍《こお》りついた湖面《こめん》みたいな眼差《まなざし》を若武《わかたけ》に向《む》けた。

「その女《おんな》、外《そと》に出《だ》せ。でなかったら、俺《おれ》が出《で》てく。」

それは若武《わかたけ》に、彼女《かのじょ》を取《と》るか、それともKZ《カッズ》を取《と》るかという選択《せんたく》を迫《せま》るものだった。

私《わたし》が息《いき》を呑《の》んでいると、ミミーが鼻《はな》で笑《わら》った。

「臣《おみ》は、私《わたし》に出《で》てけなんて言《い》わないよ。すっごく優《やさ》しいんだから。ねぇ臣《おみ》ぃ。」

若武《わかたけ》は、黙《だま》っていた。

唇《くちびる》を引《ひ》き結《むす》んで、何《なに》も言《い》わない。

私《わたし》は、ハラハラした。

ミミーを好《す》きで、思《おも》い通《どお》りにさせてあげたいのかもしれないけど、このままじゃ上杉君《うえすぎくん》がキレる。

KZ《カッズ》のリーダーとして、ここは公私《こうし》のケジメをつけて！

ところが若武《わかたけ》は、いつまで経《た》っても黙《だま》ったままだった。

上杉君《うえすぎくん》が、ちっと舌打《したう》ちする。

「ｍｉｌｋｓｏｐ《ふぬけやろう》！」

そう言《い》うなりツカツカとドアへと歩《ある》き、乱暴《らんぼう》にそれを開《あ》けて出《で》ていってしまった。

大《おお》きな音《おと》を立《た》ててドアが閉《し》まると、ミミーがアカンベする。

「おまえなんか、もう来《く》るな！」

瞬間《しゅんかん》、忍《しのぶ》が立《た》ち上《あ》がった。

「気分悪《きぶんわる》い。俺《おれ》も帰《かえ》る。」

それを見《み》ながら翼《たすく》が腰《こし》を上《あ》げ、チラッとミミーに視線《しせん》を流《なが》した。

「KZ《カッズ》の会議《かいぎ》だったのに、いつの間《ま》にかズレたよね。」

いつも凜《りん》としている目《め》には、針《はり》のように鋭《するど》い光《ひかり》がある。

「原因《げんいん》は、何《なん》でしょ。」

黒木君《くろきくん》も立《た》ち上《あ》がり、怒《いか》りを含《ふく》んだ眼差《まなざし》で若武《わかたけ》をにらんだ。

「おまえの付《つ》き合《あ》いには干渉《かんしょう》しない。祝福《しゅくふく》もする。だが自分《じぶん》の女《おんな》ぐらい、おとなしくさせとけ。」

その目《め》のすごさといったら、皆《みな》がすくみ上《あ》がるほどだった。

「KZ《カッズ》に、首突《くびつ》っこませるな。」

ドアが開《あ》いては閉《し》まり、皆《みな》が次々《つぎつぎ》と出《で》ていって、やがて部屋《へや》の中《なか》は若武《わかたけ》と小塚君《こづかくん》と私《わたし》、それにミミーだけになった。

私《わたし》は、久《ひさ》しぶりに、秀明《しゅうめい》の算数担当《さんすうたんとう》だった江川先生《えがわせんせい》の話《はなし》を思《おも》い出《だ》していた。

「それぞれの教科《きょうか》においてトップクラスの男子《だんし》ばかりだから、気性《きしょう》は激《はげ》しいよ。個性《こせい》も強《つよ》いしね。」

それまであまり実感《じっかん》できていなかったその言葉《ことば》が、しみじみと身《み》に沁《し》みた。

ああ皆《みな》、きついんだなぁって。

「若武《わかたけ》、」

小塚君《こづかくん》がおずおずと口《くち》を開《ひら》く。

「今日《きょう》はもう解散《かいさん》にしよう。メンバーの過半数《かはんすう》が退出《たいしゅつ》したら、会議《かいぎ》なんか成《な》り立《た》たないだろ。」

確《たし》かに、その通《とお》りだった。

若武《わかたけ》は天井《てんじょう》を仰《あお》ぎ、両手《りょうて》で髪《かみ》をかき上《あ》げながら大《おお》きな溜《た》め息《いき》をつく。

「わかった。じゃ諸君《しょくん》、解散《かいさん》・・・」

力《ちから》なく発《はっ》せられたその解散宣言《かいさんせんげん》は、これまでにないほど気分《きぶん》の滅入《めい》るものだった。

「あ、終《お》わりなの。じゃ臣《おみ》ぃ、2人《ふたり》でゲームしよ。」

元気《げんき》なのは、ミミーだけ・・・。

「アーヤ、帰《かえ》ろ。」

小塚君《こづかくん》がドアを開《あ》けながら、こちらを振《ふ》り返《かえ》る。

私《わたし》が急《いそ》いでそこから出《で》ようとすると、背中《せなか》の向《む》こうでミミーの声《こえ》がした。

「臣《おみ》は、なんで、あんな感《かん》じ悪《わる》い連中《れんちゅう》と付《つ》き合《あ》ってるわけよ。やめちゃいな。私《わたし》、嫌《きら》いだな、あいつら全員《ぜんいん》。」

*

私《わたし》は、小塚君《こづかくん》と一緒《いっしょ》に若武《わかたけ》の家《いえ》を出《で》た。

「お昼《ひる》、食《た》べ損《そこ》ねたよね。」

そう言《い》って顔《かお》を見合《みあ》わせ、ひっそりと笑《わら》い合《あ》う。

会議《かいぎ》が決裂《けつれつ》し、メンバーの4人《にん》もが途中《とちゅう》で出《で》ていくなんて、今《いま》までにないことだった。

これからKZ《カッズ》は、どうなるんだろう。

不安《ふあん》のあまり、私《わたし》は、自転車《じてんしゃ》に乗《の》って漕《こ》ぎ出《だ》すだけの力《ちから》を出《だ》せなかった。

それで押《お》しながら歩《ある》き始《はじ》めると、小塚君《こづかくん》もやっぱり同《おな》じ状態《じょうたい》だったらしく、自転車《じてんしゃ》を引《ひ》きずり出《だ》す。

2人《ふたり》で並《なら》んで歩《ある》いた。

「若武《わかたけ》、どうして何《なに》も言《い》わなかったんだろ。若武《わかたけ》がミミーを止《と》めてれば、こんなことにはならなかったのに。」

私《わたし》がそう言《い》うと、小塚君《こづかくん》は困《こま》ったように目《め》を伏《ふ》せた。

「それだけミミーに夢中《むちゅう》だってことかな。家《いえ》まで呼《よ》んでるくらいだしさ。」

そうか、若武《わかたけ》はミミーが好《す》きすぎて、逆《さか》らえないんだね。

「それほど魅力的《みりょくてき》な子《こ》だとは思《おも》えないけど、まぁ趣味《しゅみ》の問題《もんだい》だからね。」

何《なん》だか、哀《かな》しかった。

若武《わかたけ》は感情《かんじょう》の波《なみ》が大《おお》きくて「ウエーブの若武《わかたけ》」って呼《よ》ばれているくらいだから、本気《ほんき》で誰《だれ》かを好《す》きになったら、理性《りせい》を吹《ふ》っ飛《と》ばしてしまうのかもしれない。

今《いま》の若武《わかたけ》にとっては、KZ《カッズ》よりミミーの方《ほう》が大事《だいじ》なんだ。

「KZ《カッズ》は、これからどうなるの？」

声《こえ》が震《ふる》えてしまった。

「リーダーがこんな状態《じょうたい》じゃ、組織《そしき》は存続《そんぞく》できなくない？」

小塚君《こづかくん》は足《あし》を止《と》め、いつになくきっぱりとした表情《ひょうじょう》で、パーカーのポケットからスマートフォンを取《と》り出《だ》した。

「僕《ぼく》、若武《わかたけ》に聞《き》いてみるよ、この状況《じょうきょう》をどう思《おも》ってるのかって。さっきは、あんまりにも意外《いがい》な急展開《きゅうてんかい》で、驚《おどろ》いたりあわてたりしてて対応《たいおう》できなかったんだけど、」

ん、私《わたし》もそうだったよ。

「まず若武《わかたけ》の本音《ほんね》を確《たし》かめないと、前《まえ》に進《すす》めないからね。」

小塚君《こづかくん》の言《い》うことは、もっともだった。

でも私《わたし》は、聞《き》くのが恐《こわ》かったんだ。

だって若武《わかたけ》の気持《きも》ちを聞《き》いたら、それが決定的《けっていてき》になってしまう。

もし若武《わかたけ》が、KZ《カッズ》よりミミーを大事《だいじ》にしたいって言《い》ったら、私《わたし》たちは、どうすればいいんだろう。

「僕《ぼく》が動揺《どうよう》してたように、若武《わかたけ》もさっきはどうしていいのかわからなかったんだと思《おも》う。よく話《はな》せば、きっと大丈夫《だいじょうぶ》だよ。若武《わかたけ》だって自分《じぶん》がKZ《カッズ》のリーダーであることに誇《ほこ》りを持《も》ってるはずだし、今《いま》のこの状態《じょうたい》はまずいと思《おも》ってるに決《き》まってるから。」

それは、きっとそうだよね。

「僕《ぼく》たちは、ミミーとの付《つ》き合《あ》いをやめろって言《い》ってるわけじゃない。若武《わかたけ》が理性《りせい》を取《と》り戻《もど》して、黒木《くろき》も言《い》ってたように、彼女《かのじょ》を抑《おさ》えてくれればいいだけなんだ。冷静《れいせい》に話《はな》せば、わかってくれるよ。」

そうだといい！

祈《いの》るような気持《きも》ちで私《わたし》が同意《どうい》したその時《とき》、小塚君《こづかくん》が操作《そうさ》していたスマートフォンが鳴《な》り出《だ》した。

「あ、若武《わかたけ》からメールだ。」

私《わたし》は、ドキドキした。

何《なに》を言《い》ってきたんだろう。

息《いき》を詰《つ》めて、メール画面《がめん》を開《ひら》いている小塚君《こづかくん》を見《み》つめる。

もしかして、謝《あやま》ってきたのかもしれない。

そうだったらいい！

即《そく》、許《ゆる》すから。

上杉君《うえすぎくん》たちにもよく話《はな》して、許《ゆる》してもらうようにするから。

「アーヤ、見《み》て。」

そう言《い》ってスマートフォンを差《さ》し出《だ》した小塚君《こづかくん》の顔《かお》は、真《ま》っ青《さお》だった。

きっと何《なに》か、大変《たいへん》なことが書《か》いてあるのに違《ちが》いない。

心臓《しんぞう》を握《にぎ》りつぶされるような思《おも》いで、私《わたし》はスマートフォンを受《う》け取《と》り、画面《がめん》に視線《しせん》を落《お》とした。

一瞬《いっしゅん》、目《め》をつぶる。

ああどうか、あまりひどいことじゃ、ありませんように！

若武《わかたけ》が、ミミーと同《おな》じくらいKZ《カッズ》のことも大事《だいじ》にしてくれていますように!!

そう祈《いの》りながら目《め》を開《あ》ける。

そこには、こう書《か》いてあった。

「若武和臣《わかたけかずおみ》は、探偵《たんてい》チームKZ《カッズ》のリーダーを辞任《じにん》し、KZ《カッズ》から脱退《だったい》する。後任《こうにん》には、美門《みかど》か黒木《くろき》を推薦《すいせん》する。今《いま》までありがとう。それじゃ！」

＊

私《わたし》が恐《おそ》れていたことは、ついに現実《げんじつ》になったのだった。

若武《わかたけ》は、ミミーを説得《せっとく》してKZ《カッズ》入《い》りを諦《あきら》めさせるより、自分《じぶん》がKZ《カッズ》を辞《や》めることを選《えら》んだのだ。

私《わたし》も小塚君《こづかくん》も言葉《ことば》がなく、ただ、ただ立《た》ちつくす。

ショックと悲《かな》しみと怒《いか》り、くやしさが渦《うず》を巻《ま》く心《こころ》の中《なか》は、荒《あ》れた海《うみ》のようだった。

若武《わかたけ》に立《た》ち去《さ》られた悲《かな》しみ、そんな方法《ほうほう》を選《えら》んだ若武《わかたけ》への怒《いか》り、若武《わかたけ》から捨《す》てられたくやしさ、それらが混《ま》じり合《あ》って、激流《げきりゅう》のように逆巻《さかま》いていた。

若武《わかたけ》のいないKZ《カッズ》なんて・・・KZ《カッズ》じゃない！

若武《わかたけ》がいなくちゃ、嫌《いや》だ！

KZ《カッズ》には、若武《わかたけ》が必要《ひつよう》なんだ。

それなのに、一方的《いっぽうてき》に辞任《じにん》と脱退《だったい》を宣言《せんげん》した若武《わかたけ》が、許《ゆる》せなかった。

無責任《むせきにん》すぎるし、それが恋《こい》に溺《おぼ》れての判断《はんだん》だと考《かんが》えると、無性《むしょう》に腹立《はらだ》たしい。

えーい、バカ武《たけ》っ！

瞬間《しゅんかん》、私《わたし》の手《て》にあったスマートフォンが鳴《な》り始《はじ》めた。

それが止《と》まったかと思《おも》うと、再《ふたた》び鳴《な》り出《だ》し、また止《と》まってもさらに鳴《な》り出《だ》して、けたたましい音《おと》を上《あ》げ続《つづ》ける。

私《わたし》がどうしていいのかわからず、アタフタしていると、小塚君《こづかくん》がスマートフォンを取《と》り上《あ》げた。

指《ゆび》の先《さき》で、サラッと操作《そうさ》する。

「美門《みかど》からメールだ。上杉《うえすぎ》からも、七鬼《ななき》からも来《き》てる。皆《みな》、若武《わかたけ》のメールを受《う》け取《と》ったみたい。黒木《くろき》が、駅《えき》のスタバで話《はな》そうって言《い》ってるけど、」

私《わたし》は、大《おお》きく頷《うなず》いた。

話《はな》し合《あ》い、それこそが今《いま》のKZ《カッズ》を救《すく》うただ1つの道《みち》だった。

「行《い》こう！」

6　運命《うんめい》の糸《いと》に気《き》づく

私《わたし》も小塚君《こづかくん》もサッと自転車《じてんしゃ》に乗《の》り、駅《えき》を目指《めざ》して全力《ぜんりょく》で漕《こ》いだ。

さっきまでの脱力感《だつりょくかん》が嘘《うそ》のようだった。

人間《にんげん》は、追《お》い詰《つ》められると力《ちから》が出《で》るらしい。

これがきっと、火事場《かじば》の馬鹿力《ばかぢから》っていうものなんだろうな。

あ、窮鼠《きゅうそ》、猫《ねこ》を嚙《か》む、のネズミの心境《しんきょう》の方《ほう》が近《ちか》いかも。

その時《とき》ネズミはきっと、それだけが今《いま》この場《ば》を切《き》り抜《ぬ》けるただ1つの方法《ほうほう》だって考《かんが》えついたんだ。

私《わたし》たちは駅《えき》の駐輪場《ちゅうりんじょう》に駆《か》けこみ、自転車《じてんしゃ》を停《と》めてから、スタバへの階段《かいだん》を走《はし》り上《あ》がった。

ドアを開《あ》け、店内《てんない》を見回《みまわ》すと、壁際《かべぎわ》の席《せき》に、もう皆《みな》が座《すわ》っていた。

「遅《おそ》くなってごめん。」

そう言《い》いながら近《ちか》づく。

黒木君《くろきくん》がソファの奥《おく》に移動《いどう》し、2人分《ふたりぶん》のスペースを空《あ》けてくれた。

テーブルを挟《はさ》んでその前《まえ》の椅子《いす》に座《すわ》っていた上杉君《うえすぎくん》が、ストローの端《はし》を嚙《か》みつぶしながらつぶやく。

「どうするよ。」

切《き》れ上《あ》がった2つの目《め》には、忌々《いまいま》しそうなきらめきがあった。

「くっそ、若武《わかたけ》の奴《やつ》、逃《に》げやがって！」

いかにもくやしそうに、固《かた》めた拳《こぶし》をテーブルに強《つよ》く押《お》し当《あ》てる。

「自分勝手《じぶんかって》は許《ゆる》さん！」

私《わたし》も、思《おも》いは同《おな》じだった。

「KZ《カッズ》は、リーダーを失《うしな》ったんだ。」

そう言《い》ったのは、黒木君《くろきくん》だった。

「舵《かじ》を失《うしな》った船《ふね》のようなものだ。このままじゃ進《すす》めない。まず仮《かり》のリーダーを立《た》てよう。若武《わかたけ》の推薦《すいせん》を受《う》けた美門《みかど》、おまえ、やれ。」

翼《たすく》は一瞬《いっしゅん》、腑《ふ》に落《お》ちない表情《ひょうじょう》になる。

「黒木《くろき》は？」

そうだよ、黒木君《くろきくん》だって推薦《すいせん》されてたよ。

「俺《おれ》は、自由《じゆう》にさせといてくれ。調《しら》べたいこともあるから、全体《ぜんたい》に目《め》を配《くば》るのは無理《むり》だ。だいたいそういうキャラじゃないしね。」

苦笑《くしょう》した黒木君《くろききくん》に、翼《たすく》が頷《うなず》く。

「わかった、いいよ。」

あ、軽《かる》く引《ひ》き受《う》けた。

「じゃ、俺《おれ》が仮《かり》リーダーってことで。」

忍《しのぶ》が立《た》ち上《あ》がり、自分《じぶん》の席《せき》を指《さ》す。

「ここが真《ま》ん中《なか》だぜ。替《か》わろう。」

2人《ふたり》が入《い》れ替《か》わり、私《わたし》たちは翼《たすく》を取《と》り囲《かこ》んだ。

そうして顔《かお》を見合《みあ》わせると、今《いま》までと同《おな》じメンバーなのに、何《なん》だか新鮮《しんせん》な感《かん》じがした。

「では、仮《かり》リーダーから提案《ていあん》を1つ。」

その素早《すばや》さに、私《わたし》はびっくり。

若武《わかたけ》に勝《まさ》るとも劣《おと》らないハイスピードだった。

「まず未来図《ヴィジョン》を固《かた》めない？」

え？

「俺《おれ》たちKZ《カッズ》がたどり着《つ》くべき理想《りそう》の結論《けつろん》を、先《さき》に決《き》めるんだ。その次《つぎ》に、そこに行《い》き着《つ》けるような方法《ほうほう》を考《かんが》える。これからKZ《カッズ》を、どうしていきたい？」

私《わたし》は、真《ま》っ先《さき》に言《い》った。

「元《もと》のKZ《カッズ》に戻《もど》りたい！」

その声《こえ》は、私《わたし》の心《こころ》を反映《はんえい》して自分《じぶん》でも驚《おどろ》くくらい切実《せつじつ》に響《ひび》いた。

皆《みな》がこっちを見《み》たので、私《わたし》は恥《は》ずかしくなりながら付《つ》け加《くわ》える。

「KZ《カッズ》は今《いま》、チームとして充実《じゅうじつ》してきてると思《おも》う。だから変《か》えたくないんだ。このまま皆《みんな》で、頑《がん》張《ば》っていきたい。」

隣《となり》で、小塚君《こづかくん》が同意《どうい》した。

「僕《ぼく》も、若武《わかたけ》に戻《もど》ってきてもらうのがいいと思《おも》うよ。」

黒木君《くろきくん》も共鳴《きょうめい》する。

「まぁ、それが一番《いちばん》落《お》ち着《つ》く形《かたち》ではあるね。」

忍《しのぶ》が、気持《きも》ちはわかるといったように軽《かる》く頷《うなず》いた。

「大丈夫《だいじょうぶ》、恋《こい》なんて穴《あな》に落《お》ちるようなものだ。」

へぇ、そうなんだ。

「若武《わかたけ》もそのうちに目《め》が覚《さ》めて、真《ま》っ当《とう》になって戻《もど》ってくるよ。」

まるで経験《けいけん》があるみたいな言《い》い方《かた》だった。

忍《しの》って、恋《こい》したことがあるのかな。

「でも若武《わかたけ》は、」

上杉君《うえすぎくん》は、相変《あいか》わらず厳《きび》しい表情《ひょうじょう》だった。

「あの女《おんな》にのぼせて、KZ《カッズ》を放《ほう》り出《だ》しやがったんだぜ。その馬鹿《ばか》さを許《ゆる》すのか。KZ《カッズ》への裏切《うらぎ》りだろーが。」

黒木君《くろきくん》が溜《た》め息《いき》をつく。

「それも、若武《わかたけ》らしいとこだからさ。いいんじゃない、許《ゆる》してやれば。」

その後《あと》を、小塚君《こづかくん》が続《つづ》けた。

「若武《わかたけ》は、KZ《カッズ》に必要《ひつよう》だよ。あの詐欺師的能力《さぎしてきのうりょく》で、今《いま》までいろんな急場《きゅうば》を切《き》り抜《ぬ》けてきただろ。」

私《わたし》は、これまでに起《お》こった数々《かずかず》の事件《じけん》を思《おも》い出《だ》した。

確《たし》かにKZ《カッズ》は、若武《わかたけ》の才能《さいのう》によって助《たす》けられ、いく度《ど》もピンチを脱《だっ》してきた。

それは他《ほか》の誰《だれ》にも真似《まね》できない、若武《わかたけ》だけの力《ちから》だったんだ。

「俺《おれ》は、許《ゆる》さねーよ、絶対《ぜったい》。」

上杉君《うえすぎくん》は切《き》りこむように言《い》って、空中《くうちゅう》に目《め》を据《す》える。

「おまえら、甘《あま》すぎ。」

小塚君《こづかくん》が困《こま》ったようにつぶやいた。

「でも若武《わかたけ》を失《うしな》うのは、KZ《カッズ》にとって痛手《いたで》だと思《おも》うよ。大《おお》きな損失《そんしつ》になる。そのことは、わかるだろ?」

上杉君《うえすぎくん》は、そっぽを向《む》く。

KZ《カッズ》よりミミーを取《と》った若武《わかたけ》が、どうにも我慢《がまん》できないらしかった。

それは、上杉君《うえすぎくん》が何《なに》よりもKZ《カッズ》を大切《たいせつ》に思《おも》っているという証明《しょうめい》のようなものだったから、私《わたし》は同志《どうし》を見《み》つけたような気分《きぶん》になった。

上杉君《うえすぎくん》なら、私《わたし》と同《おな》じようにKZ《カッズ》に集中《しゅうちゅう》し、KZ《カッズ》のことだけ考《かんが》えて、それだけで満足《まんぞく》して、KZ《カッズ》を大事《だいじ》にしてくれるのかもしれない。

そう思《おも》った瞬間《しゅんかん》、私《わたし》の気持《きも》ちは、上杉君《うえすぎくん》の方《ほう》を向《む》いた。

それまで感《かん》じたことのない、とても繊細《せんさい》で、でも熱《ねつ》っぽい気持《きも》ちだった。

それが心《こころ》の中《なか》に広《ひろ》がっていき、その直後《ちょくご》、私《わたし》は思《おも》い出《だ》したんだ、自分《じぶん》の彩《あや》という名前《なまえ》の中《なか》に、上杉君《うえすぎくん》の杉《すぎ》という文字《もじ》が入《はい》っていることを。

それが私《わたし》に、運命的《うんめいてき》なものを感《かん》じさせた。

もしかして私《わたし》たちは、仲間《なかま》として運命《うんめい》の糸《いと》で結《むす》ばれているのかもしれない、そんな気《き》がしたんだ。

ずっと前《まえ》、私《わたし》は「黄金《おうごん》の雨《あめ》は知《し》っている」の中《なか》で翼《たすく》と心《こころ》を通《かよ》わせ、自分《じぶん》たちが同《おな》じ魂《たましい》を持《も》っているかのように感《かん》じたことがある。

その時《とき》とは、ちょっと違《ちが》う感《かん》じだったけれど、でも上杉君《うえすぎくん》との距離《きょり》が縮《ちぢ》まった気《き》がした。

「じゃ、」

翼《たすく》が、悪戯《いたずら》っ子《こ》みたいに目《め》を輝《かがや》かせる。

「若武《わかたけ》に、罰《ばつ》を与《あた》えるってことで、どうでしょ。」

今《いま》まで誰《だれ》も思《おも》いつきもしなかったそのアイディアに、私《わたし》たちは思《おも》わず身《み》を乗《の》り出《だ》した。

「若武《わかたけ》が戻《もど》ってきても、当分《とうぶん》の間《あいだ》リーダーにせず、正規《せいき》メンバーより下《した》の地位《ちい》にして、投票権《とうひょうけん》などは正規《せいき》メンバーの半分《はんぶん》しか与《あた》えない。」

上杉君《うえすぎくん》の表情《ひょうじょう》が、ふっと緩《ゆる》む。

「正規《せいき》メンバーは、若武《わかたけ》に向《む》かって、黙《だま》れと言《い》ってその発言《はつげん》を封《ふう》じる権利《けんり》を持《も》ち、その時《とき》、若武《わかたけ》は黙《だま》らねばならない。」

上杉君《うえすぎくん》は、かなり満足《まんぞく》そうな顔《かお》つきになった。

私《わたし》は、黙《だま》らされている若武《わかたけ》を思《おも》い描《えが》いてみる。

ものすごい膨《ふく》れっ面《つら》をしてるところが想像《そうぞう》できて、思《おも》わず笑《わら》ってしまった。

「それ、いいかも。」

そう言《い》いながら私《わたし》は上杉君《うえすぎくん》に目《め》を向《む》けた。

「若武《わかたけ》は、自分《じぶん》がリードを取《と》らないと我慢《がまん》できない質《たち》だから、今《いま》の方法《ほうほう》は罰《ばつ》として充分《じゅうぶん》だし、かなり応《こた》えると思《おも》うよ。いいんじゃない？」

上杉君《うえすぎくん》は、ちょっと笑《わら》いながら答《こた》えた。

「ま、いいや。」

やった、KZ《カッズ》の意見《いけん》はまとまった！

そこまで皆《みな》を引《ひ》っ張《ぱ》ってきたのは、翼《たすく》だった。

私《わたし》は敬服《けいふく》しながら同時《どうじ》に、翼《たすく》を推薦《すいせん》した若武《わかたけ》は、それを見抜《みぬ》いていたのだろうとも思《おも》った。

翼《たすく》はオールマイティで、どんな分野《ぶんや》にも通《つう》じている。

それは自分《じぶん》の中《なか》にいろいろな能力《のうりょく》や情報《じょうほう》を抱《かか》えこんでいて、状況《じょうきょう》に応《おう》じて取《と》り出《だ》せるということだった。

選択力《せんたくりょく》や調整力《ちょうせいりょく》、そして異《こと》なるものをまとめる力《ちから》に長《た》けているんだ。

リーダーの資質《ししつ》を持《も》っているといってもいい。

若武《わかたけ》にはそれがわかったんだ、同《おな》じタイプだから。

細《こま》かく見《み》れば、若武《わかたけ》の方《ほう》が大雑把《おおざっぱ》で、感情的《かんじょうてき》だけどね。

「ではKZ《カッズ》は、若武《わかたけ》の復帰《ふっき》を目指《めざ》す。そして復帰後《ふっきご》には、罰《ばつ》を与《あた》えることにする。」

うん、うん。

「じゃ次《つぎ》のステージに進《すす》もう。ここで出《で》てくる問題《もんだい》は、どうすれば若武《わかたけ》を復帰《ふっき》させられるか、だ。」

私《わたし》たちは一瞬《いっしゅん》、言葉《ことば》に詰《つ》まり、顔《かお》を見合《みあ》わせた。

それは、すごく難《むずか》しいことのように思《おも》えたんだ。

だって本人《ほんにん》は脱退《だったい》するつもりでいるんだし、KZ《カッズ》に戻《もど》ったら、待《ま》っているのは罰《ばつ》、正規《せいき》メンバー以下《いか》の待遇《たいぐう》だとなったら、戻《もど》るかどうかは、すごく疑問《ぎもん》。

「key-person《キー パーソン》は、おそらく宮下美久《みやしたみく》だね。」

黒木君《くろきくん》の言葉《ことば》に、上杉君《うえすぎくん》が目《め》を丸《まる》くした。

「あの女《おんな》の手《て》を借《か》りる気《き》か。若武《わかたけ》を説得《せっとく》してくれって頼《たの》むわけかよ。」

そう言《い》いながら、両手《りょうて》をドンとテーブルに突《つ》いた。

「俺《おれ》は、死《し》んでも嫌《や》だ。やるんなら、誰《だれ》か別《べつ》の奴《やつ》に頼《たの》め。」

あーあ、半端《はんぱ》じゃなく嫌《きら》ってるよね。

「上杉先生《うえすぎせんせい》、落《お》ち着《つ》いて。」

黒木君《くろきくん》が、クスクス笑《わら》う。

「そうじゃなくて、宮下美久《みやしたみく》について調《しら》べて、はっきりさせようと思《おも》ってるんだ。若武《わかたけ》との出会《であ》いの前《まえ》に遡《さかのぼ》って、どういう人物《じんぶつ》なのかを探《さぐ》ってみる。そこから何《なに》か出《で》てくるかもしれないからさ。」

黒木君《くろきくん》の言《い》っていることが、私《わたし》にはよくわからなかった。

「何《なに》か出《で》てくるって、何《なに》が出《で》るの？　若武《わかたけ》の復帰《ふっき》につながるようなこと？」

黒木君《くろきくん》は、もどかしげに片目《かため》を細《ほそ》める。

「たぶんね。俺《おれ》の勘《かん》は、その方向《ほうこう》を指《さ》してんの。けど、今《いま》のところは不明《ふめい》。とにかくやってみようって思《おも》ってるとこだよ。」

何《なん》でも見通《みとお》しているみたいな黒木君《くろきくん》にも、手探《てさぐ》りで進《すす》む時《とき》ってあるんだね。

それがわかって、私《わたし》はちょっと感動《かんどう》した。

スーパーな才能《さいのう》ですべてを一刀両断《いっとうりょうだん》にして、一瞬《いっしゅん》で片付《かたづ》けているわけじゃなくて、努力《どりょく》している部分《ぶぶん》もあるんだとわかったから。

黒木君《くろきくん》に親近感《しんきんかん》を持《も》ったのは、それが初《はじ》めてだった。

「俺《おれ》がそれやってる間《あいだ》に、皆《みな》で都市伝説《としでんせつ》の解析《かいせき》を進《すす》めといてよ。まず事実《じじつ》かどうかを調《しら》べ、もし事実《じじつ》なら原因《げんいん》を究明《きゅうめい》する。」

翼《たすく》が、素早《すばや》く役目《やくめ》を振《ふ》り直《なお》した。

「黒木《くろき》は別行動《べつこうどう》、宮下美久《みやしたみく》の調査《ちょうさ》をする。伝説《でんせつ》の1、音楽室《おんがくしつ》は俺《おれ》。伝説《でんせつ》の3、保健室《ほけんしつ》は上杉《うえすぎ》とアーヤ。伝説《でんせつ》の4、理科準備室《りかじゅんびしつ》は七鬼《ななき》。伝説《でんせつ》の5、開《あ》かずの井戸《いど》は小塚《こづか》。それらを調《しら》べた後《あと》、皆《みな》で裏庭《うらにわ》に集合《しゅうごう》し、伝説《でんせつ》の2、非常階段《ひじょうかいだん》を調査《ちょうさ》する。」

若武《わかたけ》の割《わ》り振《ふ》りより、ずっと細《こま》かかった。

「なんで音楽室《おんがくしつ》が、おまえなの？」

上杉君《うえすぎくん》が聞《き》くと、翼《たすく》は自信《じしん》に満《み》ちた笑《え》みを浮《う》かべた。

「笑《わら》うベートーベンの謎《なぞ》に、俺《おれ》、見当《けんとう》がついてんの。それを確《たし》かめるだけだから、1人《ひとり》で充分《じゅうぶん》でしょ。」

すごいっ！

「へえ、頼《たの》もしいね。」

黒木君《くろきくん》が半信半疑《はんしんはんぎ》の笑《え》みを浮《う》かべながら立《た》ち上《あ》がる。

「じゃ俺《おれ》、行《い》くから。」

皆《みな》で見送《みおく》ってから、再《ふたた》び額《ひたい》を寄《よ》せ集《あつ》めた。

「決行《けっこう》は、いつ？」

私《わたし》がそう言《い》ったとたん、上杉君《うえすぎくん》が、はっとしたような表情《ひょうじょう》になる。

「これ、まずくね？」

は？

「今《いま》までの話《はなし》は、忍《しの》びこむ時《とき》、若武《わかたけ》が手引《てび》きをするって前提《ぜんてい》で進《すす》んでたんだ。その若武《わかたけ》がいなかったら、俺《おれ》たち全員《ぜんいん》、部外者《ぶがいしゃ》だぜ。いくら図面《ずめん》があっても初《はじ》めての場所《ばしょ》だろ。しかも警備《けいび》とかに見《み》つかった場合《ばあい》、教室《きょうしつ》に忘《わす》れ物《もの》を取《と》りにきましたとか、部活《ぶかつ》の居残《いのこ》りですとか、言《い》えねーじゃん。」

それは、まったく大《おお》きな問題《もんだい》だった。

「口実《こうじつ》が1個《こ》もねーとなると、成功率《せいこうりつ》、下《さ》がるぜ。」

確《たし》かに！

「よし、こうしよう。」

翼《たすく》が、すかさず提案《ていあん》する。

「若武《わかたけ》に代《か》わって手引《てび》きしてくれる人間《にんげん》を探《さが》し、俺《おれ》が話《はなし》を付《つ》けとく。それでいいでしょ？」

私《わたし》たちは全員《ぜんいん》、納得《なっとく》し、大《おお》きく頷《うなず》いた。

翼《たすく》は、ほっとしたように表情《ひょうじょう》を緩《ゆる》める。

「じゃ手配《てはい》ができたら連絡《れんらく》する。今日《きょう》は、これで解散《かいさん》！」

7 やっぱり変《へん》かも

その夜《よる》、私《わたし》は事件《じけん》ノートを整理《せいり》しながら考《かんが》えた。

まずやらなければならないのは、校内都市伝説《こうないとしでんせつ》が事実《じじつ》かどうかを確《たし》かめること。

1、音楽室《おんがくしつ》の壁《かべ》にかかっているベートーベンの肖像画《しょうぞうが》は、本当《ほんとう》に笑《わら》うのか。

2、誰《だれ》もいない非常階段《ひじょうかいだん》から、本当《ほんとう》に足音《あしおと》が聞《き》こえるのか。

3、第《だい》3水曜日《すいようび》に保健室《ほけんしつ》に行《い》くと、症状《しょうじょう》が悪化《あっか》するというのは事実《じじつ》か。

4、理科準備室《りかじゅんびしつ》では、夜《よる》、本当《ほんとう》に何《なに》かを引《ひ》きずる音《おと》がしたのか。

5、開《あ》かずの井戸《いど》の水《みず》を飲《の》むと、死《し》ぬというのは事実《じじつ》か。

学校《がっこう》に忍《しの》びこめば、1、2、4については確《たし》かめられる。

3についても、何《なん》らかの手《て》がかりを摑《つか》むことができるだろう。

5は、小塚君《こづかくん》が水《みず》を採取《さいしゅ》して分析《ぶんせき》するだろうから、それではっきりするはずだ。

ん、いけそう！

そう考《かんが》えながら私《わたし》は、1と2については、さらに突《つ》っこんで確《たし》かめなければならないことに気《き》がついた。

この2つは、他《ほか》の伝説《でんせつ》と違《ちが》っている。

謎《なぞ》としてみると二重《にじゅう》になっているから、そのそれぞれについてはっきりさせなければならないんだ。

1の場合《ばあい》は、ベートーベンが本当《ほんとう》に笑《わら》うのかどうかと、それを見《み》たらなぜ体重《たいじゅう》が増《ふ》えるのか。

2の場合《ばあい》は、誰《だれ》もいない非常階段《ひじょうかいだん》から、本当《ほんとう》に足音《あしおと》が聞《き》こえるのかどうかと、それを聞《き》いたらどうして成績《せいせき》が下《さ》がるのか。

でもこれらを確《たし》かめるには、学校《がっこう》の生徒《せいと》への聞《き》きこみが必要《ひつよう》。

忍《しの》びこんだ当日《とうじつ》にそれをすることは、無理《むり》かもしれなかった。

それで1、2の隣《となり》に、要《よう》・追加調査《ついかちょうさ》と書《か》き、付帯事項《ふたいじこう》として付《つ》けておくことにしたんだ。

よし、完璧《かんぺき》。

きれいに清書《せいしょ》したそれを、私《わたし》は満足《まんぞく》して見《み》つめた。

整然《せいぜん》としたノートは、本当《ほんとう》に美《うつく》しくて気持《きも》ちがいいもの。

私《わたし》、清書《せいしょ》オタクかもしれない。

そう思《おも》いながら、事件《じけん》ノートを見返《みかえ》していて、若武《わかたけ》との出会《であ》いを思《おも》った。

あれは「消《き》えた自転車《じてんしゃ》は知《し》っている」の中《なか》でのこと。

最悪《さいあく》の出会《であ》いだったけれど、私《わたし》は、たちまち若武《わかたけ》の魅力《みりょく》に惹《ひ》きつけられた。

いろんな事件《じけん》を解決《かいけつ》していくうちに、自分《じぶん》は若武《わかたけ》を好《す》きかもしれないって思《おも》ったこともある。

今《いま》はもう友《とも》だちとしての位置《いち》に、固定《こてい》してあるけれど。

これで終《お》わりになるなんて、絶対《ぜったい》に嫌《いや》だ。

なんとしてもKZ《カッズ》に戻《もど》ってもらわなくちゃ。

立《た》ち上《あ》がって部屋《へや》を出《で》て、私《わたし》は廊下《ろうか》の窓《まど》から外《そと》を見《み》た。

昨日《きのう》、若武《わかたけ》が立《た》っていた所《ところ》には、今《いま》は誰《だれ》もおらず、街灯《がいとう》の光《ひかり》が立《た》ち木《き》と地面《じめん》を照《て》らしているばかりだった。

若武《わかたけ》、今頃《いまごろ》どうしているんだろう。

KZ《カッズ》脱退宣言《だったいせんげん》をしたことを、後悔《こうかい》したりしていないだろうか。

それともミミーと楽《たの》しく過《す》ごしていて、もうKZ《カッズ》なんか必要《ひつよう》ないと思《おも》っている？

そうだったら、悲《かな》しいな。

あれこれと考《かんが》えながら、ぼんやりと昨日《きのう》のことを思《おも》い出《だ》していて、はっとした。

あの時《とき》、若武《わかたけ》は、ものすごく思《おも》いつめた暗《くら》い顔《かお》をしていた。

だから私《わたし》、悩《なや》んでるんだなって思《おも》ったんだもの。

で、KZ《カッズ》会議《かいぎ》で真相《しんそう》がわかると思《おも》ってたら、それがミミーとの付《つ》き合《あ》い宣言《せんげん》だったんだ。

つまり若武《わかたけ》が言《い》ってた、やらなくちゃならないことというのは、ミミーとの交際《こうさい》だったということになる。

でも、あの思《おも》いつめ方《かた》は、何《なに》!?

これって・・・やっぱり何《なん》となく、変《へん》だ。

そう思《おも》うのは、私《わたし》だけ？

＊

翌朝《よくあさ》、

「彩《あや》、電話《でんわ》よ、美門君《みかどくん》って子《こ》から。」

ママに言《い》われて、私《わたし》は、え？　と思《おも》った。

だって、いつもなら連絡《れんらく》は小塚君《こづかくん》からくるんだもの。

もしかして小塚君《こづかくん》の身《み》に、何《なに》か起《お》こったとか？

私《わたし》は大急《おおいそ》ぎで、電話口《でんわぐち》に飛《と》んでいった。

「代《か》わりました。」

そう言《い》うと、耳《みみ》のそばで翼《たすく》の声《こえ》がした。

「手引《てび》きしてくれる人物《じんぶつ》が見《み》つかったから、集合《しゅうごう》の連絡《れんらく》。」

早《はや》い！

小塚君《こづかくん》の病気《びょうき》や事故《じこ》じゃなくてよかったと思《おも》いながら考《かんが》える。

翼《たすく》はリーダーに成《な》り立《た》てだし、若武《わかたけ》からはきっと引《ひ》き継《つ》ぎがなかっただろうから、私《わたし》への連絡《れんらく》は小塚君《こづかくん》に任《まか》せればいいってことを知《し》らないんだ。

リーダーをしながら連絡係《れんらくがかり》まで引《ひ》き受《う》けていたら、身《み》が持《も》たないよ、教《おし》えておこうっと。

「今夜《こんや》、決行《けっこう》だ。市立中《しりつちゅう》の校門前《こうもんまえ》に、20時《じ》。」

うっ！

「アーヤ、大丈夫《だいじょうぶ》？」

私《わたし》は、ママのいるダイニングの方《ほう》をちらっと見《み》た。

大丈夫《だいじょうぶ》じゃない気《き》もするけど、行《い》くしかない！

「何《なん》とかする。」

黒木君《くろきくん》に頼《たの》めば、ママの目《め》を引《ひ》きつけておいてくれると思《おも》うけど、今回《こんかい》は別働隊《べつどうたい》として動《うご》いてるから私《わたし》のプライベートなことまでやってもらうのは悪《わる》い気《き》がした。

自分《じぶん》で工夫《くふう》しよう！

「無理《むり》すんなよ。ダメだったら、連絡《れんらく》くれるだけでいいから。じゃ。」

切《き》ろうとした翼《たすく》を引《ひ》き留《と》める。

「若武《わかたけ》の代《か》わりを見《み》つけるの、すごく早《はや》かったね。どうやったの？」

本来《ほんらい》なら、人探《ひとさが》しは黒木君《くろきくん》の役目《やくめ》だった。

でもKZ《カッズ》会議《かいぎ》でその話《はなし》が出《で》た時《とき》、黒木君《くろきくん》はもういなかったんだ。

翼《たすく》は、黒木君《くろきくん》に連絡《れんらく》して頼《たの》んでもよかった。

そうせずに、自分《じぶん》で引《ひ》き受《う》けたのはなぜだろう。

「バスケの大会《たいかい》で、若武《わかたけ》の学校《がっこう》のバスケ部員《ぶいん》と交流《こうりゅう》があったことを思《おも》い出《だ》してさ、キャプテンに電話《でんわ》してみたんだ。」

その意気《いき》ごんだ声《こえ》を聞《き》きながら、私《わたし》にはわかった気《き》がした。

翼《たすく》はきっと、自分《じぶん》で何《なん》とかしなければならないと思《おも》ったんだ。

なぜなら・・・リーダーだという自覚《じかく》があったから。

あの時《とき》、私《わたし》は、翼《たすく》が軽《かる》くリーダーを引《ひ》き受《う》けたように感《かん》じていた。

でも態度《たいど》に出《だ》さなかっただけで、本当《ほんとう》はすごく重《おも》く受《う》け止《と》めていたんだ。

そのことに今《いま》、ようやく気《き》がついた。

引《ひ》き受《う》けた以上《いじょう》は責任《せきにん》を果《は》たさねばならないと、懸命《けんめい》にいろんなアイディアを出《だ》したり、若武《わかたけ》の代《か》わりを自分《じぶん》で探《さが》したりしてたんだ。

「やっぱ校内《こうない》都市《とし》伝説《でんせつ》には、かなり迷惑《めいわく》してるみたい。それを解明《かいめい》したいって言《い》ったら、喜《よろこ》んで引《ひ》き受《う》けてくれたよ。今日《きょう》は日曜《にちよう》練習《れんしゅう》で、夜《よる》は遅《おそ》くまで残《のこ》ってるから案内《あんない》してもいいって言《い》ってる。願《ねが》ったり叶《かな》ったりでしょ。」

とてもうれしそうだった。

自分《じぶん》がリーダーに相応《ふさわ》しく仕事《しごと》を進《すす》められていて、満足《まんぞく》なんだ。

でもあんまり張《は》り詰《つ》めてると、長《なが》く持《も》たないよ。

「あのね、」

私《わたし》は、KZ《カッズ》の先輩《せんぱい》メンバーとして、ちょっと気取《きど》って言《い》った。

「私《わたし》への連絡《れんらく》は、小塚君《こづかくん》からでいいよ。あんまりたくさんのことを自分《じぶん》でやろうとすると、バテちゃうよ。」

翼《たすく》は、黙《だま》りこんだ。

それが長《なが》く続《つづ》いたので、私《わたし》は、翼《たすく》が気分《きぶん》を損《そこ》ねたのかもしれないと思《おも》い、心配《しんぱい》になった。

とたん、クスッと笑《わら》う声《こえ》が耳《みみ》に忍《しの》びこむ。

「わかってないな。」

え？

「アーヤと直《じか》で話《はな》したかっただけだよ。俺《おれ》の初手柄《はってがら》、ほめてほしかったの。」

あ、なんだ、そうか。

「翼《たすく》、偉《えら》いっ！　すごく偉《えら》いっ！　最高《さいこう》に偉《えら》いっ！　このくらいでいい？」

翼《たすく》は、ふっと甘《あま》い声《こえ》になる。

「会《あ》った時《とき》、頭《あたま》なでてよ。」

おお、よしよし。

「じゃ20時《じ》にね。」

電話《でんわ》を切《き》って、私《わたし》はちょっと笑《わら》ってしまった。

翼《たすく》って、かなり甘《あま》えんぼなんだなって思《おも》って。

なんか、かわいい！

いきなりリーダーに指名《しめい》されて、戸惑《とまど》うことも多《おお》いだろうに、文句《もんく》も言《い》わずに頑張《がんば》っている。

私《わたし》も頑張《がんば》らないと。

若武《わかたけ》が戻《もど》ってくるまでの間《あいだ》、私《わたし》たちだけでKZ《カッズ》を継続《けいぞく》していかなければならないんだもの。

「彩《あや》、電話《でんわ》、終《お》わったの?」

ママがダイニングから出《で》てきて、ジロッとこちらを見《み》る。

「今《いま》の誰《だれ》? 何《なん》の用《よう》だったの!?」

その瞬間《しゅんかん》、私《わたし》は、いいことを思《おも》いついた。

「中学《ちゅうがく》の全国模試《ぜんこくもし》で、いつもベスト5《ファイブ》に入《はい》ってる秀才《しゅうさい》の美門君《みかどくん》。」

それは、ほんとのことだった。

「塾《じゅく》は違《ちが》うんだけど、学校《がっこう》のクラスが同《おな》じ。」

それも本当《ほんとう》のこと。

「今夜《こんや》、市立中《しりつちゅう》で、市内《しない》の中《ちゅう》1生《せい》を対象《たいしょう》にした特別《とくべつ》ゼミが開《ひら》かれるんだって。市《し》の教育委員会《きょういくいいんかい》の主催《しゅさい》で、講師《こうし》は美門君《みかどくん》の塾《じゅく》の人気講師《にんきこうし》、費用《ひよう》は無料《むりょう》だって。皆行《みない》くって言《い》ってるから、私《わたし》も行《い》った方《ほう》がいいんじゃないかって電話《でんわ》くれたの。」

スラスラ出《で》てくる言葉《ことば》に、自分《じぶん》でもびっくりしながら思《おも》ってしまった、私《わたし》って本当《ほんとう》に作家《さっか》になれるかも。

「行《い》ってきなさい。」

ママは大《おお》きく頷《うなず》く。

「今夜《こんや》は、秀明《しゅうめい》ないいんだし。市《し》にはたくさん市民税《しみんぜい》払《はら》ってるんだから、その分《ぶん》、頭《あたま》に詰《つ》めこんできなさいよ。」

8　夜《よる》の廊下《ろうか》で2人《ふたり》きり

若武《わかたけ》の通《かよ》っている市立中学《しりつちゅうがく》は、私《わたし》の家《いえ》とは、駅《えき》を挟《はさ》んだ反対側《はんたいがわ》にあった。

私《わたし》は、自転車《じてんしゃ》を駅《えき》の駐輪場《ちゅうりんじょう》に入《い》れ、そこから歩《ある》いて中学《ちゅうがく》の校門前《こうもんまえ》まで行《い》った。

あたりはとても暗《くら》く、門柱《もんちゅう》に付《つ》いた小《ちい》さな明《あ》かりが学校名《がっこうめい》を書《か》いた標札《ひょうさつ》を照《て》らしているだけだった。

私《わたし》の学校《がっこう》の正門前《せいもんまえ》は、モニュメントで飾《かざ》られていて照明《しょうめい》も派手《はで》。

それに慣《な》れていたからちょっとびっくりしたし、心寂《うらさび》しいなとも思《おも》った。

「アーヤが来《き》たよ。」

小塚君《こづかくん》の声《こえ》とともに門柱《もんちゅう》の脇《わき》の並木《なみき》の陰《かげ》から、メンバー全員《ぜんいん》が姿《すがた》を見《み》せる。

わ、一番遅《いちばんおそ》かったんだ。

私《わたし》は思《おも》わず腕時計《うでどけい》に視線《しせん》を落《お》とした。

まだ集合時間前《しゅうごうじかんまえ》だった。

でも皆《みな》が待《ま》っていたとなったら、謝《あやま》るしかない。

「ごめんね、遅《おそ》くなって。」

翼《たすく》が素早《すばや》く言《い》った。

「紹介《しょうかい》する、バスケ部《ぶ》のキャプテン近藤《こんどう》さんだ。」

近藤《こんどう》さんは3年生《ねんせい》らしく、背《せ》が大《おお》きくて、雰囲気《ふんいき》も大人《おとな》びた感《かん》じだった。

ランニング型《がた》のユニフォームの上《うえ》からジャージを羽織《はお》っていて、茶髪《ちゃぱつ》。

「よろしく！　校内都市伝説《こうないとしでんせつ》には、うちの部《ぶ》もこれまでいろいろと迷惑《めいわく》していたんだ。解明《かいめい》してくれると助《たす》かるよ。じゃ案内《あんない》するから。」

先《さき》に立《た》って歩《ある》き出《だ》しながら、ちょっとこちらを振《ふ》り返《かえ》る。

「宿直《しゅくちょく》の先生《せんせい》に出《で》くわしたら、バスケ部《ぶ》の練習《れんしゅう》を見学《けんがく》しにきたってことで。部《ぶ》の方《ほう》からも、見学《けんがく》者来校《しゃらいこう》ってことで届《とど》けを出《だ》しといたから。」

私《わたし》たちは目《め》を見合《みあ》わせ、それを確認《かくにん》し合《あ》った。

「1年生棟《ねんせいとう》の昇降口《しょうこうぐち》は、こっち。」

そこから入《はい》り、靴棚《くつだな》のそばに置《お》かれていた箱《はこ》の中《なか》の来客用《らいきゃくよう》スリッパを拝借《はいしゃく》する。

目《め》の前《まえ》には、渡《わた》り廊下《ろうか》が続《つづ》いていた。

私《わたし》は手《て》に持《も》っていた事件《じけん》ノートを開《ひら》き、校内図《こうないず》を出《だ》して、そこに昇降口《しょうこうぐち》を描《か》き加《くわ》えようとした。

ところが、自分《じぶん》の立《た》っている位置《いち》がわからなかったんだ。

だってこの学校《がっこう》の渡《わた》り廊下《ろうか》は、東側《ひがしがわ》と西側《にしがわ》の2本《ほん》があるんだもの。

う〜ん、目《め》の前《まえ》のこの廊下《ろうか》は、どっちのなんだろう。

「アーヤ、見《み》て。」

声《こえ》をかけられて振《ふ》り向《む》くと、小塚君《こづかくん》が渡《わた》り廊下《ろうか》の屋根《やね》の間《あいだ》から見《み》える空《そら》を指差《ゆびさ》していた。

「月《つき》が、あそこにあるだろ。この時間《じかん》にあの位置《いち》にあるってことは、」

そう言《い》いながら指《ゆび》を動《うご》かす。

「こっちが東《ひがし》。校舎《こうしゃ》の方向《ほうこう》から考《かんが》えて、ここは西側《にしがわ》の渡《わた》り廊下《ろうか》だよ。」

そっか、ありがと。

私《わたし》は図面《ずめん》に視線《しせん》を落《お》とし、校舎《こうしゃ》の端《はし》に昇降口《しょうこうぐち》を描《か》き入《い》れた。

小塚君《こづかくん》と一緒《いっしょ》にいたら、無人島《むじんとう》でも生《い》きていけるね、きっと。

方角《ほうがく》もわかるし、水《みず》も掘《ほ》り当《あ》てられるだろうし、食《た》べ物《もの》とかも確保《かくほ》してくれそうだもの。

「保健室《ほけんしつ》は、」

近藤《こんどう》さんは、渡《わた》り廊下《ろうか》と交差《こうさ》している1年生棟《ねんせいとう》の廊下《ろうか》の方《ほう》に目《め》を向《む》ける。

「1階《かい》の中央部《ちゅうおうぶ》にある、この先《さき》だ。」

電気《でんき》の点《つ》いていない廊下《ろうか》は暗《くら》く、奥《おく》の方《ほう》は闇《やみ》の中《なか》に消《き》えているように見《み》えた。

私《わたし》は緊張《きんちょう》し、息《いき》を呑《の》む。

次第《しだい》に肩《かた》に力《ちから》が入《はい》った。

うう、なんか、恐《こわ》・・・。

「ビクビクすんなって。」

後《うし》ろに立《た》っていた忍《しのぶ》が片手《かたて》を私《わたし》の肩《かた》に置《お》き、こちらをのぞきこんだ。

「校内《こうない》の空気《くうき》は澄《す》んでいて、穏《おだ》やかだ。」

長《なが》い髪《かみ》が揺《ゆ》れてそっと私《わたし》の頬《ほお》に触《ふ》れ、気品《きひん》に満《み》ちた2つの目《め》が、すぐ近《ちか》くからこちらを見《み》つめる。

「風《かぜ》も濁《にご》っていない。」

忍《しのぶ》の瞳《ひとみ》は、菫色《すみれいろ》。

神秘的《しんぴてき》で、吸《す》いこまれてしまいそうなほど美《うつく》しく、ちょっと儚《はかな》げな感《かん》じのする紫色《むらさきいろ》なんだ。

「邪悪《じゃあく》な気配《けはい》は、まったくないよ。大丈夫《だいじょうぶ》。」

私《わたし》は胸《むね》をなで下《お》ろす。

「ん、ありがと。」

そう言《い》いながら思《おも》った、つまり校内都市伝説《こうないとしでんせつ》は、霊《れい》の仕業《しわざ》や超常現象《ちょうじょうげんしょう》じゃないんだ。

ということは、誰《だれ》にでもわかる原因《げんいん》があり、きちんとした説明《せつめい》がつくってことだ。

よし、やるぞ！

「音楽室《おんがくしつ》は、その階段《かいだん》を上《のぼ》って、3階《がい》の廊下《ろうか》の突《つ》き当《あ》たりだ。この廊下《ろうか》を歩《ある》いていって東側《ひがしがわ》の階《かい》段《だん》を上《のぼ》ってもいい。裏庭《うらにわ》は、渡《わた》り廊下《ろうか》をまっすぐ行《い》って、2年生棟《ねんせいとう》と3年生棟《ねんせいとう》を通《とお》り越《こ》した所《ところ》。その向《む》こうに準備室棟《じゅんびしつとう》が建《た》っていて、理科準備室《りかじゅんびしつ》はその棟《むね》の西《にし》の端《はし》。開《あ》かずの井戸《いど》は隣《となり》だ。」

私《わたし》は、それらを図面上《ずめんじょう》で確認《かくにん》しながら聞《き》いてみた。

「井戸《いど》がある学校《がっこう》って、珍《めずら》しいですね。しかも開《あ》かずの井戸《いど》って。」

《開《あ》かず》という言葉《ことば》は、《開《あ》く》の未然形《みぜんけい》に打消《うちけ》しの助動詞《じょどうし》がついたもので、《開《あ》かない》とか、《開《あ》けることを禁《きん》じられた》とかいう意味《いみ》だった。

昔《むかし》の言葉《ことば》だけれど、今《いま》もいろいろなところでよく使《つか》われている。

開《あ》かずの踏切《ふみきり》とか、開《あ》かずの扉《とびら》とか。

でも井戸《いど》が、開《あ》かずじゃ、存在意義《そんざいいぎ》がない気《き》がするけどな。

「本当《ほんとう》に開《あ》けられない井戸《いど》なんですか？」

近藤《こんどう》さんは、困《こま》ったように首《くび》を傾《かし》げる。

「俺《おれ》もよく知《し》らないんだ。ただ裏庭《うらにわ》から向《む》こう、つまり準備室棟《じゅんびしっとう》や井戸《いど》のある所《ところ》は、旧校舎部分《きゅうこうしゃぶぶん》なんだよ。」

旧校舎《きゅうこうしゃ》？

「ここには、戦前《せんぜん》まで尋常小学校《じんじょうしょうがっこう》があったんだ。」

私《わたし》たちは、知識《ちしき》を求《もと》めて小塚君《こづかくん》の方《ほう》を向《む》く。

突然《とつぜん》、注目《ちゅうもく》を浴《あ》びた小塚君《こづかくん》は、ちょっと戸惑《とまど》ったようだった。

「尋常小学校《じんじょうしょうがっこう》は、明治維新《めいじいしん》から始《はじ》まった昔《むかし》の学校制度《がっこうせいど》の1つで、満《まん》6歳以上《さいいじょう》の児童《じどう》に初等教育《しょとうきょういく》を行《おこな》った場所《ばしょ》だよ。卒業後《そつぎょうご》、進学《しんがく》を希望《きぼう》する男子《だんし》は旧制中学《きゅうせいちゅうがく》、女子《じょし》は高等女学校《こうとうじょがっこう》に進学《しんがく》したんだ。」

へえ。

小塚君《こづかくん》が説明《せつめい》を終《お》えると、その後《あと》を近藤《こんどう》さんが続《つづ》けた。

「その時代《じだい》から現在《げんざい》まで、校舎《こうしゃ》は2度建《どた》て替《か》えられてるんだけど、2度目《どめ》の時《とき》、裏庭《うらにわ》から向《む》こうの部分《ぶぶん》は、建《た》て替《か》えなかったらしい。生徒数《せいとすう》が減少《げんしょう》してたから、校舎《こうしゃ》は3棟《むね》で充分《じゅうぶん》だったたし、予算《よさん》も少《すく》なかったからだって話《はなし》。で、そこに古《ふる》い校舎《こうしゃ》が1棟《むね》だけ残《のこ》っていて、それが準備室棟《じゅんびしっとう》って呼《よ》ばれてるんだ。昔《むかし》はいろんなことに使《つか》われてたみたいだけど、今《いま》はほとんど物置状態《ものおきじょうたい》。理科準《りかじゅん》備室や社会科準備室には、古い教材や標本が放りこまれてるし、各部活も1部屋ずつもらってるけど、部室として使うには、古くてきれいじゃないし、校舎から遠くて不便でさ。体育系は更衣室《しつ》やシャワー室《しつ》の隣《となり》のクールダウン用《よう》の部屋《へや》を使《つか》うし、文化系《ぶんかけい》は自由室《じゆうしつ》とか談話室《だんわしつ》を使《つか》ってるから必要《ひつよう》ないんだ。開《あ》かずの井戸《いど》の方《ほう》は、準備室棟《じゅんびしつとう》のそばにあって、もう相当長《そうとうなが》く使用《しよう》されてない。蓋《ふた》が被《かぶ》せてあって開《あ》けられないから、開《あ》かずの井戸《いど》って呼《よ》ばれてるんじゃないかな。」

そうなのかぁ。

「で、こっちが体育館《たいいくかん》。」

そう言《い》って近藤《こんどう》さんは、渡《わた》り廊下《ろうか》の西側《にしがわ》にあるコンクリートの壁《かべ》を指《さ》した。

「俺《おれ》、中《なか》で練習《れんしゅう》してるから、何《なに》かあったら連絡《れんらく》してよ。じゃ。」

渡《わた》り廊下《ろうか》を横切《よこぎ》って、体育館《たいいくかん》の出入《でい》り口《ぐち》に向《む》かって行《い》く。

その後《うし》ろ姿《すがた》を見送《みおく》って、翼《たすく》が言《い》った。

「じゃ各自《かくじ》、調査《ちょうさ》を開始《かいし》してくれ。裏庭《うらにわ》で会《あ》おう。」

小塚君《こづかくん》と忍《しのぶ》が一緒《いっしょ》に渡《わた》り廊下《ろうか》を歩《ある》き出《だ》し、理科準備室《りかじゅんびしつ》に向《む》かう。

翼《たすく》は、1人《ひとり》で階段《かいだん》を駆《か》け上《あ》がっていった。

「俺《おれ》たちも行《い》こう。」

上杉君《うえすぎくん》に言《い》われて、私《わたし》は真《ま》っ暗《くら》な廊下《ろうか》に踏《ふ》み出《だ》した。

やっぱ、なんか、恐《こわ》い。

足《あし》が竦《すく》み上《あ》がっている感《かん》じで、うまく歩《ある》けなかった。

さっさと先《さき》に行《い》った上杉君《うえすぎくん》が、足《あし》を止《と》めて振《ふ》り返《かえ》る。

「早《はや》く来《こ》いよ。」

ん、行《い》きたいんだけどね・・・。

モタモタしていると、上杉君《うえすぎくん》は苛立《いらだ》たしげに片手《かたて》で髪《かみ》をかき上《あ》げた。

「しょーがねーな。」

戻《もど》ってきて手《て》を伸《の》ばし、私《わたし》の手《て》を掬《すく》い上《あ》げる。

ドキッとした。

「ほら、歩《ある》け。」

くるりと背中《せなか》を向《む》け、引《ひ》っ張《ぱ》って歩《ある》き出《だ》す。

私《わたし》の指《ゆび》に絡《から》んだ上杉君《うえすぎくん》の指《ゆび》は、細《ほそ》くて神経質《しんけいしつ》そうで、そして少《すこ》し冷《つめ》たかった。

夜《よる》の廊下《ろうか》を、2人《ふたり》きりで歩《ある》く。

そうしていると私《わたし》の胸《むね》には、昨日《きのう》の熱《ねつ》っぽい気持《きも》ちが戻《もど》ってきた。

上杉君《うえすぎくん》に言《い》ってみようか、自分《じぶん》たちは、運命《うんめい》の糸《いと》で結《むす》ばれているのかもしれないって。

でも黙《だま》りこまれたり、引《ひ》かれたり、ありえねーとか言《い》われたら、嫌《いや》だな。

そう考《かんが》えて、言《い》い出《だ》せなかった。

黙《だま》って歩《ある》いていると、私《わたし》の気持《きも》ちはどんどん熱《あつ》くなってきて、私自身《わたしじしん》を急《せ》き立《た》てた、ほら正直《しょうじき》に言《い》いなって。

2人《ふたり》きりの時《とき》じゃないと言《い》えないけど、そういうことってめったにないから、これはチャンスだよって。

私《わたし》は、思《おも》い切《き》って口《くち》を開《ひら》いた。

その瞬間《しゅんかん》、上杉君《うえすぎくん》も何《なに》かを言《い》いかけたんだ。

私《わたし》たちは顔《かお》を見合《みあ》わせ、言葉《ことば》を呑《の》み、足《あし》を止《と》める。

上杉君《うえすぎくん》の切《き》れ長《なが》の目《め》にはきれいな光《ひかり》があり、廊下《ろうか》の薄闇《うすやみ》の中《なか》で静《しず》かにきらめいていた。

何《なに》も言《い》わずに見《み》つめ合《あ》っている時間《じかん》が、1秒《びょう》、2秒《びょう》と過《す》ぎる。

私《わたし》は、心臓《しんぞう》がドキンドキンした。

上杉君《うえすぎくん》は今《いま》、いったい何《なに》を考《かんが》えているんだろうと思《おも》って。

「えっ、と、」

上杉君《うえすぎくん》が目《め》を背《そむ》ける。

「ごめん。」

私《わたし》も、あわてて手《て》を放《はな》した。

「ううん全然《ぜんぜん》。上杉君《うえすぎくん》から話《はな》していいよ。どうぞ。」

上杉君《うえすぎくん》は、何事《なにごと》もなかったかのように歩《ある》き出《だ》しながら口《くち》を開《ひら》いた。

「若武《わかたけ》のことだけどさ、」

両指《りょうゆび》を組《く》んで後頭部《こうとうぶ》に上《あ》げ、天井《てんじょう》を仰《あお》ぐ。

「何《なに》があったんだと思《おも》う？」

その声《こえ》は、少《すこ》し憂鬱《ゆううつ》そうだった。

「ここだけの話《はなし》にしといてほしいんだけど、あいつの膝《ひざ》、相当悪《そうとうわる》いみたいなんだ。」

私《わたし》は胸《むね》を突《つ》かれ、立《た》ち止《ど》まりそうになる。

そうだったんだ・・・。

「今《いま》の状態《じょうたい》じゃ、レギュラーに復帰《ふっき》するのは難《むずか》しいだろうって言《い》われてる。」

私《わたし》は、ボールを追《お》ってピッチを走《はし》り回《まわ》っている若武《わかたけ》の姿《すがた》を思《おも》い描《えが》いた。

攻撃《こうげき》の要《かなめ》を務《つと》めるトップ下《した》で、同時《どうじ》に相手《あいて》チームのセンターバックを潰《つぶ》す名手《めいしゅ》。

皆《みな》の期待《きたい》を背負《せお》えば背負《せお》うほど、プレッシャーが強《つよ》ければ強《つよ》いほど、パワーを発揮《はっき》する天才《てんさい》タイプ。

ピッチは、若武《わかたけ》が一番輝《いちばんかがや》く場所《ばしょ》なんだ。

そこに、もう戻《もど》っていけないかもしれないなんて・・・。

「そんな状態《じょうたい》で探偵《たんてい》KZ《カッズ》のリーダーまで辞《や》めたら、あいつに何《なに》が残《のこ》るんだよ。何《なに》もねーだろ。若《わか》武《たけ》は、自分《じぶん》の2つのステータスを全部《ぜんぶ》、失《うしな》うんだ。」

私《わたし》の気持《きも》ちは、自分《じぶん》が立《た》っている廊下《ろうか》と同《おな》じくらい暗《くら》くなった。

目立《めだ》ちたがりの若武《わかたけ》が、そんな状態《じょうたい》に耐《た》えられるだろうか。

今《いま》までの若武《わかたけ》なら、きっと無理《むり》だろう。

でもミミーと出会《であ》ったことで、たぶん価値観《かちかん》が変《か》わったんだ。

彼女《かのじょ》と一緒《いっしょ》なら、目立《めだ》たない地味《じみ》な学校生活《がっこうせいかつ》でも楽《たの》しい、サッカーKZ《カッズ》のレギュラーに戻《もど》れないかもしれないというストレスも、彼女《かのじょ》が癒《い》やしてくれる、そんなふうに思《おも》ったのに違《ちが》いない。

でも、それなら私《わたし》たちKZ《カッズ》にだって、できたはずだ。

仲間《なかま》なんだもの、慰《なぐさ》めたり励《はげ》ましたり、伴走《ばんそう》したり、一緒《いっしょ》に歩《ある》いたりできるし、そうしたいって思《おも》っている。

それなのに若武《わかたけ》は、ミミーを選《えら》んだんだ。

その理由《りゆう》を、私《わたし》は知《し》っていた。

居《い》たたまれない思《おも》いで、目《め》を伏《ふ》せる。

若武《わかたけ》にとっては、KZ《カッズ》の友情《ゆうじょう》より、ミミーとの恋《こい》の方《ほう》が魅力的《みりょくてき》だったんだ。

「きっとミミーに夢中《むちゅう》なんだよ。」

私《わたし》がそう言《い》うと、上杉君《うえすぎくん》は、上《あ》げていた腕《うで》を放《ほう》り出《だ》すように下《お》ろした。

「俺《おれ》も、KZ《カッズ》会議《かいぎ》の時《とき》はそう思《おも》ってた。けど、よく考《かんが》えたら、あいつ、女《おんな》に振《ふ》り回《まわ》されるほど馬《ば》鹿《か》じゃねぇよ。」

驚《おどろ》いて、目《め》を上《あ》げる。

上杉君《うえすぎくん》と若武《わかたけ》は犬猿《けんえん》の仲《なか》、いつも喧嘩《けんか》ばかりしていた。

それでも、認《みと》めるところはちゃんと認《みと》めているんだとわかって、ちょっと感動《かんどう》した。

「この話《はなし》には、きっと裏《うら》があるんだ。」

上杉君《うえすぎくん》の瞳《ひとみ》に、鋭《するど》い光《ひかり》が浮《う》かぶ。

「黒木《くろき》は、それに気《き》づいた。で、そっちを追《お》ってる。でも俺《おれ》には、さっぱりだ。おまえ、どう思《おも》う？」

私《わたし》ははっと思《おも》い出《だ》した、どうにも理解《りかい》できなかった若武《わかたけ》の暗《くら》い顔《かお》を。

それで上杉君《うえすぎくん》に、一昨日《おととい》の夜《よる》の出来事《できごと》を説明《せつめい》したんだ。

上杉君《うえすぎくん》は黙《だま》って聞《き》いていて、やがて言《い》った。

「やっぱ、これ、何《なに》かあるぜ。」

ん！

「黒木《くろき》に伝《つた》えとこ。」

そう言《い》った上杉君《うえすぎくん》は、宝物《たからもの》を掘《ほ》り当《あ》てた子供《こども》みたいにうれしそうな表情《ひょうじょう》をしていた。

いつもポーカーフェイスだから、そんな顔《かお》をするのは本当《ほんとう》に珍《めずら》しいことで、私《わたし》は見惚《みと》れてしまった。

きっと若武《わかたけ》に、早《はや》くKZ《カッズ》に戻《もど》ってきてほしいと思《おも》ってるんだ。

「上杉君《うえすぎくん》は、ほんとは好《す》きなんだね、若武《わかたけ》のこと。」

私《わたし》の言葉《ことば》に、上杉君《うえすぎくん》は、ぎょっとしたように身《み》を引《ひ》いた。

「妙《みょう》なこと、言《い》うんじゃねー。」

あ、照《て》れてる。

「俺《おれ》は、逃《に》げるのが嫌《いや》なだけだ。今回《こんかい》のことは、俺《おれ》が口火《くちび》を切《き》ったからな。」

そういえば、最初《さいしょ》に言《い》い出《だ》したのは上杉君《うえすぎくん》だったよね。

「その責任《せきにん》ってもんがあんだろ。そのために動《うご》いてるだけで、若武《わかたけ》のためじゃない。わかったか。」

私《わたし》がクスクス笑《わら》っていると、上杉君《うえすぎくん》は頬《ほお》を染《そ》め、そっぽを向《む》いた。

「俺《おれ》の話《はなし》は、以上《いじょう》だ。おまえのは？」

私《わたし》は、多少《たしょう》ドキドキしながら口《くち》を開《ひら》いた。

「あのね、」

瞬間《しゅんかん》、上杉君《うえすぎくん》がふっと視線《しせん》を上《あ》げたんだ。

「あ、ここだ、保健室《ほけんしつ》。」

うっ、着《つ》いてしまった。

「入《はい》ろう。」

私《わたし》、チャンス、逃《のが》した気《き》がする・・・。

9　症状《しょうじょう》が悪化《あっか》する保健室《ほけんしつ》

「鍵《かぎ》かかってるかもしれないと思《おも》って、万能《ばんのう》キーオープン持《も》ってきたけど、」

上杉君《うえすぎくん》がノブを回《まわ》す。

「必要《ひつよう》ねーみてぇ。」

ドアを開《あ》け、壁《かべ》を手探《てさぐ》りして電気《でんき》を点《つ》けた。

グローランプの光《ひかり》が走《はし》り、あたりが一気《いっき》に明《あか》るくなる。

かすかな消毒《しょうどく》の臭《にお》いが鼻《はな》をついた。

私《わたし》は、緊張《きんちょう》しながら部屋《へや》の中《なか》を見回《みまわ》す。

これが、第《だい》3水曜日《すいようび》に病気《びょうき》を悪化《あっか》させる保健室《ほけんしつ》!?

一見《いっけん》、どこにでもあるような、ごく普通《ふつう》の保健室《ほけんしつ》だった。

庭《にわ》に面《めん》した窓《まど》に沿《そ》って白《しろ》いカウンターがあり、観葉植物《かんようしょくぶつ》の鉢《はち》が置《お》かれ、陶器《とうき》の手洗《てあら》い台《だい》が設置《せっち》されている。

その脇《わき》に養護《ようご》の先生《せんせい》の机《つくえ》と椅子《いす》、それに向《む》き合《あ》って生徒《せいと》の座《すわ》る白《しろ》い丸椅子《まるいす》、長《なが》いソファ、簡易《かんい》ベッドなんかがあり、薬品《やくひん》の入《はい》った棚《たな》が並《なら》び、部屋《へや》の端《はし》の方《ほう》に、昼間《ひるま》はたぶん閉《と》じられている白《しろ》いカーテンが、今《いま》は開《あ》いていて、数台《すうだい》のベッドが見《み》えた。

「特《とく》に変《か》わったとこは、ねーな。」

ぐるっと部屋《へや》の中《なか》を見回《みまわ》して上杉君《うえすぎくん》が言《い》い、私《わたし》も頷《うなず》いた。

「医薬品《いやくひん》も、」

上杉君《うえすぎくん》は、大《おお》きな薬品棚《やくひんだな》の前《まえ》に立《た》つ。

「一般的《いっぱんてき》なもんばっかだし、」

ガラスの嵌《はま》っている棚《たな》に置《お》かれた薬瓶《くすりびん》のラベルに目《め》を通《とお》し、次《つぎ》に小引《こひ》き出《だ》しを開《あ》けて中《なか》を確《かく》認《にん》、その下《した》に付《つ》いている引《ひ》き戸《ど》を開《ひら》いて、のぞきこんだ。

「マスクの箱《はこ》、ゴム手袋《てぶくろ》の箱《はこ》、体重計《たいじゅうけい》、体温計《たいおんけい》、血圧計《けつあつけい》、ごく普通《ふつう》の保健室《ほけんしつ》の常備品《じょうびひん》だ。」

立《た》ち上《あ》がって、壁《かべ》にかかっている掲示板《けいじばん》に貼《は》られた印刷物《いんさつぶつ》を点検《てんけん》する。

「ここも、特《とく》に問題《もんだい》なし、と、」

私《わたし》は、ちょっと考《かんが》えてから言《い》った。

「校内都市伝説《こうないとしでんせつ》によれば、第《だい》3水曜日《すいようび》だけに起《お》こる異変《いへん》だから、その日《ひ》に保健室《ほけんしつ》に何《なに》か特別《とくべつ》なことがあれば、それに関係《かんけい》してるんじゃない？」

上杉君《うえすぎくん》は、パチンと指《ゆび》を鳴《な》らした。

「お、ナイス切《き》れ味《あじ》！」

うふっ！

「保健室《ほけんしつ》の1か月《げつ》の記録《きろく》みたいなものがあれば、一発《いっぱつ》でわかるよな。」

上杉君《うえすぎくん》に言《い》われて、私《わたし》は、掲示板《けいじばん》に貼《は》られている印刷物《いんさつぶつ》に目《め》を通《とお》した。

それらは保健室通信《ほけんしつつうしん》とか、今月《こんげつ》の保健行事《ほけんぎょうじ》とか、保健所《ほけんじょ》からの通知《つうち》とか、生徒向《せいとむ》けに掲示《けいじ》されているお知《し》らせ文書《ぶんしょ》だった。

上杉君《うえすぎくん》は、机《つくえ》の上《うえ》に置《お》かれていたノートをめくり始《はじ》める。

「おい、」

やがて上杉君《うえすぎくん》が、それを見《み》つめたままでつぶやいた。

「月《つき》の第《だい》3水曜日《すいようび》には、校医《こうい》が来《く》ることになってるぜ。」

私《わたし》は机《つくえ》に寄《よ》り、脇《わき》からのぞきこむ。

月《つき》1回《かい》の相談日《そうだんび》、校医《こうい》の梅津先生《うめづせんせい》が来校《らいこう》、と書《か》かれていた。

「でも校医《こうい》が来《き》て、生徒《せいと》の病気《びょうき》が悪化《あっか》するっておかしくない？　校医《こうい》って医者《いしゃ》でしょ。病気《びょうき》に関《かん》しては、保健室《ほけんしつ》の先生《せんせい》よりプロだと思《おも》うけど。」

その私《わたし》の言葉《ことば》を、上杉君《うえすぎくん》はほとんど聞《き》いてないみたいだった。

なんていうか・・・上《うわ》の空《そら》っていうか、もっと大事《だいじ》なことに心《こころ》を持《も》っていかれている様子《ようす》だったんだ。

「あのさぁ、」

上杉君《うえすぎくん》がそう言《い》いかけた時《とき》、

「ちょっと、あなたたちっ！」

大声《おおごえ》と共《とも》に、一気《いっき》にドアが開《ひら》いた。

女《おんな》の人《ひと》が顔《かお》を出《だ》す。

「何《なに》してるのっ!?」

見《み》つかったっ！

私《わたし》は、心臓《しんぞう》を摑《つか》み上《あ》げられる思《おも》いだった。

上杉君《うえすぎくん》がつぶやく。

「やっべ・・・」

どーしようっ、どうすればいいのっ!?

私《わたし》が狼狽《うろた》えていると、女《おんな》の人《ひと》はツカツカと中《なか》に入《はい》ってきた。

それを見《み》て上杉君《うえすぎくん》はサッと身《み》をひるがえし、私《わたし》の後《うし》ろに回《まわ》りこんだんだ。

そして私《わたし》の背後《はいご》から肩《かた》を摑《つか》み、その女《おんな》の人《ひと》の方《ほう》に押《お》し出《だ》した。

あわわ・・・。

私《わたし》は、モロに女《おんな》の人《ひと》と向《む》き合《あ》ってしまった。

ちょっと上杉君《うえすぎくん》、私《わたし》の後《うし》ろに隠《かく》れるなんて、卑怯者《ひきょうもの》！

「見《み》たことのない顔《かお》ね。」

女《おんな》の人《ひと》は、私《わたし》をにらみまわした。

「ここの生徒《せいと》じゃないんでしょう！」

その時《とき》、上杉君《うえすぎくん》が自分《じぶん》の膝《ひざ》で、なんとっ！　私《わたし》の膝《ひざ》の後《うし》ろをプッシュ。

私《わたし》は、膝《ひざ》カックン状態《じょうたい》になり、前《まえ》に倒《たお》れかけた。

とっさに上杉君《うえすぎくん》が手《て》を伸《の》ばし、私《わたし》を抱《だ》きとめる。

「俺《おれ》たち、バスケ部《ぶ》の近藤《こんどう》キャプテンに招待《しょうたい》されて、練習見《れんしゅうみ》に来《き》てたんですが、急《きゅう》にこいつが気《き》持《も》ち悪《わる》いって言《い》い出《だ》したんで、保健室《ほけんしつ》なら休《やす》めるかと思《おも》って来《き》たんです。おい、大丈夫《だいじょうぶ》か？」

そう言《い》いながら私《わたし》の顔《かお》をのぞきこんでささやく。

「話《はなし》、合《あ》わせろ！」

私《わたし》は、あわてて顔《かお》を上《あ》げた。

「すみません。でも大丈夫《だいじょうぶ》ですから。」

女《おんな》の人《ひと》は、しかたなさそうな息《いき》をついて白《しろ》い丸椅子《まるいす》を指《さ》す。

「そこ、座《すわ》って。診《み》るから。」

肩《かた》にかけていたバッグを机《つくえ》に置《お》き、手早《てばや》くコートを脱《ぬ》いでその上《うえ》に重《かさ》ねると、養護《ようご》の先生《せんせい》の椅《い》子《す》に腰《こし》を下《お》ろした。

「早《はや》く座《すわ》って。」

私《わたし》は、恐《おそ》る恐《おそ》る腰《こし》かける。

「貧血《ひんけつ》じゃないみたいね。」

私《わたし》の両目《りょうめ》をアカンべさせたり、脈《みゃく》を調《しら》べたり、体温《たいおん》や血圧《けつあつ》を測《はか》ったりしながら、その人《ひと》は次第《しだい》に冷静《れいせい》な表情《ひょうじょう》になり、最後《さいご》はほっとしたように言《い》った。

「特《とく》に異常《いじょう》はないみたい。家《いえ》に帰《かえ》ってゆっくり休《やす》んで、それでも変《へん》だったら一度《いちど》病院《びょういん》で検査《けんさ》してもらいなさいね。」

私《わたし》は、申《もう》し訳《わけ》ない気持《きも》ちで頷《うなず》いた。

「ありがとうございました。」

隣《となり》に立《た》っていた上杉君《うえすぎくん》が、さも安心《あんしん》したように大《おお》きな息《いき》をつく。

「お騒《さわ》がせしてすみませんでした。もしかして、あなたは養護教諭《ようごきょうゆ》の佐久間紀子先生《さくまのりこせんせい》ですか？」

女《おんな》の人《ひと》は驚《おどろ》いたようだった。私《わたし》もびっくり。

だって、どうして？

「あそこに、名前《なまえ》が出《で》てます。」

上杉君《うえすぎくん》は、親指《おやゆび》で掲示板《けいじばん》の印刷物《いんさつぶつ》を指《さ》す。

ああ、そっか。

細《こま》かいとこ、よく見《み》てるなぁ。

「自称《じしょう》、美人養護教諭《びじんようごきょうゆ》って書《か》いてありますけど、自称《じしょう》を付《つ》けなくてもいいんじゃないですか。」

そう言《い》われて、佐久間先生《さくませんせい》は笑《わら》い出《だ》した。

「どうもありがと。鍵《かぎ》かけたかどうか心配《しんぱい》になって見《み》にきたんだけどね、廊下《ろうか》に明《あ》かりがもれてたから、てっきり泥棒《どろぼう》かと思《おも》って緊張《きんちょう》しちゃって。」

上杉君《うえすぎくん》も微笑《ほほえ》んだ。

「養護教諭《ようごきょうゆ》って、毎日《まいにち》、保健室《ほけんしつ》に出勤《しゅっきん》するんですか。」

佐久間先生《さくませんせい》は、かすかに首《くび》を横《よこ》に振《ふ》る。

「ほぼ毎日《まいにち》だけど、毎月第《まいつきだい》3水曜日《すいようび》だけは別《べつ》ね。市《し》の連絡会議《れんらくかいぎ》があるの。」

第《だい》3水曜日《すいようび》！

「その日《ひ》は、朝《あさ》から市役所《しやくしょ》に行《い》くから、ここには来《こ》ないのよ。」

上杉君《うえすぎくん》の眼鏡《めがね》の向《む》こうで、切《き》れ上《あ》がった目《め》が光《ひか》る。

「じゃその日《ひ》、具合《ぐあい》が悪《わる》くなった生徒《せいと》とか、保健室登校《ほけんしつとうこう》の生徒《せいと》はどうするんです？」

佐久間先生《さくませんせい》は、問題《もんだい》ないといったようにニッコリした。

「その日《ひ》だけ、校医《こうい》の梅津先生《うめづせんせい》のお世話《せわ》になってるの。ちょうど校医《こうい》の相談日《そうだんび》でもあるんだけど、梅津先生《うめづせんせい》のクリニックに勤《つと》めてるお医者《いしゃ》さんの中《なか》に、養護教諭《ようごきょうゆ》の免許《めんきょ》を持《も》ってる人《ひと》がいるんですって。で、梅津先生《うめづせんせい》がその人《ひと》と一緒《いっしょ》に来《き》てくれるのよ。えっと村田《むらた》さんっていったかな。それより前《まえ》は、教頭先生《きょうとうせんせい》や学年主任《がくねんしゅにん》の先生《せんせい》に留守番《るすばん》を頼《たの》んで、緊急《きんきゅう》の場合《ばあい》は連絡《れんらく》してもらって会議《かいぎ》を抜《ぬ》け出《だ》してたんだけどね、梅津先生《うめづせんせい》のおかげで、落《お》ち着《つ》いて会議《かいぎ》に出《で》られるようになって助《たす》かってる感《かん》じよ。あ、もう行《い》かないと。」

佐久間先生《さくませんせい》は机《つくえ》に置《お》いたコートを取《と》り上《あ》げて羽織《はお》り、バッグを肩《かた》にかける。

「あなたたちも出《で》て。今度《こんど》こそしっかり鍵《かぎ》をかけるからね。」

私《わたし》と上杉君《うえすぎくん》は保健室《ほけんしつ》を出《で》て、佐久間先生《さくませんせい》に挨拶《あいさつ》をし、その後《うし》ろ姿《すがた》を見送《みおく》った。

上杉君《うえすぎくん》と2人《ふたり》になると、私《わたし》は、心《こころ》の中《なか》でこっそり謝《あやま》った。

さっき上杉君《うえすぎくん》のこと、私《わたし》の後《うし》ろに隠《かく》れたのかと思《おも》ってしまった、ごめんね。

「俺《おれ》さぁ、」

上杉君《うえすぎくん》は、何《なに》かに気《き》を取《と》られているような表情《ひょうじょう》でつぶやく。

「帰《かえ》る。」

えっ!?

「ちょっと調《しら》べたいことができた。もう保健室《ほけんしつ》には入《はい》れないし、これ以上《いじょう》ここにいてもどうしようもないから、いいだろ。そんじゃ。」

身《み》をひるがえした上杉君《うえすぎくん》を、私《わたし》は思《おも》わず呼《よ》び止《と》めた。

「あの、」

さっき話《はな》そうと思《おも》ったことを伝《つた》えたかったんだ。

今《いま》、この機会《きかい》を逃《のが》したら、いつ言《い》えるかわからなかったから。

「何《なに》?」

こちらを向《む》いた上杉君《うえすぎくん》の目《め》は、薄《うす》い幕《まく》がかかっているみたいだった。

これからの調査《ちょうさ》に気持《きも》ちを奪《うば》われていて、それ以外《いがい》に関心《かんしん》がなく、呼《よ》び止《と》められたことがとても煩《わずら》わしそうだったんだ。

それで私《わたし》は、何《なに》も言《い》えなくなってしまった。

「いえ、何《なん》でもない。ごめん。」

10 笑《わら》うベートーベン

遠《とお》くなっていく上杉君《うえすぎくん》を、私《わたし》はじっと見《み》ていた。

言《い》えなかったなぁ・・・。

いつか、言《い》える日《ひ》が来《く》るんだろうか。

それとも永遠《えいえん》に、このままなのかなぁ。

吉田兼好《よしだけんこう》の「徒然草《つれづれぐさ》」に、

「おぼしき事言《ことい》はぬは腹《はら》ふくるるわざなれば・・・」

という部分《ぶぶん》があって、思《おも》ったことを言《い》わないと気持《きも》ちがすっきりしないと書《か》かれているけれど、ほんとにそんな感《かん》じだった。

モヤモヤした気分《きぶん》でその姿《すがた》が消《き》えるのを見送《みおく》っていて、はっと気《き》づいた時《とき》には、私《わたし》は1人《ひとり》、あたりは真《しん》の闇《やみ》っ！

う・・・恐《こわ》い、誰《だれ》か助《たす》けに来《き》て！

その直後《ちょくご》、後《うし》ろから足音《あしおと》がした。

ペタペタと近《ちか》づいてくる。
うわぁ、ほんとに誰《だれ》か来《き》たっ！
私《わたし》は振《ふ》り向《む》くこともできなかった、恐《こわ》すぎてっ！
確《たし》かに、誰《だれ》か来《き》てって言《い》ったけど、誰《だれ》でもいいわけじゃないっ!!
妖怪《ようかい》や霊《れい》だったら、来《こ》ないでいい、来《く》るなっ!!
そう念《ねん》じているのに、足音《あしおと》はドンドン近《ちか》くなってくる。
そのうちに私《わたし》のすぐ後《うし》ろまでやってきて、ピタリと止《と》まった。
私《わたし》はもう全身《ぜんしん》真《ま》っ青《さお》、青息吐息《あおいきといき》・・・。
こっ、この後《あと》、いったい何《なに》が起《お》こるんだろう。
私《わたし》は、どうなるのっ!?
そう思《おも》った瞬間《しゅんかん》、私《わたし》の肩《かた》に、冷《つめ》たい手《て》が載《の》った。
ぎゃーあああっ！
叫《さけ》びたかったけれど声《こえ》が出《で》なかった、恐怖《きょうふ》のあまり喉《のど》が干上《ひあ》がっていて。
で・・ヘタヘタとその場《ば》に座《すわ》りこみながら目《め》をつぶった。
あの、私《わたし》を食《た》べても美味《おい》しくないからね、

食《た》べるんだったら、開《あ》かずの井戸《いど》にいる小塚君《こづかくん》の方《ほう》が脂《あぶら》が乗《の》ってるし、理科準備室《りかじゅんびしつ》にいる忍《しのぶ》の方《ほう》が肉《にく》の量《りょう》が多《おお》いよ、そっちにして！

「どしたの？」

声《こえ》をかけられて目《め》を開《あ》ければ、自分《じぶん》の顔《かお》の前《まえ》に、翼《たすく》の顔《かお》が見《み》えた。

逆《さか》さになっている。

私《わたし》の後《うし》ろに立《た》ち、頭《あたま》の上《うえ》からこちらを見下《みお》ろしていたんだ。

「急《きゅう》に座《すわ》りこんじゃってさ。気分《きぶん》でも悪《わる》いの？」

じゃ、後《うし》ろから迫《せま》ってきてたあの足音《あしおと》は、もしかして翼《たすく》？

そういえば妙《みょう》にペタペタしてたよね、私《わたし》たちスリッパだから。

どっと疲《つか》れを感《かん》じながら、私《わたし》は、恨《うら》めしい思《おも》いで翼《たすく》を見《み》た。

寿命《じゅみょう》、50年《ねん》くらい縮《ちぢ》まったよ、返《かえ》してっ！

「上杉《うえすぎ》は？」

私《わたし》は、体《からだ》を引《ひ》きずるようにして立《た》ち上《あ》がった。

なんとか気《き》を取《と》り直《なお》しながら答《こた》える。

「何《なに》か思《おも》いついて、調《しら》べに行《い》った。保健室《ほけんしつ》の調査《ちょうさ》は一応《いちおう》、終《お》わったよ。これといって怪《あや》しいものはなくて、伝説《でんせつ》の3はまだ解明《かいめい》できてない。そっちはどう？」

翼《たすく》はちょっと笑《わら》った。

「おもしろかったよ。」

え・・・ベートーベン、笑《わら》ったの？

「来《き》てみる？」

嫌《や》だ、恐《こわ》い、見《み》たくないよ。

見《み》たら、太《ふと》るって伝説《でんせつ》なんだもの。

「まぁおいでよ。」

翼《たすく》は私《わたし》の手首《てくび》をむんずと摑《つか》み、廊下《ろうか》を歩《ある》き出《だ》す。

「カラクリは読《よ》めた。説明《せつめい》するからさ。」

真相《しんそう》がわかったのなら、行《い》って記録《きろく》を取《と》るのが私《わたし》の役目《やくめ》。

ううっ恐《こわ》いけど、頑張《がんば》れ、私《わたし》！

「予想通《よそうどお》りだったよ。」

階段《かいだん》を上《のぼ》って3階《がい》の音楽室《おんがくしつ》のドアを開《あ》け、翼《たすく》は明《あ》かりを点《つ》ける。

そこは広《ひろ》い教室《きょうしつ》で、東側《ひがしがわ》と南側《みなみがわ》が窓《まど》になっていた。

グランドピアノと、4、5人《にん》が同時《どうじ》に使《つか》えそうな長机《ながづくえ》、それに長椅子《ながいす》が並《なら》んでいる。

「肖像画《しょうぞうが》は、あそこ。」

忍《しのぶ》が指差《ゆびさ》したのは、黒板《こくばん》の上《うえ》の壁《かべ》だった。

そこに、いく人《にん》かの音楽家《おんがくか》の肖像画《しょうぞうが》がかかっていて、ベートーベンは一番端《いちばんはし》。

気難《きむずか》しそうな顔《かお》をしていて、笑《わら》いそうもなかった。

「こっちに来《き》て。」

翼《たすく》は、私《わたし》を東側《ひがしがわ》の窓《まど》の近《ちか》くまで連《つ》れていき、そこに立《た》たせる。

そして胸《むね》ポケットからペンライトを出《だ》し、肖像画《しょうぞうが》に近寄《ちかよ》った。

「今《いま》、笑《わら》わせてみせるから。」

息《いき》を呑《の》んで見守《みまも》る私《わたし》の前《まえ》で、翼《たすく》はペンライトを点《つ》け、ベートーベンの顔《かお》を照《て》らす。

「このライトを、昼間《ひるま》、窓《まど》から差《さ》しこむ光《ひかり》と同《おな》じように動《うご》かす。肖像画《しょうぞうが》の口元《くちもと》を見《み》てて。」

ライトから放《はな》たれる楕円形《だえんけい》の光《ひかり》がゆっくりと動《うご》いていき、やがて私《わたし》の目《め》の前《まえ》でベートーベンが
一瞬《いっしゅん》、ニヤッ！

「あ、笑《わら》ったっ！」

驚《おどろ》いている私《わたし》に、翼《たすく》は自信《じしん》の笑《え》みを浮《う》かべる。

「これはね、トロンプ・ルイユの一種《しゅ》。」

え、何《なに》、それ？

「えっと英語《えいご》では、トリック・アートかな。日本《にほん》で言《い》う、騙《だま》し絵《え》に近《ちか》い感《かん》じ。平《たい》らな画面《がめん》を曲《ま》がっているように見《み》せたり、斜《なな》めから見《み》ると別《べつ》の絵《え》が見《み》えてくるとか、いろんな騙《だま》しパターンがあるんだ。この絵《え》の場合《ばあい》は、ある角度《かくど》から光《ひかり》が当《あ》たると、唇《くちびる》の線《せん》が動《うご》くように見《み》えるパターン。」

仕掛《しか》けのある絵《え》だったんだ。

「すごっ、よくわかったね。」

私《わたし》が目《め》を丸《まる》くすると、翼《たすく》は何《なん》でもないといったように肩《かた》を聳《そび》やかした。

「同《おな》じのがヴェルサイユ宮殿《きゅうでん》にもあって、すごく有名《ゆうめい》なんだ。ヴェルサイユ名物《めいぶつ》になってる。王《おう》妃《ひ》の居殿《きょでん》に通《つう》じる階段《かいだん》の吹《ふ》き抜《ぬ》けの壁《かべ》に楽師《がくし》の肖像《しょうぞう》が描《えが》かれてて、それを見《み》ながら階段《かいだん》を上《のぼ》っていくと、楽師《がくし》が笑《わら》いかけるように見《み》える。王妃《おうひ》を喜《よろこ》ばせるために、ブラン・ド・フォントネーって画家《がか》が描《か》いたの。」

へぇ！

「さっき全部《ぜんぶ》の肖像画《しょうぞうが》を裏返《うらがえ》してみたけど、ベートーベンだけ絵《え》のタッチが違《ちが》うし、新《あたら》しい。在《ざい》校生《こうせい》がちょっとした悪戯心《いたずらごころ》で描《か》いて、元《もと》あった絵《え》と入《い》れ替《か》えたんじゃないかな。普通《ふつう》の生徒《せいと》に描《か》けるとは思《おも》えないから、おそらく美術部員《びじゅつぶいん》だ。美術部室《びじゅつぶしつ》を調《しら》べれば、本物《ほんもの》が出《で》てくると思《おも》うよ。」

そっか。

それを確《たし》かめれば、伝説《でんせつ》の1の半分《はんぶん》は、解決《かいけつ》だね。

「えっと、この伝説《でんせつ》1には、付帯事項《ふたいじこう》があってね、」

私《わたし》は、事件《じけん》ノートを開《ひら》いて見《み》せる。

「ベートーベンが笑《わら》うのを見《み》た人《ひと》は、体重《たいじゅう》が増《ふ》える、つまり太《ふと》るんだ。それが事実《じじつ》かどうかを確《たし》かめて、事実《じじつ》ならその謎《なぞ》を解《と》かないと。」

翼《たすく》は、問題《もんだい》にもならないといったように眉《まゆ》を上《あ》げた。

「ただ単《たん》に、睡眠不足《すいみんぶそく》になるからでしょ。」

え？

「絵《え》が笑《わら》うのを見《み》たら、かなりショックを受《う》ける。それで眠《ねむ》れなくなる。その上《うえ》に、太《ふと》るという都市伝説《としでんせつ》があるから、さらに気《き》になって眠《ねむ》れない。」

まぁ、そうだよね。

「睡眠《すいみん》が不足《ふそく》すると、食欲増進《しょくよくぞうしん》ホルモンであるグレリンが増加《ぞうか》するんだ。」

そうなのっ⁉

「同時《どうじ》に、レプチンっていうカロリー消費《しょうひ》を促《うなが》すホルモンが減少《げんしょう》する。で、太《ふと》りやすくなるんだ。それに寝不足《ねぶそく》だと、高《こう》カロリーの食品《しょくひん》を食《た》べたくなるらしいよ。よって、どうしようもなく太《ふと》る。」

私《わたし》・・・すっごく恐《こわ》い話《はなし》を聞《き》いた気《き》がした。

これからは睡眠不足《すいみんぶそく》にならないように気《き》を付《つ》けようっと。

「ということで美術部室《びじゅつぶしつ》を調査《ちょうさ》してみれば、証拠《しょうこ》が出《で》てくると俺《おれ》は確信《かくしん》してる。校内都市伝説《こうないとしでんせつ》の1は、ほぼ解決《かいけつ》したと言《い》ってもいいよ。」

それは、どこからどこまでも翼《たすく》の力《ちから》と努力《どりょく》だった。

今《いま》、翼《たすく》が説明《せつめい》した分析《ぶんせき》も、脳《のう》の中《なか》の話《はなし》だから、本来《ほんらい》なら上杉君《うえすぎくん》の役目《やくめ》。

でも万能《ばんのう》な翼《たすく》には、できてしまうんだ。

若武《わかたけ》の役割《やくわり》もきちんと熟《こな》せるし、もしかして翼《たすく》は、1人《ひとり》でKZ《カッズ》の全活動《ぜんかつどう》ができてしまうくらい優秀《ゆうしゅう》なのかもしれない。

若武《わかたけ》が、翼《たすく》をなかなかKZ《カッズ》に入《い》れようとしなかったのは、そのせいもあったんだろうな。

誰《だれ》にとっても強力《きょうりょく》なライバルになりうるし、翼《たすく》を入《い》れることで、それぞれのメンバーの存在感《そんざいかん》が薄《うす》くなってチームワークに問題《もんだい》が出《で》るから。

そう考《かんが》えると、翼《たすく》は危険《きけん》なカードだった。

でも翼《たすく》は自分《じぶん》で、それをわかっていたんだ。

だからメンバーのテリトリーを侵《おか》すようなことは絶対《ぜったい》にしなかった。

それで私《わたし》たちはチームを維持《いじ》し、活動《かつどう》を続《つづ》けてこられたんだ。

若武《わかたけ》が、こんなことになるまでは・・・。


「あ、小塚《こづか》からだ。」

翼《たすく》がスマートフォンを出《だ》し、簡単《かんたん》に話《はな》して、ズボンの後《うし》ろポケットに押《お》しこむ。

「小塚《こづか》も七鬼《ななき》も、調査終了《ちょうさしゅうりょう》したみたい。裏庭《うらにわ》に向《む》かうって。俺《おれ》たちも行《い》こう。」

うん！

11 非常階段《ひじょうかいだん》の足音《あしおと》

私《わたし》は、翼《たすく》と一緒《いっしょ》に西側《にしがわ》の渡《わた》り廊下《ろうか》に出《で》て、奥《おく》に向《む》かって歩《ある》いた。

途中《とちゅう》で、2年生棟《ねんせいとう》の廊下《ろうか》が右手《みぎて》から合流《ごうりゅう》していて、それを見《み》ながら通《とお》り過《す》ぎていくと、今度《こんど》は3年生棟《ねんせいとう》の廊下《ろうか》があった。

それも通《とお》り越《こ》して、さらに進《すす》む。

その先《さき》で渡《わた》り廊下《ろうか》は終点《しゅうてん》、周《まわ》りには庭《にわ》が広《ひろ》がっていた。

右手《みぎて》に3年生棟《ねんせいとう》の裏側《うらがわ》、つまり北側《きたがわ》が見《み》え、壁《かべ》に取《と》り付《つ》けられたライトで照《て》らされている。

ランプはLED《エルイーディー》らしく、光《ひかり》が冴《さ》えていて強《つよ》かった。

きれいだけど、でも目《め》に障害《しょうがい》を持《も》つ人《ひと》には、つらいものなんだって。

日本《にほん》では今後《こんご》、今《いま》までの蛍光灯《けいこうとう》は製造《せいぞう》を禁止《きんし》され、輸入《ゆにゅう》もできなくなって、照明《しょうめい》はLED《エルイーディー》だけになるらしい。

それで私《わたし》は、LED《エルイーディー》を見《み》るたびに思《おも》ってしまうんだ、障害《しょうがい》を持《も》つ人《ひと》たちがかわいそうだなあって。

禁止《きんし》したりしないで、自由《じゆう》に選《えら》べるようにすべきだと思《おも》う。

「あ、来《き》た来《き》た。こっちだよ。」

庭《にわ》の向《む》こうの端《はし》に、小塚君《こづかくん》と忍《しのぶ》が立《た》っている。

私《わたし》は、そっちに行《い》こうとして、自分《じぶん》がスリッパなのに気《き》がついた。

「俺《おれ》、靴《くつ》取《と》ってくるよ。」

翼《たすく》が駆《か》け出《だ》しながら、こちらを振《ふ》り返《かえ》る。

「ここで待《ま》ってて。」

私《わたし》はオーケイサインを出《だ》しながら、裏庭《うらにわ》の向《む》こうに建《た》つ準備室棟《じゅんびしつとう》を見《み》た。

コンクリート造《づく》りで、3年生棟《ねんせいとう》よりも横幅《よこはば》が狭《せま》く、両端《りょうたん》は立《た》ち木《き》に隠《かく》れている。

近藤《こんどう》さんが、ほとんど使《つか》われてないって言《い》っていたけれど、上履《うわば》きのままで行《い》けないっていうのが面倒《めんどう》だからだよね、きっと。

やがて翼《たすく》が、2人分《ふたりぶん》の靴《くつ》を持《も》ってきてくれた。

「サンキュ！」

それを履《は》き、小塚君《こづかくん》と忍《しのぶ》のいる所《ところ》に駆《か》けつける。

「問題《もんだい》の非常階段《ひじょうかいだん》は、あそこ。」

忍《しのぶ》が指差《ゆびさ》したのは、校舎《こうしゃ》の左側《ひだりがわ》の端《はし》、方位的《ほういてき》に言《い》うと、校舎《こうしゃ》の東側《ひがしがわ》に付《つ》いている外階段《そとかいだん》だった。

1階《かい》から屋上《おくじょう》まで、所々《ところどころ》に踊《おど》り場《ば》を挟《はさ》んで続《つづ》いているその階段《かいだん》は、鉄製《てっせい》で、緑色《みどりいろ》に塗《ぬ》られている。

これが、誰《だれ》もいないのに足音《あしおと》の聞《き》こえる非常階段《ひじょうかいだん》かぁ！

「実《じつ》は、さっきね、」

小塚君《こづかくん》が眉《まゆ》をひそめる。

「僕《ぼく》が、ここに向《む》かって歩《ある》いていた時《とき》、ちょうど足音《あしおと》がしたんだ。カンカンって、鉄《てつ》の踏《ふ》み板《いた》を上《のぼ》る音《おと》だった。鉄《てつ》でできた階段《かいだん》なんて、非常階段《ひじょうかいだん》以外《いがい》にないから間違《まちが》いないよ。それで走《はし》ってここまで来《き》たんだけど、誰《だれ》もいなかった。でも足音《あしおと》だけは、まだ聞《き》こえてたんだ、カンカンカンって。」

ぞぉっ！

「俺《おれ》も聞《き》いた。」

忍《しのぶ》がそう言《い》いながら片手《かたて》を上《あ》げ、親指《おやゆび》で、自分《じぶん》の肩越《かたご》しに後《うし》ろを指《さ》す。

「あの一番左《いちばんひだり》の、木《き》に隠《かく》れてるとこが理科準備室《りかじゅんびしつ》だ。」

私《わたし》は振《ふ》り返《かえ》り、準備室棟《じゅんびしつとう》の西端《にしはし》に目《め》をやった。

「あそこから出《で》たとたんに、足音《あしおと》が聞《き》こえてきたんだ。」

あたりには外灯《がいとう》が1本《ぽん》もなかったけれど、校舎《こうしゃ》の壁《かべ》がいくつもの強《つよ》いライトで照《て》らされていて、非常階段《ひじょうかいだん》もその光《ひかり》を浴《あ》びている。

人《ひと》がいるかいないかは、一瞬《いっしゅん》でわかるし、間違《まちが》えようもなかった。

私《わたし》は息《いき》を呑《の》んで、緑色《みどりいろ》の非常階段《ひじょうかいだん》を見上《みあ》げる。

やっぱりここは、人《ひと》がいないのに足音《あしおと》だけが聞《き》こえる階段《かいだん》なんだ！

手《て》に持《も》っていた事件《じけん》ノートを開《ひら》き、伝説《でんせつ》の2の部分《ぶぶん》に、小塚調査員《こづかちょうさいん》と七鬼調査員《ななきちょうさいん》がその事実《じじつ》を確認《かくにん》したことを書《か》き入《い》れた。

では次《つぎ》の段階《だんかい》として、その正体《しょうたい》を突《つ》き止《と》めねばならない。

「人《ひと》がいないのに足音《あしおと》がするのは、なぜ？」

私《わたし》がそう言《い》うと、皆《みな》が黙《だま》りこんだ。

ただ非常階段《ひじょうかいだん》を見上《みあ》げるばかり。

それは、どう考《かんが》えても解決《かいけつ》の手《て》がかりの摑《つか》めない謎《なぞ》で、どこからどうやって探《さぐ》っていけばいいのか誰《だれ》にもわからなかったんだ。

しばらくの沈黙《ちんもく》の後《あと》、翼《たすく》が口《くち》を切《き》った。

「小塚《こづか》、開《あ》かずの井戸《いど》の方《ほう》は、どうだったの？」

話《はなし》を変《か》えることで、翼《たすく》は、私《わたし》たちに刺激《しげき》を与《あた》えようとしたんだと思《おも》う。

実際《じっさい》、私《わたし》たちは、ここで調査《ちょうさ》が閊《つか》えてしまい、捗《はかど》らないことにガッカリしていた。

先《さき》が見《み》えなくなり、やる気《き》を失《うしな》いそうになっていたといってもいい。

私《わたし》たちはまだ13歳《さい》、気分《きぶん》が不安定《ふあんてい》で、ちょっとしたことで勢《いきお》いづいたり、落《お》ちこんだりする年《ねん》齢《れい》だった。

翼《たすく》は、それをわかっていて、私《わたし》たちの気力《きりょく》を引《ひ》き出《だ》すために、別《べつ》の話《はなし》を持《も》ち出《だ》したんだ。

懸命《けんめい》に、若武《わかたけ》の留守《るす》を守《まも》ろうとしている！

そう感《かん》じて私《わたし》は必死《ひっし》で自分《じぶん》の心《こころ》を立《た》て直《なお》し、事件《じけん》ノートに視線《しせん》を落《お》としながら言《い》った。

「小塚君《こづかくん》の担当《たんとう》は、校内都市伝説《こうないとしでんせつ》の5つ目《め》、開《あ》かずの井戸《いど》の水《みず》を飲《の》むと死《し》ぬ、だったよね。」

小塚君《こづかくん》は、力《ちから》なく微笑《ほほえ》む。

「井戸《いど》の水《みず》を採取《さいしゅ》して調《しら》べようと思《おも》ったんだけどね、被《かぶ》せられている蓋《ふた》が、ボルトで固定《こてい》されてどうしても取《と》れなかったんだ。で、何《なに》もできなかったんだよ、ごめん。」

その場《ば》の空気《くうき》は、いっそう暗《くら》くなってしまった。

ああ、マズい。

私《わたし》がそう思《おも》っていると、翼《たすく》は素早《すばや》く忍《しのぶ》に目《め》を向《む》けた。

「七鬼《ななき》、理科準備室《りかじゅんびしつ》の方《ほう》は？」

私《わたし》もそれに応《おう》じ、事件《じけん》ノートに視線《しせん》を走《はし》らせる。

「えっと忍《しのぶ》の担当《たんとう》は、校内都市伝説《こうないとしでんせつ》の４つ目《め》、理科準備室《りかじゅんびしつ》で、真夜中《まよなか》に何《なに》かを引《ひ》きずる音《おと》がした、だったよね。今《いま》いちお夜《よる》だけど、音《おと》って聞《き》こえた？」

忍《しのぶ》は長《なが》い髪《かみ》を揺《ゆ》すり、首《くび》を横《よこ》に振《ふ》った。

「中《なか》に入《はい》って見《み》たけど、誰《だれ》もいなかった。人《ひと》がいないのに、引《ひ》きずる音《おと》がするはずないだろ。」

確《たし》かに。

「でも気《き》になったことが、ある。」

それは、何《なに》？

「床《ゆか》の埃《ほこり》だ。」

はっ!?

「あまり使《つか》われてないらしくて、もちろん掃除《そうじ》もしてなくて、床《ゆか》には埃《ほこり》が積《つ》もっていた。その積《つ》もり方《かた》が、不自然《ふしぜん》だったんだ。」

その時《とき》、小塚君《こづかくん》が叫《さけ》んだ。

「あ、また聞《き》こえる。」

え？

「非常階段《ひじょうかいだん》の足音《あしおと》だよ、ほら！」

私《わたし》たちはあわてて息《いき》を凝《こ》らし、耳《みみ》を澄《す》ませた。

確《たし》かに、カンカンという音《おと》が聞《き》こえてくる。

「今度《こんど》は、降《お》りてくる音《おと》だ。」

それなのに、目《め》の前《まえ》の非常階段《ひじょうかいだん》には、誰《だれ》もいないっ！

姿《すがた》の見《み》えない誰《だれ》かが、その階段《かいだん》を降《お》りてくるように思《おも》えて、私《わたし》は背筋《せすじ》がゾクゾクした。

「七鬼《ななき》さぁ、霊《れい》とかの気配《けはい》、あり？」

翼《たすく》の問《と》いに、忍《しのぶ》はきっぱりとした口調《くちょう》で答《こた》える。

「まったくない。」

それで、ちょっとだけ安心《あんしん》した。

同時《どうじ》に、ムクムクと疑問《ぎもん》が湧《わ》き上《あ》がる。

じゃ、どうして足音《あしおと》がするの？

人《ひと》も霊《れい》もいないのに、何《なん》でっ!?

やがて足音《あしおと》がやみ、あたりはシーンと静《しず》まり返《かえ》った。

「あの非常階段《ひじょうかいだん》、上《のぼ》ってみよう。」

翼《たすく》が、そう言《い》い出《だ》す。

「何《なに》か、見《み》つかるかもしれない。」

すぐさま非常階段《ひじょうかいだん》に走《はし》り寄《よ》り、さっさと駆《か》け上《あ》がっていく。

皆《みな》がそれに続《つづ》いたので、私《わたし》もしかたなく後《あと》を追《お》った。

非常階段《ひじょうかいだん》って、踏《ふ》み板《いた》と踏《ふ》み板《いた》の間《あいだ》が塞《ふさ》いでなくて下《した》が見《み》えるから、すごく恐《こわ》い。

でも皆《みな》についていかなかったら、ここで1人《ひとり》になってしまうから、その方《ほう》がさらに恐《おそ》ろしかった。

ビクビクしながら、屋上《おくじょう》まで上《あ》がる。

翼《たすく》は、フェンスに両腕《りょううで》をつき、裏庭《うらにわ》を見下《みお》ろしていた。

癖《くせ》のない髪《かみ》が風《かぜ》に揺《ゆ》れ、きれいな頬《ほお》に纏《まと》わっている。

まるで映画《えいが》のワンシーンみたいに、美《うつく》しかった。

「これといって、何《なに》もないな。」

私《わたし》も屋上《おくじょう》を歩《ある》き回《まわ》り、あたりを見回《みまわ》す。

3年生棟《ねんせいとう》は4階建《かいだ》てで、その向《む》こうに建《た》つ2、1年生棟《ねんせいとう》も同《おな》じだった。

裏庭《うらにわ》を挟《はさ》んで建《た》つ準備室棟《じゅんびしつとう》だけが、時代《じだい》が古《ふる》いせいか3階建《がいだ》てで、私《わたし》のいる屋上《おくじょう》から全貌《ぜんぼう》が見《み》下《お》ろせる。

「あれかっ！」

忍《しのぶ》が叫《さけ》んだ。

「わかった、非常階段《ひじょうかいだん》の足音《あしおと》の謎《なぞ》。」

え、何《なに》っ!?

「降《お》りよう。」

そう言《い》いながら忍《しのぶ》は、自信《じしん》に満《み》ちた笑《え》みを浮《う》かべた。

「俺《おれ》が証明《しょうめい》してやるよ。」

不敵《ふてき》な感《かん》じのするその微笑《びしょう》は、思《おも》わず見惚《みと》れてしまいそうなほどカッコよかった。

「よし、」

翼《たすく》が、うれしそうな声《こえ》を上《あ》げる。

「お説《せつ》を拝聴《はいちょう》だ。行《い》こう！」

12　先入観《せんにゅうかん》とは

非常階段《ひじょうかいだん》を降《お》り、その下《した》に並《なら》んだ私《わたし》たちを見回《みまわ》して、忍《しのぶ》は悪戯《いたずら》っぽい笑《え》みを浮《う》かべた。

「では、これから伝説《でんせつ》の2、誰《だれ》もいない非常階段《ひじょうかいだん》から足音《あしおと》が聞《き》こえる、について謎解《なぞと》きをする。

まず俺《おれ》が、同《おな》じ現象《げんしょう》を起《お》こしてみせる。」

私《わたし》たちは、びっくり仰天《ぎょうてん》っ！

そんなこと、できるのっ⁉

どうやるのっ⁉

やっぱ霊《れい》の力《ちから》とか、借《か》りるわけ？

「俺《おれ》がいいって言《い》うまで、目《め》をつぶっててくれ。」

私《わたし》たちは、半信半疑《はんしんはんぎ》で目《め》を閉《と》じる。

しばらくすると、遠《とお》くから忍《しのぶ》の声《こえ》が聞《き》こえてきた。

「いいぜ。」

それで目《め》を開《あ》けたんだけど、忍《しのぶ》の姿《すがた》はどこにもなかったんだ。

どこ行《い》ったんだろ。

そう思《おも》った瞬間《しゅんかん》、目《め》の前《まえ》の非常階段《ひじょうかいだん》からカツンカツンと足音《あしおと》がし始《はじ》めた。

わっ！

「上《のぼ》ってく音《おと》だよ。」

小塚君《こづかくん》がそう言《い》っている間《あいだ》に、音《おと》が変《か》わる。

「あ、今度《こんど》は降《お》りてきた。」

相変《あいか》わらず、階段《かいだん》には、誰《だれ》の姿《すがた》もない。

私《わたし》はもう頭《あたま》の中《なか》が、？《ハテナ》でいっぱい！

どうして、どうして、どーしてっ!?

「わかっただろ。」

後《うし》ろで声《こえ》がして、振《ふ》り向《む》くと、忍《しのぶ》がこちらに向《む》かって歩《ある》いてくるところだった。

「なんだ、そうだったんだ。」

小塚君《こづかくん》が言《い》い、翼《たすく》もクスッと笑《わら》う。

「意外《いがい》な盲点《もうてん》だったね。」

わかっていないのは、私《わたし》だけっ！

聞《き》くのが恥《は》ずかしくて、口《くち》をつぐんでいると、忍《しのぶ》がその紫《むらさき》の瞳《ひとみ》に笑《え》みを含《ふく》んだ。

「スネるな、アーヤ。教《おし》えてやるからさ。」

むっ、スネてなんかない！

「この3年生棟《ねんせいとう》の壁《かべ》は、コンクリートだろ。後《うし》ろの準備室棟《じゅんびしっとう》の壁《かべ》も同《おな》じ。2つの建物《たてもの》は平行《へいこう》に建《た》っているけど、準備室棟《じゅんびしっとう》の方《ほう》がやや短《みじか》い。」

それは、見《み》ればすぐわかることだったから、私《わたし》は、フンという顔《かお》をしてしまった。

やっぱりスネてるのかもしれない。

かわいくないなぁ、私《わたし》って。

「で、さっき屋上《おくじょう》に上《のぼ》って、俺《おれ》が発見《はっけん》したのは、」

そう言《い》いながら忍《しのぶ》は指《ゆび》を伸《の》ばし、準備室棟《じゅんびしっとう》の東《ひがし》の端《はし》にある並木《なみき》を指《さ》した。

「木《き》のせいでこちらからは見《み》えないんだけど、あの木《き》の陰《かげ》には準備室棟《じゅんびしっとう》の非常階段《ひじょうかいだん》があるんだ。

そしてその後方《こうほう》は、コンクリートの塀《へい》。」

はぁ・・・。

「つまり準備室棟《じゅんびしっとう》の非常階段《ひじょうかいだん》を上《あ》がる音《おと》は、塀《へい》に反射《はんしゃ》して、こちらに向《む》かってくる。そして3年生棟《ねんせいとう》の壁《かべ》に反射《はんしゃ》して跳《は》ね返《かえ》り、このあたりに立《た》っていると、ちょうどこの非常階段《ひじょうかいだん》を上《のぼ》っているように聞《き》こえるんだ。今《いま》の足音《あしおと》、聞《き》いてただろ。あれは、俺《おれ》が準備室棟《じゅんびしっとう》の非常階段《ひじょうかいだん》を上《のぼ》り降《お》りした音《おと》だよ。」

ああ、そうだったのかぁ。

「ん、この位置《いち》だと、」

小塚君《こづかくん》は、目《め》の前《まえ》の非常階段《ひじょうかいだん》と、並木《なみき》の向《む》こうの非常階段《ひじょうかいだん》の双方《そうほう》に視線《しせん》を配《くば》る。

「2つの階段《かいだん》の音《おと》は、ほとんど区別《くべつ》できないよ。」

翼《たすく》が付《つ》け加《くわ》えた。

「伝説《でんせつ》を信《しん》じてたら、余計《よけい》だね。」

私《わたし》は急《いそ》いで、それらを事件《じけん》ノートに書《か》きこみながら、残《のこ》っている謎《なぞ》について聞《き》いてみた。

「じゃ2の伝説《でんせつ》の付帯事項《ふたいじこう》、足音《あしおと》を聞《き》くと成績《せいせき》が下《さ》がる、については？」

翼《たすく》が、クスッと笑《わら》う。

「それもやっぱり、睡眠不足《すいみんぶそく》で説明《せつめい》できるでしょ。」

へっ⁉

「足音《あしおと》を聞《き》くと成績《せいせき》が下《さ》がると言《い》われてるから、聞《き》いてしまった生徒《せいと》は恐《こわ》くてたまらない。不安《ふあん》にとらわれて睡眠不足《すいみんぶそく》になる。」

ん、それはそうだと思《おも》う。

成績《せいせき》は、私《わたし》たちにとって重大事《じゅうだいじ》。

少《すこ》しでも上《あ》げたいと思《おも》っているんだもの、下《さ》がるなんてとんでもない。

「睡眠《すいみん》が足《た》りないと、さっき言《い》ったみたいに食欲増進《しょくよくぞうしん》ホルモンが増加《ぞうか》するだけでなく、血流《けつりゅう》が滞《とどこお》ったり、ブドウ糖《とう》の代謝《たいしゃ》が落《お》ちたりもする。ブドウ糖《とう》は脳《のう》の栄養《えいよう》だから、それが足《た》りなくなると海馬《かいば》や前頭葉《ぜんとうよう》の働《はたら》きが低下《ていか》して、記憶力《きおくりょく》や判断力《はんだんりょく》に支障《ししょう》が出《で》るし、そうなると脳《のう》のワーキングメモリーもダメージを受《う》ける。一時的《いちじてき》な記憶《きおく》を長期記憶《ちょうききおく》に移《うつ》し替《か》える作業《さぎょう》も、睡眠中《すいみんちゅう》に行《おこな》われるから、それもうまくいかなくなって、結果《けっか》、成績《せいせき》が落《お》ちるってことなんじゃないかな。」

翼《たすく》の説明自体《せつめいじたい》は、私《わたし》にもよくわかった。

でもさっきの、笑《わら》うベートーベンの話《はなし》も睡眠不足《すいみんぶそく》が原因《げんいん》って結論《けつろん》だったから、つなげて考《かんが》えると、なんか納得《なっとく》できなかったんだ。

「原因《げんいん》が同《おな》じ睡眠不足《すいみんぶそく》だったら、その2つが混《ま》じったり、つまりベートーベンが笑《わら》うのを見《み》た人《ひと》の成績《せいせき》が下《さ》がったり、階段《かいだん》の足音《あしおと》を聞《き》いた人《ひと》が太《ふと》ったりしないの？」

翼《たすく》は、キョトンとした顔《かお》つきになる。

なぜそんなことを言《い》い出《だ》すのか、まったくわからないといった様子《ようす》だった。

「だって、それは先入観《せんにゅうかん》の問題《もんだい》でしょ。」

そう言《い》われて、今度《こんど》は私《わたし》がキョトンとする。

はぁ・・・。

翼《たすく》は、クスッと笑《わら》った。

「アーヤ、先入観《せんにゅうかん》の意味《いみ》は？」

それは、もちろんわかる、だって私《わたし》の専門分野《せんもんぶんや》だもの。

「先入観《せんにゅうかん》っていうのは、以前《いぜん》から持《も》っている固定《こてい》した印象《いんしょう》のこと。」

翼《たすく》は大《おお》きく頷《うなず》いた。

「ベートーベンが笑《わら》うのを見《み》たら体重《たいじゅう》が増《ふ》える、階段《かいだん》の足音《あしおと》を聞《き》いたら成績《せいせき》が下《さ》がる、そういう伝説《でんせつ》がもう頭《あたま》に刷《す》りこまれてるんだ。だから、その現象《げんしょう》に出《で》くわすと、それに支配《しはい》される。原因《げんいん》は同《おな》じ睡眠不足《すいみんぶそく》でも、どっちに出会《であ》ったかによって変《か》わるわけ。」

そうなんだ。

「伝説通《でんせつどお》りになるかもしれないっていう恐怖感《きょうふかん》が心《こころ》を縛《しば》り、人《ひと》をそこに導《みちび》いていくんだよ。」

ん〜っ、恐《こわ》いな。

「美門《みかど》、スマホ、鳴《な》ってるよ。」

小塚君《こづかくん》に言《い》われて、翼《たすく》はスマートフォンを耳《みみ》に当《あ》てた。

しばらく話《はな》してから、切《き》り、私《わたし》たちを見回《みまわ》す。

「近藤《こんどう》さん、もうすぐ練習上《れんしゅうあ》がるってさ。俺《おれ》たちも、今日《きょう》はこれまでにしよう。続《つづ》きは明日《あした》、秀《しゅう》明《めい》のカフェテリアで。」

そう言《い》いながら翼《たすく》は、若武《わかたけ》みたいにちょっと気取《きど》って敬礼《けいれい》した。

「じゃ諸君《しょくん》、解散《かいさん》！」

＊

その日《ひ》はもう遅《おそ》かったから、私《わたし》は事件《じけん》ノートの整理《せいり》ができなかった。

で、あくる日《ひ》のKZ《カッズ》会議《かいぎ》までにまとめることにして、ベッドに入《はい》ったんだ。

ぐっすりと眠《ねむ》りに落《お》ちる前《まえ》に、ちらっと思《おも》った、上杉君《うえすぎくん》に言《い》いそびれた言葉《ことば》について。

私《わたし》たちは、仲間《なかま》として運命《うんめい》の糸《いと》で結《むす》ばれている！

なぜなら、何《なに》よりもKZ《カッズ》を大切《たいせつ》に思《おも》っている同志《どうし》だから!!

それを思《おも》い返《かえ》して、思《おも》わず赤《あか》くなってしまった。

何《なん》だかキメすぎている感《かん》じで、気取《きど》りすぎで、恥《は》ずかしくてたまらなかったんだ。

タイミングが悪《わる》くて言《い》えなくって・・・ああよかった！

上杉君《うえすぎくん》に黙《だま》りこまれたり、引《ひ》かれたり、ありえねーとか言《い》われるのが嫌《いや》だって思《おも》っていたけれど、もっと嫌《いや》なのは、大笑《おおわら》いされることだった。

事実《じじつ》、笑《わら》われかねない。

なぜって上杉君《うえすぎくん》は皮肉屋《ひにくや》だし、キザなことが嫌《きら》いな人《ひと》だから。

いつも若武《わかたけ》がキザると、ウエッという顔《かお》をしているし。

私《わたし》は枕《まくら》を抱《かか》え、羽布団《はねぶとん》の中《なか》に潜《もぐ》りこんだ。

ああ、大《おお》きな失敗《しっぱい》をするところだった。

神様《かみさま》、私《わたし》にチャンスをくれなかったことに感謝《かんしゃ》します、ありがとう！

でも・・・ちょっとだけ言《い》ってみたい気《き》もした。

上杉君《うえすぎくん》に、自分《じぶん》の気持《きも》ちを伝《つた》えたい。

やっぱり「おぼしき事言《ことい》はぬは腹《はら》ふくるるわざなれば」だものねぇ・・・。

＊

あくる日《ひ》、私《わたし》は学校《がっこう》で、お昼休《ひるやす》みに事件《じけん》ノートの整理《せいり》をした。

一心《いっしん》に紙面《しめん》と向《む》き合《あ》っていると、ふいに頭《あたま》に何《なに》かが当《あ》たり、机《つくえ》の上《うえ》に落《お》ちた。

見《み》れば、丸《まる》めた紙《かみ》だった。

どっから飛《と》んできたんだろ。

顔《かお》を上《あ》げ、あたりを見回《みまわ》していて、窓辺《まどべ》で男子《だんし》とじゃれていた翼《たすく》と一瞬《いっしゅん》、目《め》が合《あ》う。

凜《りん》とした眼差《まなざし》が、それ、開《あ》けてみろよ、と言《い》ってた。

私《わたし》は、あわててその紙《かみ》を取《と》り上《あ》げ、そっと開《ひら》く。

中《なか》には、こう書《か》いてあった。

「昨日《きのう》の夜《よる》、近藤《こんどう》さんを通《つう》じて美術部長《びじゅつぶちょう》に聞《き》いてもらった。やっぱり美術部《びじゅつぶ》に、元《もと》の絵《え》があるらしい。美術部《びじゅつぶ》の全員《ぜんいん》がちょっとした悪戯心《いたずらごころ》からやったことで、バレたんだったらもう元《もと》に戻《もど》すってさ。」

おお、これで都市伝説《としでんせつ》の1、音楽室《おんがくしつ》にあるベートーベンの肖像画《しょうぞうが》が笑《わら》う、それを見《み》ると体重《たいじゅう》が増《ふ》える、は解決《かいけつ》だ。

都市伝説《としでんせつ》の2、誰《だれ》もいない非常階段《ひじょうかいだん》から足音《あしおと》が聞《き》こえ、それを聞《き》くと成績《せいせき》が下《さ》がる、についても昨日《きのう》、解決《かいけつ》したし、これで合計《ごうけい》2つの真相《しんそう》がはっきりしたことになる。

私《わたし》は顔《かお》を上《あ》げ、翼《たすく》と目《め》が合《あ》うまで待《ま》って、ばっちりウィンクした。

やったねっ！

そういう気持《きも》ちをこめたつもりだったんだけど、翼《たすく》は一瞬《いっしゅん》、凍《こお》りつき、それからなぜかポッと赤《あか》くなった。

それで、そばにいた男子《だんし》たちが騒《さわ》ぎ出《だ》したんだ。

「お、こいつ、なんか赤《あか》くなってる。」

「どうした、原因《げんいん》はなんだ。」

私《わたし》はあわてて目《め》を逸《そ》らせ、知《し》らないふりをした。

別《べつ》に赤《あか》くなることないのに、なんだろ、変《へん》なの。

そう思《おも》いながら、翼《たすく》のメモを読《よ》み返《かえ》し、ノートに書《か》き加《くわ》えた。

残《のこ》る校内《こうない》都市《とし》伝説《でんせつ》は、あと3つ。

第《だい》3水曜日《すいようび》に行《い》くと症状《しょうじょう》が悪化《あっか》する保健室《ほけんしつ》、夜《よる》になると何《なに》かを引《ひ》きずる音《おと》がした理科《りか》準備室《じゅんびしつ》、そして水《みず》を飲《の》むと死《し》ぬ開《あ》かずの井戸《いど》。

どれも難題《なんだい》に思《おも》えたけれど、でも私《わたし》たちKZ《カッズ》が全力《ぜんりょく》で当《あ》たれば、きっと何《なん》とかなる・・・はずだっ！
頑張《がんば》るぞ!!

13 俺《おれ》を頼《たよ》るな

学校《がっこう》が終《お》わると、私《わたし》はいつも通《どお》り急《いそ》いで帰《かえ》った。

駅《えき》で電車《でんしゃ》を降《お》り、改札《かいさつ》を出《で》て駐輪場《ちゅうりんじょう》の方《ほう》に行《い》こうとしていると、後《うし》ろで女《おんな》の子《こ》のうれしそうな笑《わら》い声《ごえ》が聞《き》こえた。

ん、この声《こえ》、聞《き》き覚《おぼ》えがある。

そう思《おも》いながら振《ふ》り返《かえ》ったとたん、目撃《もくげき》してしまった、ミミーと若武《わかたけ》のカップル下校《げこう》っ！

焦《あせ》って柱《はしら》の陰《かげ》に身《み》を隠《かく》すと、2人《ふたり》は気《き》づかず、私《わたし》の前《まえ》を通《とお》り過《す》ぎていった。

「メールの返信《へんしん》、2分以内《ふんいない》ね。これチョー常識《じょうしき》だから。それから臣《おみ》が、クラスの女子《じょし》や部活《ぶかつ》の女《じょ》子《し》マネと話《はな》してるの見《み》ると、私《わたし》、ムカつく。ムカ着火《ちゃっか》ファイアーだからやめて。臣《おみ》は私《わたし》の彼《かれ》ピなんだから、私《わたし》とだけ話《はな》してればいいの。私《わたし》たちはアチュラチュなんだからね。」

話《はな》しているのはミミーだけで、若武《わかたけ》はずっと黙《だま》っていた。

なんか・・・すごい内容《ないよう》だった。

私《わたし》には、理解不能《りかいふのう》な言葉《ことば》もあったし。

若武《わかたけ》は、相変《あいか》わらず元気《げんき》がなかった。

どうしても幸《しあわ》せそうには見《み》えなかったけれど・・・本当《ほんとう》のところは、どうなんだろう。

若武《わかたけ》は、KZ《カッズ》のリーダーを捨《す》ててまで、なんでこの道《みち》を選《えら》んだのかなぁ。

私《わたし》は考《かんが》えこみながら家《いえ》に帰《かえ》り、秀明《しゅうめい》に向《む》かった。

でも気《き》になって、途中《とちゅう》の公衆電話《こうしゅうでんわ》の前《まえ》で足《あし》を止《と》めたんだ。

事件《じけん》ノートに書《か》いてある若武《わかたけ》のスマートフォンに、思《おも》い切《き》って電話《でんわ》してみた。

「はい、俺《おれ》。」

聞《き》こえてきた若武《わかたけ》の声《こえ》は低《ひく》く、憂鬱《ゆううつ》そうだった。

「あの、立花《たちばな》ですが、」

そう言《い》うと、突然《とつぜん》、キラッとした声《こえ》になったんだ。

「アーヤ？　どしたっ!?」

いつもの若武《わかたけ》の、エネルギッシュさに満《み》ちていた。

私《わたし》が、ほっとしたとたん、受話器《じゅわき》からミミーの声《こえ》が流《なが》れ出《で》る。

「あんた、なんで臣《おみ》にかけてくんのよ。臣《おみ》はもうKZ《カッズ》じゃないんだし、マジ関係《かんけい》ないっしょ。うぜーんだよ。かけんな、カスっ！」

バシャッと電話《でんわ》が切《き》れる。

そのすごい勢《いきお》いに驚《おどろ》いて、私《わたし》は自分《じぶん》の気持《きも》ちを整理《せいり》することができず、ただ持《も》っていた受話器《じゅわき》を見《み》つめるばかりだった。

しばらくそうしていて、やがてはっと我《われ》に返《かえ》り、受話器《じゅわき》を置《お》いて、電話《でんわ》ボックスから出《で》た。

秀明《しゅうめい》に向《む》かう。

心《こころ》の中《なか》は、疑問《ぎもん》だらけ。

だって私《わたし》は若武《わかたけ》にかけたのに、その電話《でんわ》に横入《よこはい》りするなんて、いくら彼女《かのじょ》でも、おかしくない？

でも若武《わかたけ》は、それを止《と》めなかったんだ。

ってことは、ミミーのやり方《かた》を認《みと》めてるってことだよね。

私《わたし》は若武《わかたけ》と話《はなし》をしたかったのに、ミミーに遮《さえぎ》られてできず、しかも若武《わかたけ》は、それを止《と》めようともしない。

あれこれと考《かんが》えていると、ドンドン腹立《はらだ》たしくなってきた。

だって私《わたし》は、もうずっと前《まえ》に若武《わかたけ》と出会《であ》って、友情《ゆうじょう》を育《はぐく》んできたんだよ。

それなのに、ここで突然現《とつぜんあらわ》れたミミーに、電話《でんわ》かけるなとか言《い》われなきゃならないって、おかしいと思《おも》う、納得《なっとく》できない。

それを許《ゆる》してる若武《わかたけ》は、もう最高《さいこう》の馬鹿《ばか》だっ！

許《ゆる》さんっ！

説教《せっきょう》してやる!!

私《わたし》は猛然《もうぜん》と公衆電話《こうしゅうでんわ》まで引《ひ》き返《かえ》し、再《ふたた》び若武《わかたけ》にかけた。

しばらく呼《よ》び出《だ》し音《おん》が鳴《な》って、やがて声《こえ》がする。

「また、あんた？」

ミミーだった。

「もうヤバメンディ。」

何《なに》を言《い》っているのか、さっぱりわからなかったけれど、私《わたし》は私《わたし》で、自分《じぶん》の主張《しゅちょう》をすることにした。

「私《わたし》は、若武《わかたけ》にかけてるの。あなたと話《はな》す気《き》はない。若武《わかたけ》を出《だ》して。」

瞬間《しゅんかん》、電話《でんわ》の向《む》こうでミミーの、小《ちい》さな悲鳴《ひめい》が上《あ》がる。

「あ、臣《おみ》、何《なに》すんだよ。今《いま》、私《わたし》が話《はな》してんでしょうが。スマホ返《かえ》して。」

直後《ちょくご》に、若武《わかたけ》の声《こえ》がした。

「ごめん、アーヤ、何《なん》の用《よう》？」

私《わたし》は、スマートフォンの向《む》こうで暴《あば》れているミミーを想像《そうぞう》しながら言《い》った。

「若武《わかたけ》がKZ《カッズ》を脱退《だったい》しても、私《わたし》たちは友《とも》だちだよ。ずっと友《とも》だちだからね。話《はなし》ぐらい自由《じゆう》にできるようにしておいてよ。」

若武《わかたけ》は黙《だま》りこむ。

電話《でんわ》の向《む》こうで、ミミーの騒《さわ》ぐ声《こえ》が聞《き》こえた。

「もう切《き》って！　秒《びょう》で切《き》れ!!　臣《おみ》、こっち向《む》いて。かまちょったら！　マジで、ねぇ臣《おみ》ぃ、私《わたし》のことだけ見《み》ててよ。」

それを聞《き》いている若武《わかたけ》が、ミミーに引《ひ》きずられるんじゃないかと思《おも》って、私《わたし》は恐《こわ》くなり、急《いそ》いで言《い》った。

「あなたが誰《だれ》と話《はな》すかは、あなたの自由《じゆう》でしょ。それを制限《せいげん》するなんて、おかしいよ。正《ただ》しいことじゃないと思《おも》う。」

やがて若武《わかたけ》の低《ひく》い声《こえ》が、耳《みみ》に届《とど》いた。

「正《ただ》しいかどうかなんて、どうでもいいんだ。俺《おれ》、こいつの気持《きも》ちと向《む》き合《あ》いたい。望《のぞ》み通《どお》りにしてやりたいんだ。満足《まんぞく》させてやりたい。切《き》れって言《い》ってるから、これで切《き》るよ。おまえには、さよならって言《い》ってあるよな。もう俺《おれ》にかけるな。友《とも》だちなら他《ほか》にもいるだろ。KZ《カッズ》の連中《れんちゅう》にも、そう言《い》っといて。俺《おれ》、脱退《だったい》したんだからさ。じゃあな。」

かすかな音《おと》を立《た》てて電話《でんわ》が切《き》れる。

私《わたし》は呆然《ぼうぜん》とし、受話器《じゅわき》を握《にぎ》りしめたままだった。

若武《わかたけ》の言葉《ことば》の真意《しんい》は、もう友《とも》だちをやめる、ということだった。

その理由《りゆう》は、ミミーの言《い》う通《とお》りにしてやりたいから、なんだ。

私《わたし》はショックで、悲《かな》しいというより痛《いた》い感《かん》じで、心《こころ》が痺《しび》れてしまい、何《なに》も考《かんが》えることができなかった。

14　なんちゃって

私《わたし》たちは、今《いま》までずっと一緒《いっしょ》に来《き》たのに！
若武《わかたけ》は、私《わたし》やKZ《カッズ》から離《はな》れていってしまうの？
私《わたし》たちは、若武《わかたけ》を失《うしな》わなければならないの!?
そんなの・・・嫌《いや》だ！
深刻《しんこく》な気持《きも》ちを抱《かか》えて、私《わたし》は秀明《しゅうめい》に向《む》かった。
授業中《じゅぎょうちゅう》は、ほとんど上《うわ》の空《そら》。
休《やす》み時間《じかん》を待《ま》って、カフェテリアに飛《と》んでいった。
シースルー・ドアを開《あ》け、中《なか》を見回《みまわ》して、皆《みんな》が集《あつ》まっているテーブルを見《み》つける。
そこには翼《たすく》と小塚君《こづかくん》、忍《しのぶ》、それに上杉君《うえすぎくん》が顔《かお》をそろえていた。
急《いそ》いで近寄《ちかよ》っていくと、翼《たすく》が言《い》った。
「黒木《くろき》、ちょっと遅《おく》れるって。」
若武《わかたけ》は、いない。

わかっていたことだったけれど、ああ本当《ほんとう》にいないんだなぁって感《かん》じて、改《あらた》めて胸《むね》を突《つ》かれた。

さっき見《み》た2人《ふたり》の姿《すがた》や、若武《わかたけ》の言葉《ことば》が思《おも》い出《だ》される。

若武《わかたけ》は、KZ《カッズ》の仲間《なかま》より、ミミーを選《えら》んだんだ。

しかもミミーの言《い》いなりになって、私《わたし》たちを切《き》り捨《す》てた！

「どうしたの、アーヤ、暗《くら》いけど。」

小塚君《こづかくん》に聞《き》かれて、私《わたし》は事情《じじょう》を話《はな》した。

重《おも》すぎて、1人《ひとり》で抱《かか》えていられなかったんだ。

皆《みな》が急《きゅう》に、真剣《しんけん》な顔《かお》になる。

初《はじ》めに口《くち》を切《き》ったのは、上杉君《うえすぎくん》だった。

「女《おんな》、」

そう言《い》いながら、ちらっと私《わたし》を見《み》る。

「恐《こえ》え！」

私《わたし》じゃないからっ！

翼《たすく》も、こちらを向《む》いた。

「女子《じょし》って、そこまでガチガチに縛《しば》るもんなの？」

いや、これは、たぶん普通《ふつう》じゃないような気《き》がする。

私《わたし》も、あまり詳《くわ》しいわけじゃないから、断言《だんげん》できないけど。

「俺《おれ》、」

そう言《い》いながら忍《しのぶ》が、胸《むね》ポケットからスマートフォンを出《だ》した。

操作《そうさ》して、「アイドル王子《おうじ》は知《し》っている」で皆《みな》に紹介《しょうかい》した婚約者《こんやくしゃ》のポートレートを浮《う》かび上《あ》がらせる。

「リアルじゃなくて、2次元《じげん》でよかった。」

小塚君《こづかくん》が、信《しん》じられないと言《い》ったように首《くび》を横《よこ》に振《ふ》った。

「彼女《かのじょ》のことは、どうでもいいよ。問題《もんだい》は若武《わかたけ》だろ。」

皆《みな》が、はっとそこに立《た》ち返《かえ》る。

「あの若武《わかたけ》がそんなこと言《い》うなんて・・・きっと、どっか壊《こわ》れたんだよ。これからいったいどうなっちゃうんだろう。」

忍《しのぶ》が溜《た》め息《いき》をついた。

「まぁ恋《こい》って、そんなもんだよ。それにしても友《とも》だちまで切《き》るなんて、重症《じゅうしょう》かもな。」

翼《たすく》も困《こま》ったように眉根《まゆね》を寄《よ》せる。

「そこまでいくとは、マジ思《おも》ってなかった。」

その場《ば》に、沈痛《ちんつう》な空気《くうき》が広《ひろ》がった。

「あのさぁ、」

上杉君《うえすぎくん》がテーブルに両肘《りょうひじ》をつき、片手《かたて》で眼鏡《めがね》の縁《ふち》を押《お》し上《あ》げる。

「前《まえ》から言《い》ってっけど、これには、何《なに》か訳《わけ》があるんだ。」

眼差《まなざし》は冷《ひ》ややか、口調《くちょう》はきっぱりとしていた。

「今《いま》、黒木《くろき》が探《さぐ》ってるから、その報告《ほうこく》を待《ま》とう。それがはっきりすれば、対策《たいさく》も立《た》てられる。今《いま》は取《と》りあえず黒木《くろき》に任《まか》せといて、俺《おれ》たちは都市《とし》伝説《でんせつ》の方《ほう》をチャッチャと片付《かたづ》けちまおうぜ。」

その言葉《ことば》は、まるで光《ひかり》みたいだった。

私《わたし》たちの心《こころ》に射《さ》しこんできて、進《すす》むべき道《みち》を照《て》らし出《だ》し、あたりに立《た》ちこめていた暗《くら》さを一掃《いっそう》したんだ。

私《わたし》たちはそこから解放《かいほう》され、ようやく元気《げんき》になれた。

「よし、KZ会議《カッズかいぎ》を始《はじ》める。アーヤ、昨日《きのう》のまとめを。」

翼《たすく》に言《い》われて私《わたし》は事件《じけん》ノートを開《ひら》き、昨日《きのう》解決《かいけつ》した2つの校内《こうない》都市《とし》伝説《でんせつ》を報告《ほうこく》し、その後《ご》、残《のこ》っている3つを明確《めいかく》にした。

「ありがと。じゃ今後《こんご》は、残《のこ》る3つの伝説《でんせつ》にKZ《カッズ》の全力《ぜんりょく》を注《そそ》ぎこんで究明《きゅうめい》する。そのために、ここで分担《ぶんたん》の変更《へんこう》を視野《しや》に入《い》れたい。」

たぶん翼《たすく》は、昨日《きのう》から今日《きょう》までの間《あいだ》に、それを考《かんが》えていたんだろうな。

たとえば昨日《きのう》、小塚君《こづかくん》の調査《ちょうさ》がうまくいかなかったのは、井戸《いど》の蓋《ふた》が開《あ》けられなかったからだ。

メンバーの誰《だれ》かがそばにいたら、できたことかもしれない。

そういうカバーをしていかないと、残《のこ》った3つを解決《かいけつ》するのは難《むずか》しいと判断《はんだん》したんだ。

「数《かず》が減《へ》ったし、これから報告《ほうこく》を聞《き》きながら適切《てきせつ》なメンバーを再配置《さいはいち》する。その方《ほう》が、解決《かいけつ》が早《はや》そうだ。」

賛成《さんせい》！

私《わたし》は、その意見《いけん》を支持《しじ》しながら、皆《みな》を見回《みまわ》した。

誰《だれ》もが、問題《もんだい》ないというような顔《かお》つきをしていた。

「では上杉《うえすぎ》・アーヤチーム、それに七鬼《ななき》、小塚《こづか》、調査《ちょうさ》がどこまで進《すす》んでいるかを報告《ほうこく》してくれ。まず上杉《うえすぎ》・アーヤ、校内都市伝説《こうないとしでんせつ》の3、症状《しょうじょう》が悪化《あっか》する保健室《ほけんしつ》の調査状況《ちょうさじょうきょう》は？」

私《わたし》は記録《きろく》を取《と》っているところだったから、皆《みな》の視線《しせん》は、自然《しぜん》と上杉君《うえすぎくん》に注《そそ》がれた。

上杉君《うえすぎくん》は腕《うで》を組《く》み直《なお》し、椅子《いす》の背《せ》にもたれかかる。

「謎《なぞ》は、ほぼ解《と》けた。」

皆《みな》が驚《おどろ》いたようだったけれど、一番《いちばん》びっくりしていたのは私《わたし》だった。

だって、いつの間《ま》にっ!?

私《わたし》、全然《ぜんぜん》、解《と》けてないけど・・・なんで解《と》けたの!?

「昨日《きのう》、梅津《うめづ》クリニックを調《しら》べに行《い》ったんだ。」

ああ調《しら》べたいことがあるって、それだったんだ。

ようやくわかったと思《おも》っていると、小塚君《こづかくん》が驚《おどろ》いたような声《こえ》を上《あ》げた。

「調《しら》べたって、上杉《うえすぎ》、どうやって？」

上杉君《うえすぎくん》は、ちょっと顔《かお》をしかめる。

「受診《じゅしん》したんだよ、患者《かんじゃ》になってさ。他《ほか》に手《て》がねーだろ。」

その場《ば》にいた全員《ぜんいん》が一瞬《いっしゅん》、沈黙《ちんもく》した。

空気《くうき》の読《よ》めない忍《しのぶ》でさえも、はっと息《いき》を呑《の》んだくらいだった。

その時《とき》、誰《だれ》もが心《こころ》の中《なか》で、上杉君《うえすぎくん》の犠牲的精神《ぎせいてきせいしん》に深々《ふかぶか》と敬意《けいい》を表《ひょう》したんだ。

病院《びょういん》や個人医院《こじんいいん》は、病気《びょうき》の人《ひと》がたくさんいるから感染《かんせん》の危険《きけん》があるし、長時間《ちょうじかん》待《ま》たされるから、健康《けんこう》な時《とき》には絶対《ぜったい》、行《い》きたくないと皆《みな》が思《おも》っている。

中学生《ちゅうがくせい》にとって病気《びょうき》は、学校《がっこう》や塾《じゅく》を休《やす》まなきゃならなくなったり、テスト時《じ》に実力《じつりょく》が出《だ》せなかったりするから、現在《げんざい》はもちろん将来《しょうらい》にも影響《えいきょう》を与《あた》えかねない大敵《たいてき》なんだ。

それなのに、調査《ちょうさ》のためにそこに踏《ふ》みこむことを厭《いと》わなかった上杉君《うえすぎくん》は、偉《えら》いっ！

「梅津《うめづ》クリニックは、最近《さいきん》はやりの会社員対応《かいしゃいんたいおう》の医院《いいん》で、夜《よる》10時《じ》までやっている。土日《どにち》もだ。院長《いんちょう》の梅津五郎《うめづごろう》の他《ほか》に2人《ふたり》の医師《いし》がいて、梅津《うめづ》は内科《ないか》、他《ほか》の2人《ふたり》は整形外科《せいけいげか》と眼科《がんか》。整形外科医《せいけいげかい》は梅津《うめづ》の息子《むすこ》。眼科医《がんかい》はアルバイトで、これが村田《むらた》だ。養護教諭《ようごきょうゆ》の資格《しかく》を持《も》っていて、第《だい》3水曜日《すいようび》に梅津《うめづ》と一緒《いっしょ》に市立中《しりつちゅう》を訪問《ほうもん》する。バスケ部《ぶ》のキャプテンの話《はなし》では、梅津医師《うめづいし》は会議室《かいぎしつ》で、相談《そうだん》にやってくる生徒《せいと》の相手《あいて》をし、村田医師《むらたいし》は保健室《ほけんしつ》で佐久間養護教諭《さくまようごきょうゆ》の代理《だいり》を務《つと》めるらしい。」

近藤《こんどう》さんからも、もう話《はなし》を聞《き》いたんだ。

すごい熱心《ねっしん》だね、上杉君《うえすぎくん》。

逃《に》げるのが嫌《いや》なだけだって言《い》ってたけど、本当《ほんとう》は若武《わかたけ》を早《はや》く復帰《ふっき》させて、元通《もとどお》りのKZ《カッズ》にしたいんだ、きっと。

それなのに若武《わかたけ》ったら・・・もう馬鹿《ばか》っ！

「昨日《きのう》、佐久間《さくま》養護《ようご》教諭《きょうゆ》から、村田《むらた》って名前《なまえ》を聞《き》いてたから、俺《おれ》が受診《じゅしん》したのはもちろん眼科《がんか》だ。村田辰夫《むらたたつお》、45歳《さい》、優《やさ》しくて親切《しんせつ》、愛想《あいそ》もいい。」

ふうん、いいお医者《いしゃ》さんなんだ。

「アルバイト医師《いし》だから、週《しゅう》のうち半分《はんぶん》くらいしか出勤《しゅっきん》しないみたいだけど、受付《うけつけ》のスタッフに聞《き》いたところ、評判《ひょうばん》は悪《わる》くない。真面目《まじめ》で謙虚《けんきょ》、いつも控《ひか》え目《め》で、気遣《きづか》いができて、話《はなし》もおもしろいって。こういう話《はなし》も耳《みみ》に入《はい》った。医師紹介会社《いししょうかいがいしゃ》を通《つう》じて来《き》た人《ひと》だから、初《はじ》めは皆《みな》で心配《しんぱい》してたんだけどって。」

医師紹介会社《いししょうかいがいしゃ》？

「文字《もじ》通《どお》り、医師《いし》を紹介《しょうかい》する会社《かいしゃ》。今《いま》すごくニーズがあって、勢《いきお》いのある業種《ぎょうしゅ》なんだ。転職《てんしょく》したい医師《いし》が、自分《じぶん》の専門分野《せんもんぶんや》や名前《なまえ》、常勤《じょうきん》か非常勤《ひじょうきん》かなどの希望《きぼう》を、医師紹介会社《いししょうかいがいしゃ》に登録《とうろく》しておく。すると会社《かいしゃ》が、希望《きぼう》に添《そ》った医療機関《いりょうきかん》を紹介《しょうかい》してくれるんだ。早《はや》く転職《てんしょく》したい医師《いし》は、複数《ふくすう》の会社《かいしゃ》に登録《とうろく》しておくらしいよ。」

へえ、お医者《いしゃ》さんも、そんなふうに仕事場《しごとば》を探《さが》す時代《じだい》になったんだね。

「それで、親《おや》から聞《き》いた話《はなし》を思《おも》い出《だ》したんだけど、」

上杉君《うえすぎくん》は椅子《いす》の背《せ》もたれから身《み》を起《お》こし、前《まえ》かがみになって組《く》んだ腕《うで》をテーブルに載《の》せた。

「父《ちち》の大学《だいがく》の同期《どうき》で、開業医《かいぎょうい》をしてる友人《ゆうじん》に、去年《きょねん》、奇妙《きみょう》なことが起《お》こったんだ。」

慎重《しんちょう》な表情《ひょうじょう》になりながら、私《わたし》たちを見回《みまわ》す。

「開業医《かいぎょうい》は、1年間《ねんかん》の収入《しゅうにゅう》を税務署《ぜいむしょ》に申告《しんこく》する。これを確定申告《かくていしんこく》というんだけど、3月《がつ》15日《にち》までに税務署《ぜいむしょ》に届《とど》ける決《き》まりなんだ。」

上杉君《うえすぎくん》ちは、お母《かあ》さんもお父《とう》さんも開業医《かいぎょうい》だった。

「で去年《きょねん》、その開業医《かいぎょうい》は、確定申告《かくていしんこく》をした。ところが4月《がつ》になって、税務署《ぜいむしょ》から申告金額《しんこくきんがく》が間《ま》違《ちが》っていたから、過少申告加算税《かしょうしんこくかさんぜい》を納《おさ》めろという通知《つうち》があったんだ。つまり確定申告書《かくていしんこくしょ》に書《か》いた金額《きんがく》が実際《じっさい》より少《すく》なかったんで、ペナルティを課《か》せられたわけ。きちんと申告《しんこく》していたつもりの開業医《かいぎょうい》は激怒《げきど》し、これは税務署《ぜいむしょ》の間違《まちが》いだと考《かんが》えて怒鳴《どな》りこんだ。」

わっ！

「ところが税務署《ぜいむしょ》の職員《しょくいん》は、書類《しょるい》を出《だ》してきて、これだけの収入《しゅうにゅう》が確定申告《かくていしんこく》から洩《も》れていましたので、合算《がっさん》すると税率《ぜいりつ》が上《あ》がるんですと言《い》ったんだって。そこには、いくつかの医療機関《いりょうきかん》がこの開業医《かいぎょうい》に支払《しはら》った報酬《ほうしゅう》の明細書《めいさいしょ》が添付《てんぷ》されていた。日本《にほん》の企業《きぎょう》は、誰《だれ》に、いつ、いくら払《はら》ったかを税務署《ぜいむしょ》に通知《つうち》することになってるからさ。」

じゃ税務署《ぜいむしょ》は、すべてのお金《かね》の流《なが》れを把握《はあく》してるんだね。

すごいかも、税務署《ぜいむしょ》！

「だが開業医《かいぎょうい》には、そんな報酬《ほうしゅう》を受《う》け取《と》った覚《おぼ》えがなかった。毎日《まいにち》、自分《じぶん》のクリニックで忙《いそが》しく働《はたら》いているんだから、別《べつ》の医療機関《いりょうきかん》に勤《つと》める時間《じかん》なんてあるはずがないだろ。」

ん、そうだよね。

「しかしそれらの医療機関《いりょうきかん》は、確《たし》かに払《はら》ったと言《い》っている。真実《しんじつ》をはっきりさせないと、開業医《かいぎょうい》は過少申告加算税《かしょうしんこくかさんぜい》を納《おさ》めねばならない。そして何《なに》より不思議《ふしぎ》だったのは、片方《かたほう》が払《はら》ったと言《い》い、片方《かたほう》が受《う》け取《と》っていないと言《い》っているその金《かね》は、いったいどこにいったのか。それで真相究明《しんそうきゅうめい》が始《はじ》まった。この事件《じけん》の真相《しんそう》、何《なに》だったと思《おも》う？」

う・・・全然《ぜんぜん》わからない！

私《わたし》は、小塚君《こづかくん》に目《め》をやった。

小塚君《こづかくん》は首《くび》を横《よこ》に振《ふ》って忍《しのぶ》を見《み》、忍《しのぶ》も首《くび》を傾《かし》げて翼《たすく》を見《み》る。

翼《たすく》は、興味深《きょうみぶか》そうに目《め》を輝《かがや》かせた。

「で、どうだったの？」

上杉君《うえすぎくん》は腕《うで》を上《あ》げ、空中《くうちゅう》に伸《の》ばして今度《こんど》は後頭部《こうとうぶ》で組《く》んだ。

「結論《けつろん》から言《い》うと、この事件《じけん》の裏《うら》には、なんちゃって医師《いし》が存在《そんざい》してたんだ。」

なんちゃって医師《いし》？

「医師免許《いしめんきょ》を持《も》っていないのに、医師《いし》を名乗《なの》って医療行為《いりょうこうい》をする、なりすまし医師《いし》のこと。」

翼《たすく》が、すかさず声《こえ》を上《あ》げる。

「医師法違反《いしほういはん》、および詐欺罪《さぎざい》だ。」

まるで若武《わかたけ》みたいだった。

法律《ほうりつ》は、若武《わかたけ》の守備範囲《しゅびはんい》だったから。

私《わたし》は翼《たすく》を見《み》つめながら、若武《わかたけ》がここにいないことをはっきりと意識《いしき》して、悲《かな》しくなってきてしまった。

なんで若武《わかたけ》は、KZ《カッズ》を捨《す》てたんだろう。

そんなこと、どうしてできたの？

上杉君《うえすぎくん》は、裏《うら》があるって言《い》ってたけれど、たとえどんな裏《うら》があったとしても、私《わたし》が若武《わかたけ》だったら、死《し》んでもKZ《カッズ》を捨《す》てたりしない、絶対《ぜったい》にしないよ、若武《わかたけ》の馬鹿《ばか》っ！

「なりすまし医師《いし》は、今《いま》、結構多《けっこうおお》くて、日本医師会《にほんいしかい》では、防止《ぼうし》のために本人《ほんにん》の写真《しゃしん》とIC《アイシー》チップの入《はい》った医師資格証《いしかくしょう》を発行《はっこう》してる。でも、あまり広《ひろ》まってないらしい。父《ちち》の友人《ゆうじん》に起《お》こったこのケースでは、医師《いし》になりすましていたのは、倒産《とうさん》した医師紹介会社《いししょうかいがいしゃ》の社長《しゃちょう》だった。」

え、医療関係者《いりょうかんけいしゃ》でもないのに、医師《いし》を名乗《なの》って治療《ちりょう》してたの、恐《こわ》っ！

「手口《てぐち》は、こうだ。この元社長《もとしゃちょう》は、自分《じぶん》の会社《かいしゃ》に登録《とうろく》のあった医師免許証《いしめんきょしょう》の中《なか》で、古《ふる》くて顔写真《かおじゃしん》のない免許証《めんきょしょう》をプリントアウトした。それがたまたま父《ちち》の友人《ゆうじん》のものだったんだ。で、その免許《めんきょ》証《しょう》を自分《じぶん》のものと偽《いつわ》り、他県《たけん》の医師紹介会社《いししょうかいがいしゃ》に送《おく》って、自分《じぶん》を医師《いし》として登録《とうろく》した。名前《なまえ》は、その免許証《めんきょしょう》の名前《なまえ》を名乗《なの》った。この紹介会社《しょうかいがいしゃ》では、運転免許証《うんてんめんきょしょう》やパスポートを提出《ていしゅつ》させて本人確認《ほんにんかくにん》をするのを怠《おこた》っていた。それでまんまと医師《いし》になりすました元社長《もとしゃちょう》は、アルバイト医師《いし》としていくつかの医療機関《いりょうきかん》に派遣《はけん》され、そこから報酬《ほうしゅう》を受《う》け取《と》っていたんで、その記録《きろく》が税務署《ぜいむしょ》に送《おく》られたってわけ。」

悪事《あくじ》って、意外《いがい》なところから露見《ろけん》するんだね。

「で、俺《おれ》が何《なに》を言《い》いたいかって言《い》うと、」

ふ〜む、何《なに》？

「梅津《うめづ》クリニックの眼科医村田《がんかいむらた》は、その、なんちゃって医師《いし》なんじゃないかってこと。」

ええっ！

「養護教諭《ようごきょうゆ》の資格《しかく》を持《も》っているっていうのも、嘘《うそ》かもしれない。」

大変《たいへん》だっ！

「理由《りゆう》その1、医師紹介会社《いししょうかいがいしゃ》が間《あいだ》に入《はい》っている場合《ばあい》、その会社《かいしゃ》がきちんとしていないと、なんちゃって医師《いし》が発生《はっせい》しやすい。」

村田医師《むらたいし》は、確《たし》かに、医師紹介会社《いししょうかいがいしゃ》から派遣《はけん》されてたよね。

「理由《りゆう》その2、なんちゃって医師《いし》は、バレることを恐《おそ》れる。トラブルを起《お》こすと、それを切《き》っかけにバレることがあるので、常《つね》に優《やさ》しく控《ひか》え目《め》に振《ふ》る舞《ま》い、頼《たの》まれたことは断《ことわ》らない。そのために患者《かんじゃ》にも、内部《ないぶ》でも評判《ひょうばん》がいい。また正規採用《せいきさいよう》だと、医師免許証《いしめんきょしょう》のコピーでなく原本《げんぽん》の提出《ていしゅつ》を求《もと》められることが多《おお》いんで、アルバイトを選《えら》ぶ傾向《けいこう》にある。」

うっ、そのまんま。

「理由《りゆう》その3、これが一番大《いちばんおお》きいんだけど、」

そう言《い》いながら上杉君《うえすぎくん》は、その目《め》に、毅然《きぜん》とした光《ひかり》をまたたかせた。

「俺《おれ》、スイスで眼《め》の手術《しゅじゅつ》をしただろ。」

覚《おぼ》えてるよ、「天使《てんし》が知《し》っている」の中《なか》でだよね。

「その時《とき》、手術前《しゅじゅつまえ》にいろんなレクチャーを受《う》けて、目《め》に関《かん》する現代医療《げんだいいりょう》に詳《くわ》しくなった。で、村《むら》田医師《たいし》と話《はな》していて感《かん》じたのは、村田医師《むらたいし》にはそういう知識《ちしき》がほとんどないってこと。」

むっ！

「しかも医学用語《いがくようご》を、まったく使《つか》わないんだ。」

それ、怪《あや》しい！

「俺《おれ》、わざと専門用語《せんもんようご》を間違《まちが》えてみたけど、それにも反応《はんのう》しなかった。」

絶対《ぜったい》、怪《あや》しい!!

「村田医師《むらたいし》が、なりすまし医師《いし》だとすれば、」

翼《たすく》が、全員《ぜんいん》に視線《しせん》を配《くば》る。

「彼《かれ》が市立中《しりつちゅう》の保健室《ほけんしつ》に行《い》く第《だい》3水曜日《すいようび》に、生徒《せいと》の症状《しょうじょう》が悪化《あっか》することがあっても不思議《ふしぎ》じゃない。早急《さっきゅう》に、村田医師《むらたいし》が医師資格《いしかく》を持《も》っているかどうかを確《たし》かめないと。」

私《わたし》は、それを事件《じけん》ノートに記録《きろく》した。

「どうすればいいと思《おも》う？」

翼《たすく》の問《と》いに、上杉君《うえすぎくん》が大《たい》したことじゃないといったように口《くち》を開《ひら》く。

「診察室《しんさつしつ》の壁《かべ》に、額《がく》に入《い》れた医師免許証《いしめんきょしょう》がかけてあった。それが本物《ほんもの》かどうかを確《たし》かめればいい。本物《ほんもの》なら、透《す》かしが入《はい》ってる。」

簡単《かんたん》そう。

「額《がく》の前面《ぜんめん》には、ガラスが嵌《はま》っているから、外《そと》から見《み》ただけじゃわからない。いったん額《がく》から出《だ》さないと。」

忍《しのぶ》が口《くち》を挟《はさ》んだ。

「6分《ぷん》だな。」

へ？

「部屋《へや》に入《はい》って、額《がく》を壁《かべ》から下《お》ろし、中《なか》から医師免許証《いしめんきょしょう》を出《だ》し、確認《かくにん》して元《もと》に戻《もど》して退出《たいしゅつ》するまでの時間《じかん》。ただし、by《バイ》俺《おれ》、もしくは上杉《うえすぎ》、美門《みかど》の3者限定《しゃげんてい》。」

サッと時間《じかん》を出《だ》せるのは、すごいかも。

意外《いがい》な才能《さいのう》だぁ。

「その6分間《ぷんかん》、村田医師《むらたいし》の診察室《しんさつしつ》から人《ひと》を排除《はいじょ》しないと。あるいは本人《ほんにん》がいない時《とき》を狙《ねら》うとか。そうすれば当然《とうぜん》、患者《かんじゃ》も入《はい》ってこないし。」

上杉君《うえすぎくん》がスマートフォンを出《だ》し、画面《がめん》を払《はら》って視線《しせん》を落《お》とした。

「村田医師《むらたいし》はアルバイト医《い》で、今週《こんしゅう》は休診《きゅうしん》だ。診察室《しんさつしつ》は空《あ》いてる。」

チャンスっ！

「だが梅津《うめづ》クリニックは賃貸《ちんたい》マンションの1階《かい》だ。見《み》たところ壁《かべ》は薄《うす》そう。村田医師《むらたいし》の診察室《しんさつしつ》の左隣《ひだりどなり》はトイレだけど、右隣《みぎどなり》は梅津医師《うめづいし》の診察室《しんさつしつ》で、今日《きょう》は診療《しんりょう》をしている。おまけに医師免許証《いしめんきょしょう》がかかっている壁《かべ》は、梅津医師《うめづいし》の診察室側《しんさつしつがわ》なんだ。」

音《おと》が聞《き》こえるかもね。

「作業中《さぎょうちゅう》は、梅津医師《うめづいし》の注意《ちゅうい》を逸《そ》らすしかないな。誰《だれ》か、内科《ないか》の診察《しんさつ》を受《う》けろよ。」

そう言《い》いながら上杉君《うえすぎくん》は、その冷《ひ》ややかな目《め》の端《はし》で私《わたし》を見《み》た。

「立花《たちばな》、おまえだ。」

げっ！

「昨日《きのう》、佐久間《さくま》養護教諭《ようごきょうゆ》から、一度《いちど》病院《びょういん》で検査《けんさ》してもらえって言《い》われただろ。」

あれは、上杉君《うえすぎくん》が始《はじ》めた狂言《きょうげん》だったんじゃない。

私《わたし》、どっこも悪《わる》くなんかないからっ！

「それが口実《こうじつ》になる。佐久間《さくま》養護教諭《ようごきょうゆ》と梅津医師《うめづいし》は面識《めんしき》があるから、その話《はなし》を持《も》ち出《だ》せば注意《ちゅうい》を引《ひ》いておけるしさ。」

翼《たすく》が、気《き》の毒《どく》そうにこちらを見《み》た。

「どうもアーヤが適任《てきにん》みたいだね。」

嫌《いや》だなぁ・・・ストレスで胃《い》が痛《いた》くなりそう。

でもこのままにしておくわけにはいかないし・・・えーい、やむをえん！

「わかった。やる！」

私《わたし》の返事《へんじ》を確認《かくにん》し、翼《たすく》は上杉君《うえすぎくん》を見《み》た。

「村田医師《むらたいし》の診察室《しんさつしつ》への侵入《しんにゅう》は、上杉《うえすぎ》だ。昨日《きのう》クリニックに行《い》って状況《じょうきょう》を把握《はあく》してるから適任《てきにん》でしょ。医師免許証《いしめんきょしょう》を確《たし》かめ、証拠《しょうこ》の画像《がぞう》を撮《と》るんだ。いい？」

上杉君《うえすぎくん》は、片手《かたて》でオーケイサインを出《だ》した。

「で、待機要員《たいきよういん》として俺《おれ》がつく。非常事態《ひじょうじたい》が起《お》こった時《とき》、対処《たいしょ》するためだ。」

キビキビと言《い》いながら翼《たすく》は、全員《ぜんいん》に視線《しせん》を配《くば》った。

「じゃ次《つぎ》。校内都市伝説《こうないとしでんせつ》の４つ目《め》、真夜中《まよなか》に理科準備室《りかじゅんびしつ》で何《なに》かを引《ひ》きずる音《おと》がした、だ。七鬼《ななき》、理科準備室《りかじゅんびしつ》の調査報告《ちょうさほうこく》を。」

15 理科準備室《りかじゅんびしつ》、埃《ほこり》の謎《なぞ》

「理科準備室《りかじゅんびしつ》は、準備室棟《じゅんびしつとう》の西《にし》の端《はし》だ。」

そう言《い》いながら忍《しのぶ》は、指《ゆび》でテーブルに理科準備室《りかじゅんびしつ》の内部図《ないぶず》を描《えが》いた。

「四角《しかく》な部屋《へや》で、出入《でい》り口《ぐち》は南側《みなみがわ》1か所《しょ》、窓《まど》はない。四方《しほう》の壁《かべ》に沿《そ》って棚《たな》がいくつか置《お》かれていて、採集《さいしゅう》した昆虫《こんちゅう》を並《なら》べた標本箱《ひょうほんばこ》や、エタノールもしくはホルマリン漬《づ》けにした爬虫類《はちゅうるい》や植物《しょくぶつ》の入《はい》った瓶《びん》が並《なら》んでいる。棚《たな》と棚《たな》の間《あいだ》や脇《わき》には大《おお》きなパネルや人体模型《じんたいもけい》、人骨模型《じんこつもけい》、鳥類《ちょうるい》や小型動《こがたどう》物《ぶつ》の剝製《はくせい》なんかが置《お》かれていた。」

その説明通《せつめいどお》りに、私《わたし》は事件《じけん》ノートに内部図《ないぶず》を描《えが》いた。

夜《よる》の闇《やみ》の中《なか》にひっそりと並《なら》んでいるそれらを想像《そうぞう》して、背筋《せすじ》がゾクゾクしてしまった。

「俺《おれ》が気《き》になっていたのは、何《なに》かを引《ひ》きずる音《おと》ってのは、具体的《ぐたいてき》に何《なに》を、どこに引《ひ》きずる音《おと》なのかってこと。」

はぁ・・・よくできるよね、そんな発想《はっそう》。

夜中《よなか》に何《なに》かを引《ひ》きずる音《おと》がしたって聞《き》いたら、普通考《ふつうかんが》えるのは、引《ひ》きずってるのは誰《だれ》？　だと思《おも》うよ。

で、夜《よる》だから霊《れい》？　って話《はなし》になる。

それが、中学生《ちゅうがくせい》スタンダード。

まぁ忍《しのぶ》は引《ひ》きこもりだったから、普通《ふつう》からズレててもおかしくないけど。

「で、実際《じっさい》に準備室《じゅんびしつ》に入《はい》ってから気《き》になったのは、床《ゆか》の埃《ほこり》。」

それについては、昨日《きのう》も言《い》ってたよね。

「掃除《そうじ》してないらしくて、床《ゆか》が埃《ほこり》だらけ。でも部分的《ぶぶんてき》にたくさん積《つ》もってたり、逆《ぎゃく》に全然《ぜんぜん》ない場《ば》所《しょ》があったりする。あれだけ埃《ほこり》が積《つ》もるのは、長期間《ちょうきかん》、誰《だれ》も入《はい》ってないからだと思《おも》うけど、出入《でい》りしなければ部屋《へや》の中《なか》に風《かぜ》が入《はい》ることもない。窓《まど》はないんだしさ。それなのに埃《ほこり》の積《つ》もり方《かた》に極《きょく》端《たん》な差《さ》があるって、おかしいだろ。」

確《たし》かに。

「たくさん積《つ》もっていたのは、ここ。」

忍《しのぶ》は、その位置《いち》をテーブルに描《えが》こうとして、私《わたし》が書《か》いている事件《じけん》ノートに目《め》を留《と》め、手《て》を伸《の》ばして催促《さいそく》した。

「ちょっと貸《か》して。」

差《さ》し出《だ》したノートを受《う》け取《と》り、埃《ほこり》の積《つ》もっていた位置《いち》を描《か》きこむ。

「ここだけ山《やま》のようにあった。」

それは、部屋《へや》の南側《みなみがわ》にあるドアの近《ちか》くだった。

「で、こっちの、」

そう言《い》いながら今度《こんど》は、そのドアから部屋《へや》の中《なか》に入《はい》った西側《にしがわ》の標本棚《ひょうほんだな》のあたりに丸《まる》を描《えが》く。

「この棚《たな》の前《まえ》や横《よこ》には、ほとんどない。」

はて？

「それ、おかしいよ。」

小塚君《こづかくん》が声《こえ》を上《あ》げた。

「普通《ふつう》、埃《ほこり》は部屋《へや》の隅《すみ》とか、空気《くうき》が流《なが》れない場所《ばしょ》に溜《た》まりやすいんだ。この部屋《へや》なら、ドアの近《ちか》くは一番溜《いちばんた》まりにくい場所《ばしょ》だよ。それなのに他《ほか》の場所《ばしょ》よりたくさん積《つ》もってるなんて、考《かんが》えられない。」

上杉君《うえすぎくん》が、その目《め》に鋭《するど》い光《ひかり》をまたたかせる。

「おもしろくなってきたじゃん。溜《た》まってた埃《ほこり》の量《りょう》は？」

忍《しのぶ》は自信《じしん》ありげな微笑《びしょう》を浮《う》かべ、人差《ひとさ》し指《ゆび》を立《た》ててチッチと横《よこ》に振《ふ》った。

「だめだぜ、上杉《うえすぎ》。俺《おれ》のお手柄《てがら》を横取《よこど》りすんじゃない。この埃《ほこり》の差《さ》が何《なに》を指《さ》しているのかは、もう見当《けんとう》がついてるんだ。おまえの出番《でばん》はないから。」

上杉君《うえすぎくん》は舌打《したう》ちし、笑《え》みを含《ふく》んだ目《め》で忍《しのぶ》をにらむ。

「おまえ、いっぺん地獄《じごく》に落《お》ちろ。」

忍《しのぶ》は愉快《ゆかい》そうな笑《わら》い声《ごえ》を立《た》て、埃《ほこり》の積《つ》もっている出入《でい》り口《ぐち》を指差《ゆびさ》した。

「小塚《こづか》が言《い》ったみたいに、ドアの前《まえ》にだけ埃《ほこり》が大量《たいりょう》に積《つ》もるのは普通《ふつう》じゃない。では、なぜ積《つ》もっていたのか。それは、」

そう言《い》いながら、さっき埃《ほこり》がほとんどないと言《い》っていた西側《にしがわ》の標本棚《ひょうほんだな》の周《まわ》りを指差《ゆびさ》す。

「このあたりに積《つ》もっていた埃《ほこり》が、ドアの前《まえ》に移動《いどう》したからだ。」

はっ!?

埃《ほこり》が移動《いどう》って、何《なに》っ!?

「つまり、」

翼《たすく》が身《み》を乗《の》り出《だ》し、西側《にしがわ》の標本棚《ひょうほんだな》に指《ゆび》を置《お》く。

「この棚《たな》を動《うご》かしたから、埃《ほこり》が動《うご》いたってことでしょ。何《なに》かを引《ひ》きずる音《おと》ってのは、標本棚《ひょうほんだな》を引《ひ》きずる音《おと》だったんだ。」

そうかっ！

「問題《もんだい》は、」

上杉君《うえすぎくん》が両腕《りょううで》を組《く》み、天井《てんじょう》を見上《みあ》げながらつぶやく。

「何《なん》のために、その標本棚《ひょうほんだな》を動《うご》かしたのか、ってことだよな。」

小塚君《こづかくん》が続《つづ》けた。

「誰《だれ》が動《うご》かしたのかってことも、だよ。夜《よる》の理科準備室《りかじゅんびしつ》でそんなことやって、棚《たな》の中《なか》に入《はい》ってる標本《ひょうほん》が落《お》ちて壊《こわ》れたら、どうするつもりなんだと僕《ぼく》は言《い》いたい。」

珍《めずら》しく怒《おこ》っている様子《ようす》だった。

小塚君《こづかくん》は、生物《せいぶつ》と研究《けんきゅう》を愛《あい》する人《ひと》だからなぁ。

「人物《じんぶつ》は特定《とくてい》できず、動機《どうき》も不明《ふめい》。」

忍《しのぶ》が大《おお》きな息《いき》をつく。

「それらをはっきりさせるには、もう一度《いちど》あそこに入《はい》って証拠《しょうこ》を探《さが》すしかねーだろうと思《おも》ってんだけど、どう？」

私《わたし》は急《いそ》いで皆《みな》の前《まえ》にあった事件《じけん》ノートを引《ひ》き寄《よ》せ、さっき中断《ちゅうだん》してから話《はなし》に出《で》た重要事項《じゅうようじこう》を書《か》き留《と》めた。

議事《ぎじ》があまり進《すす》んでいってしまうと、正確《せいかく》に書《か》けなくなる。先《さき》に話《はな》し合《あ》われていたことに、今話《いまはな》し合《あ》われていることが重《かさ》なってしまって、記憶《きおく》がアヤフヤになるし、ドンドン先《さき》に行《い》かれてしまうと焦《あせ》りが出《で》て、きちんと整理《せいり》できなかったり、適切《てきせつ》な言《こと》葉《ば》を選《えら》ぶ余裕《よゆう》がなくなったりするんだ。

「よし、」

翼《たすく》が踏《ふ》み切《き》るような声《こえ》を出《だ》す。

「再調査《さいちょうさ》のために、もう一度《いちど》理科《りか》準備室《じゅんびしつ》に入《はい》ろう。異議《いぎ》は？」

誰《だれ》も反対《はんたい》しなかった。

「じゃ方法《ほうほう》と担当《たんとう》は、後《あと》で決《き》める。次《つぎ》、校内《こうない》都市《とし》伝説《でんせつ》の5、水《みず》を飲《の》むと死《し》ぬという開《あ》かずの井戸《いど》について、小塚《こづか》、報告《ほうこく》を。」

16 思《おも》いもかけないKZ《カッズ》の分裂《ぶんれつ》

「開《あ》かずの井戸《いど》の位置《いち》は、」

そう言《い》いながら小塚君《こづかくん》は、求《もと》めるような視線《しせん》を私《わたし》に投《な》げかけた。

「あの、それ・・・」

私《わたし》は、書《か》きかけのノートを放《はな》したくなかったけれど、さっきは貸《か》したから、今度《こんど》だけダメと言《い》うわけにはいかなかった。

さっきより今《いま》の方《ほう》が、書《か》くことが溜《た》まっていて大変《たいへん》だったんだけれど、それは私《わたし》にしかわからない状況《じょうきょう》だったたから、今度《こんど》だけ断《ことわ》ったら、小塚君《こづかくん》がかわいそうだもの。

「ん、ちょっと待《ま》ってね。」

1分《ぷん》ほど時間《じかん》をもらい、要点《ようてん》だけメモしておいて、私《わたし》はノートを差《さ》し出《だ》した。

「ありがとう。」

小塚君《こづかくん》はほっとしたように微笑《ほほえ》みながら、ノートの中《なか》から校内図《こうないず》を探《さが》し、皆《みな》の前《まえ》に広《ひろ》げる。

「ここだ。」

それは裏庭《うらにわ》の端《はし》で、理科準備室《りかじゅんびしつ》のそば。

すぐ隣《となり》に校内《こうない》を囲《かこ》んでいる塀《へい》があり、学校《がっこう》の敷地《しきち》の一番西端《いちばんにしはし》に当《あ》たる部分《ぶぶん》だった。

「マンホールみたいに重《おも》い蓋《ふた》が被《かぶ》せてあって、ボルトで留《と》めてあるんだ。工具《こうぐ》でも使《つか》わないと外《はず》せない。」

それはきっと、生徒《せいと》が興味本位《きょうみほんい》でのぞきこんで、落《お》ちたりするのを防《ふせ》ぐためだよ。

「だから特《とく》に報告《ほうこく》できるようなことはないんだ。けど、あの蓋《ふた》、いつから被《かぶ》せてあるんだろ。ずっと前《まえ》からだとすれば、井戸《いど》の水《みず》は汲《く》めないだろ。となったら当然《とうぜん》、飲《の》めない。そしたら死人《しにん》も出《で》ないから、都市伝説《としでんせつ》の5はデタラメだってことになるよ。」

上杉君《うえすぎくん》が、わかりきったことを言《い》うなよといったように小塚君《こづかくん》を見《み》た。

「あのさぁ、頑丈《がんじょう》そうな蓋《ふた》を見《み》て、何《なん》で井戸《いど》に蓋被《ふたかぶ》せてあんのかなって誰《だれ》かが言《い》い出《だ》してさ、水《みず》が悪《わる》いんじゃないか、飲《の》んだら死《し》ぬとか、って誰《だれ》かが答《こた》えて、それが口《くち》から口《くち》へと伝《つた》わるうちに大《おお》きくなっていって、あの井戸《いど》の水飲《みずの》むと死《し》ぬらしいよ、あの井戸《いど》の水《みず》で死《し》んだんだってよ、っていう流《なが》れなんじゃねーの。」

確《たし》かに噂《うわさ》って、どんどん過激《かげき》になるし、真実《しんじつ》から遠《とお》くなるよね。

都市伝説《としでんせつ》も噂《うわさ》の一種《いっしゅ》だから、そういう話《はなし》が元《もと》になっててもおかしくない。

とすると、伝説《でんせつ》5は、根《ね》も葉《は》もない作《つく》り話《ばなし》なんだ。

これまで伝説《でんせつ》1と2は、事実《じじつ》に近《ちか》かったし、根拠《こんきょ》もあった。

伝説《でんせつ》3と4も、それらしい事実《じじつ》が確《たし》かめられつつある。

でも伝説《でんせつ》5は、完全《かんぜん》にフィクションってことだよね。

「僕《ぼく》としては、自分《じぶん》の担当《たんとう》のあの井戸《いど》をきちんと確《たし》かめたい。工具《こうぐ》を持《も》っていって蓋《ふた》を開《あ》け、水《みず》を採取《さいしゅ》して調《しら》べてみたいんだ。理科準備室《りかじゅんびしつ》には、もう一度《いちど》行《い》くんだろ。井戸《いど》はその近《ちか》くなんだし、ついでにちょっと寄《よ》ってもらえないかな。」

翼《たすく》が笑《わら》った。

「前《まえ》から聞《き》きたかったんだけど、小塚《こづか》さぁ、なんでいつも控《ひか》え目《め》な言《い》い方《かた》すんの？」

上杉君《うえすぎくん》が、はっとしたように背筋《せすじ》を伸《の》ばす。

「もしかして小塚《こづか》って、なんちゃって、なのか。本当《ほんとう》は、何者《なにもの》？」

私《わたし》たちは、どっと笑《わら》った。

なんちゃって医師《いし》が控《ひか》え目《め》に振《ふ》る舞《ま》うという、さっきの話《はなし》を思《おも》い出《だ》したから。

小塚君《こづかくん》は、頬《ほお》を赤《あか》くする。

「井戸《いど》も、もう一度《いちど》調査《ちょうさ》すればいいんじゃない。」

忍《しのぶ》の声《こえ》に、皆《みな》が賛成《さんせい》した。

「じゃアーヤ、今後《こんご》しなければならない活動《かつどう》をまとめて読《よ》み上《あ》げて。」

翼《たすく》にそう言《い》われて、私《わたし》は相当《そうとう》あわてた。

だって、まだ書《か》いてない部分《ぶぶん》があったから。

でも求《もと》められたら、どんな時《とき》でも整然《せいぜん》としたことを発表《はっぴょう》するのが私《わたし》の役目《やくめ》。

それでノートの記述《きじゅつ》をたどりながら、必死《ひっし》で頭《あたま》の中《なか》の記憶《きおく》をよみがえらせ、その2つをつなげて頑張《がんば》ったんだ。

「今後《こんご》の活動《かつどう》その1、伝説《でんせつ》の3の解明《かいめい》のために、休診《きゅうしん》している眼科《がんか》の診察室《しんさつしつ》に忍《しの》びこみ、村田医《むらたい》師《し》の医師免許証《いしめんきょしょう》を確認《かくにん》する。その際《さい》、隣《となり》の診察室《しんさつしつ》にいる梅津医師《うめづいし》に気《き》づかれないように、その注《ちゅう》意《い》を引《ひ》いておく。その2、伝説《でんせつ》4の解明《かいめい》のために、理科準備室《りかじゅんびしつ》に忍《しの》びこむ。その3、伝説《でんせつ》5の解《かい》明《めい》のために、工具《こうぐ》を用意《ようい》して井戸《いど》の蓋《ふた》を開《あ》け、水《みず》を採取《さいしゅ》する、以上《いじょう》。」

たぶん、これでいいはず。

ちょっと不安《ふあん》に思《おも》いながら、私《わたし》は翼《たすく》の表情《ひょうじょう》をうかがった。

「じゃ、さ。」

翼《たすく》が即断《そくだん》する。

「上杉《うえすぎ》が梅津《うめづ》クリニックの眼科《がんか》に忍《しの》びこむ。アーヤは、内科《ないか》を受診《じゅしん》して上杉《うえすぎ》のフォロー。」

ん、嫌《や》だけど、やるよ。

「俺《おれ》は、待合室《まちあいしつ》で待機《たいき》する。その間《あいだ》に小塚《こづか》、七鬼《ななき》は市立中学《しりつちゅうがく》に向《む》かい、井戸《いど》の蓋《ふた》を開《あ》ける。それが終《お》わったら小塚《こづか》は水《みず》の採取《さいしゅ》。七鬼《ななき》と、梅津《うめづ》クリニックから引《ひ》き上《あ》げた上杉《うえすぎ》とアーヤと俺《おれ》、合計《ごうけい》4名《めい》が理科準備室《りかじゅんびしつ》に入《はい》り、謎《なぞ》を究明《きゅうめい》する、以上《いじょう》。」

私《わたし》は啞然《あぜん》っ！

だってそんなにたくさんのこと、今日中《きょうじゅう》にできないよっ！

「美門《みかど》さぁ、ここ、おかしくね？」

上杉君《うえすぎくん》が、人差《ひとさ》し指《ゆび》でコンコンと自分《じぶん》の頭《あたま》を叩《たた》いた。

「俺《おれ》たちが使《つか》える時間《じかん》は、秀明《しゅうめい》の授業《じゅぎょう》が終《お》わった後《あと》だけだぜ。そんで、それだけの作業《さぎょう》ができるとでも思《おも》うのか。」

翼《たすく》は、目《め》をパチパチさせる。

「できると思《おも》うよ。」

あ、ダメだ。

翼《たすく》は万能《ばんのう》だし、電光石火《でんこうせっか》に動《うご》ける人間《にんげん》だから、できるかも。

でも普通《ふつう》の人間《にんげん》には、そんなことできない。

それが、たぶん、わかってないんだ。

人《ひと》は、自分《じぶん》を基準《きじゅん》にして判断《はんだん》するから。

となると・・・私《わたし》は息《いき》を呑《の》みながら、忍《しのぶ》に目《め》を向《む》けた。

忍《しのぶ》も天才系《てんさいけい》だし、空気読《くうきよ》めないし、常識的《じょうしきてき》じゃないから、もしかして・・・。

不安《ふあん》を募《つの》らせる私《わたし》の前《まえ》で、忍《しのぶ》がニッコリ笑《わら》った。

「ん、そのくらい、いけるだろ。」

ああ、やっぱり！

私《わたし》は、頭《あたま》を抱《かか》えこみたい思《おも》いだった。

こんな基本的《きほんてき》なところで大《おお》きく食《く》い違《ちが》ってて、この先《さき》、大丈夫《だいじょうぶ》なんだろうか。

「俺《おれ》には、無理《むり》だ。」

上杉君《うえすぎくん》が、態度《たいど》を硬化《こうか》させる。

「できると思《おも》うんなら、おまえら、やってみろよ。」

わ、挑発的《ちょうはってき》なひと言《こと》！

焦《あせ》る私《わたし》の前《まえ》で、翼《たすく》と忍《しのぶ》が顔《かお》を見合《みあ》わせる。

「やる？　俺《おれ》はいいけど。」

「俺《おれ》もいいよ。やれって言《い》うんなら、やろうか。」

わわっ！

「じゃ、おまえらがやるってことで！」

押《お》し付《つ》けるように言《い》って上杉君《うえすぎくん》は立《た》ち上《あ》がった。

「俺《おれ》は、抜《ぬ》けるから。」

わわわっ、分裂《ぶんれつ》だぁ！

若武《わかたけ》がいないこんな時《とき》にっ!!

さっさと出入《でい》り口《ぐち》に向《む》かう上杉君《うえすぎくん》を、私《わたし》は絶句《ぜっく》して見《み》つめた。

どうすればいいの!?

あわてふためいた小塚君《こづかくん》の声《こえ》が上《あ》がる。

「待《ま》ってよ、上杉《うえすぎ》。」

上杉君《うえすぎくん》は一瞬《いっしゅん》、足《あし》を止《と》め、こちらを振《ふ》り返《かえ》ると、思《おも》いっきり大《おお》きなアカンベをして身《み》をひるがえした。

そのまま出入《でい》り口《ぐち》の方《ほう》に歩《ある》いていく。

「ちょっと翼《たすく》、忍《しのぶ》、上杉君《うえすぎくん》を止《と》めて。」

私《わたし》の言葉《ことば》に、2人《ふたり》はまたも顔《かお》を見合《みあ》わせた。

「だって、本人《ほんにん》の意志《いし》でしょ。」

「ん、力《ちから》ずくで引《ひ》き留《と》めても意味《いみ》ないよ。」

それはそうだけど、でもここで帰《かえ》らせたら、戦力《せんりょく》がダウンするよ。

私《わたし》は立《た》ち上《あ》がり、上杉君《うえすぎくん》を追《お》いかけようとした。

止《と》めても止《と》まらないかもしれないけれど、何《なに》かせずにいられなかったんだ。

その時《とき》、翼《たすく》のスマートフォンが鳴《な》り出《だ》し、私《わたし》は一瞬《いっしゅん》、それに気《き》を取《と》られた。

その間《あいだ》に上杉君《うえすぎくん》は、カフェテリアから出《で》ていってしまったんだ、ああ・・・。

「黒木《くろき》か。」

翼《たすく》のスマートフォンを鳴《な》らしたのは、黒木君《くろきくん》らしかった。

「様子《ようす》どうなの？」

その返事《へんじ》を聞《き》いてから翼《たすく》は、私《わたし》たちを見《み》た。

「黒木《くろき》は、今日《きょう》来《こ》れないって。調査《ちょうさ》に時間《じかん》かかってるみたい。」

そう言《い》いながらスマートフォンを操作《そうさ》し、テーブルに置《お》く。

そこから黒木君《くろきくん》の声《こえ》が流《なが》れ出《で》た。

「そっちは、どう？」

私《わたし》たちは、黙《だま》りこむ。

その時間《じかん》が長《なが》かったので、黒木君《くろきくん》はちょっと笑《わら》った。

「なんかあったみたいだね。」

いい勘《かん》、かも。

「今《いま》、上杉《うえすぎ》が離脱《りだつ》したとこだよ。」

翼《たすく》が溜《た》め息混《いきま》じりに打《う》ち明《あ》け、会議《かいぎ》の全容《ぜんよう》と、上杉君《うえすぎくん》の離脱《りだつ》の状況《じょうきょう》を説明《せつめい》した。

黒木君《くろきくん》は、あきれたような声《こえ》を出《だ》す。

「くだらないことで、モメんなよ。今日《きょう》やれるとこまでやって、できなかった分《ぶん》は、次《つぎ》に延《の》ばせばいいだけだろ。」

翼《たすく》は、またも忍《しのぶ》と顔《かお》を見合《みあ》わせた。

「俺《おれ》、モメたって意識《いしき》、まるでない。おまえ、ある？」

「ない。流《なが》れに沿《そ》って話《はな》してただけだし。」

「もしかして上杉《うえすぎ》、気分悪《きぶんわる》くしたのか？」

「え・・・それ、ないだろ。何《なん》でだよ。」

この2人《ふたり》・・・なんか感覚《かんかく》が違《ちが》う、普通《ふつう》じゃない、無邪気《むじゃき》すぎるっ！

もしかして、天然《てんねん》っ!?

忍《しのぶ》はともかく、翼《たすく》は今《いま》まで全然《ぜんぜん》そんな感《かん》じじゃなかったけれど、でもそれは自分《じぶん》のポジションを考《かんが》えて、控《ひか》え目《め》にしていたせいなのかもしれない。

リーダーになって、自分《じぶん》の意見《いけん》をはっきり出《だ》してリードを取《と》らなければならなくなったから、表面化《ひょうめんか》したんだ、きっと。

う・・・天然《てんねん》のリーダーに率《ひき》いられるKZ《カッズ》って、どうなの。

問題《もんだい》ありすぎじゃない？

若武《わかたけ》も完璧《かんぺき》じゃなかったし、いい時《とき》と悪《わる》い時《とき》の差《さ》が大《おお》きかったけれど、でも、いつも強《したた》かだったよ。

将来《しょうらい》は詐欺師《さぎし》がピッタリって言《い》われるくらい抜《ぬ》け目《め》がなく、時《とき》には狡《ずる》いほどで、いつも状況《じょうきょう》をよく見《み》て、それを利用《りよう》する力《ちから》を持《も》っていた。

翼《たすく》は、純粋《じゅんすい》で潔癖《けっぺき》で無邪気《むじゃき》、真実《しんじつ》というものを知《し》っているし、人《ひと》の心《こころ》を見通《みとお》す鋭《するど》さも持《も》っていて、友《とも》だちにはベスト！

でもリーダーとしては、もっと強引《ごういん》で計算高《けいさんだか》くないと、困《こま》るよ。目的《もくてき》のためにならなんでもする、くらいなタフさがないと、ついていく立場《たちば》としては不安《ふあん》っ！

「心配《しんぱい》いらない。上杉《うえすぎ》には、俺《おれ》から連絡《れんらく》しとく。さっさと活動《かつどう》に復帰《ふっき》するように言《い》っとくから。」

黒木君《くろきくん》の言葉《ことば》に、私《わたし》はちょっとほっとした。

昔《むかし》から黒木君《くろきくん》と上杉君《うえすぎくん》は親《した》しい。

それでKZ《カッズ》の団結《だんけつ》が乱《みだ》れるんじゃないかって心配《しんぱい》したこともあったくらいだった。

「じゃね。」

電話《でんわ》が切《き》れる。

翼《たすく》は目《め》を伏《ふ》せ、しばし考《かんが》えこんでいたけれど、やがてポツリと言《い》った。

「俺《おれ》、メンバーをまとめられない。リーダー失格《しっかく》かも。」

私《わたし》は、とても焦《あせ》った。

翼《たすく》は確《たし》かにリーダーに向《む》かないかもしれないって、考《かんが》えていたところだったから。

でも今《いま》リーダーを引《ひ》き受《う》けてくれるのは、翼《たすく》だけだった。

私《わたし》じゃ翼以下《たすくいか》だし、小塚君《こづかくん》は、人《ひと》の上《うえ》に立《た》つのが苦手《にがて》だし、忍《しのぶ》はKZ《カッズ》に入《はい》ってまだ日《ひ》が浅《あさ》い、

黒木君《くろきくん》は最初《さいしょ》に辞退《じたい》していた。

翼《たすく》の欠点《けってん》を、論《あげつら》っている場合《ばあい》じゃない。

今《いま》はフォローして、一緒《いっしょ》に前《まえ》に進《すす》まなけりゃならない時《とき》なんだ。

そう結論《けつろん》して私《わたし》は、口《くち》を開《ひら》いた。

「さっき翼《たすく》が提案《ていあん》した通《とお》りでいいと思《おも》う。黒木君《くろきくん》が言《い》ってくれたじゃない、できるところまでやって、後《あと》は次《つぎ》に延《の》ばせばいいって。そうしようよ！」

小塚君《こづかくん》も忍《しの》ぶも、賛成《さんせい》する。

「今日《きょう》のベストを尽《つ》くせばいいよ。」

「できなかったところは、明日《あした》ってことで。」

私《わたし》たちの励《はげ》ましを受《う》けて、翼《たすく》はようやく目《め》を上《あ》げた。

「じゃ授業《じゅぎょう》が終《お》わったら、アーヤと上杉《うえすぎ》、俺《おれ》は梅津《うめづ》クリニックへ。もし上杉《うえすぎ》が来《こ》なかったら、診察室《しんさつしつ》への侵入《しんにゅう》は俺《おれ》がやる。終《お》わり次第《しだい》、今度《こんど》は市立中理科準備室《しりつちゅうりかじゅんびしつ》に向《む》かう。小塚《こづか》と七鬼《ななき》は、工具《こうぐ》を調達《ちょうたつ》して開《あ》かずの井戸《いど》へ。蓋《ふた》が開《あ》いたら、小塚《こづか》は水《みず》の採取《さいしゅ》、七鬼《ななき》は理科準備室《りかじゅんびしつ》へ。事故《じこ》が起《お》こらないよう、各自《かくじ》くれぐれも気《き》を付《つ》けてくれ。何《なに》かあったら、すぐ連絡《れんらく》を。では幸運《こううん》を祈《いの》る！解散《かいさん》っ！」

17　KZ《カッズ》はアイドル

秀明《しゅうめい》の授業《じゅぎょう》が終《お》わって、私《わたし》は恐《おそ》る恐《おそ》る立《た》ち上《あ》がり、教室《きょうしつ》の出入《でい》り口《ぐち》に向《む》かった。

上杉君《うえすぎくん》は、戻《もど》ってきてくれるだろうか。

心配《しんぱい》しながら、ドアから外《そと》に踏《ふ》み出《だ》す。

瞬間《しゅんかん》、廊下《ろうか》に立《た》っている翼《たすく》の姿《すがた》が目《め》に入《はい》った。

その隣《となり》に、上杉君《うえすぎくん》がいる。

ほっ！

思《おも》わず脱力《だつりょく》しそうになっている私《わたし》を見《み》ながら、2人《ふたり》は、寄《よ》りかかっていた壁《かべ》からゆっくりと体《からだ》を起《お》こした。

「さっさと行《い》こうぜ。」

そう言《い》って歩《ある》き出《だ》そうとしたものの、周《まわ》りには野次馬《やじうま》が集《あつ》まり始《はじ》めていた。

「お、KZ《カッズ》じゃんっ！」

「おい、上杉《うえすぎ》と美門《みかど》だぜ。」

通《とお》りすがりの生徒《せいと》が2人《ふたり》に気《き》づき、次々《つぎつぎ》と足《あし》を止《と》めるものだから、その数《かず》は膨《ふく》れ上《あ》がるばかりっ！

「KZ《カッズ》レギュラーと元KZ《もとカッズ》、2人《ふたり》そろって何《なに》してんだ。」

「こんな低層階《ていそうかい》、あいつらの来《く》るとこじゃねーだろ。」

「近《ちか》くで見《み》たの、初《はじ》めてっ！」

「超《ちょう》カッコいいよね、やっぱ。」

「ん！　人種《じんしゅ》が違《ちが》うって気《き》さえする。」

う・・どうやって、ここ、通《とお》るの？

私《わたし》が怖気《おじけ》づいていると、上杉君《うえすぎくん》が眼鏡《めがね》のレンズの向《む》こうから、刺《さ》すような視線《しせん》を飛《と》ばした。

それを真面《まとも》に受《う》けた十数人《じゅうすうにん》が、息《いき》を呑《の》みながらタジタジと後《うし》ろに下《さ》がる。

翼《たすく》がそこに向《む》かって歩《ある》いていき、生徒《せいと》たちはさらにジリジリと下《さ》がった。

「立花《たちばな》、行《い》けよ。」

上杉君《うえすぎくん》が顎《あご》で翼《たすく》の背中《せなか》を指《さ》し、私《わたし》はあわてて追《お》いかける。

後《うし》ろから、上杉君《うえすぎくん》が続《つづ》いた。

翼《たすく》が進《すす》む速度《そくど》に合《あ》わせて、周《まわ》りはジワジワと後退《こうたい》、私《わたし》たちは前進《ぜんしん》し、それを繰《く》り返《かえ》しながら集《しゅう》団《だん》を突《つ》っ切《き》って、玄関《げんかん》に出《で》たんだ。

その間中《あいだじゅう》、2人《ふたり》は唇《くちびる》を引《ひ》き結《むす》んでいて、ひと言《こと》もしゃべらなかった。

もちろんニコリともしない。

きっと、それがベストの対応《たいおう》なんだ。

私《わたし》は・・・そんなに大勢《おおぜい》に取《と》り囲《かこ》まれ、注目《ちゅうもく》されるのは初《はじ》めてだったので、注《そそ》がれる視線《しせん》が痛《いた》くて、どこを見《み》ていればいいのかわからず、ドキンドキンしてしまった。

「何《なに》、あの子《こ》?」

「2人《ふたり》と、どーゆー関係《かんけい》よ。」

「彼女《かのじょ》?」

「ないない。イケてないじゃん。」

そんなささやきも耳《みみ》に入《はい》ってきたので、余計《よけい》に緊張《きんちょう》したし。

玄関《げんかん》を出《で》た時《とき》には、心《こころ》の底《そこ》からほっとした。

「梅津《うめづ》クリニックは、この先《さき》だ。」

歩《ある》き出《だ》しながら、翼《たすく》が私《わたし》を振《ふ》り返《かえ》る。

「大丈夫《だいじょうぶ》? 早《はや》く出《で》かけたかったから、廊下《ろうか》で待《ま》ってたんだけど、びっくりした? ごめん。」

上杉君《うえすぎくん》が溜《た》め息《いき》をつく。

「だから現地集合《げんちしゅうごう》がいいってったろ。」

翼《たすく》は、難《むずか》しそうな表情《ひょうじょう》になった。

「現地《げんち》に着《つ》くまでの間《あいだ》に打《う》ち合《あ》わせしておいて、向《む》こうに入《はい》ったらすぐ動《うご》きたかったからさ。」

ん、時間《じかん》を無駄《むだ》にできないもんね。

「大丈夫《だいじょうぶ》だよ。行《い》こ。」

私《わたし》が歩《ある》き出《だ》すと、翼《たすく》は安心《あんしん》したように微笑《ほほえ》み、肩《かた》を並《なら》べた。

「まずクリニックの受付《うけつけ》に保険証《ほけんしょう》を出《だ》すんだけど、アーヤ、持《も》ってる？」

私《わたし》は、ギョッ！

ない。

「じゃ以前《いぜん》に来《き》た時《とき》の診察券《しんさつけん》とかは？」

初《はじ》めてだしっ！

「家《いえ》に、取《と》りに帰《かえ》れる？」

今日《きょう》、家《いえ》にはママがいる。

医者《いしゃ》に行《い》くから保険証《ほけんしょう》を、なんて言《い》ったら、どこが悪《わる》いの、どういう状態《じょうたい》なの、いつから、と質問攻《しつもんぜ》めにあって、あげくにママがついていくと言《い》い出《だ》すに決《き》まっていた。

梅津《うめづ》クリニックだけならそれでもいいけれど、その後《ご》、市立中《しりつちゅう》に行《い》かなくちゃならないんだから、とてもまずい。

「できそうもない。」

そう言《い》ったとたん、後《うし》ろで上杉君《うえすぎくん》の声《こえ》がした。

「大丈夫《だいじょうぶ》、ここにある。」

振《ふ》り向《む》くと、上杉君《うえすぎくん》が人差《ひとさ》し指《ゆび》と中指《なかゆび》を胸《むね》ポケットに突《つ》っこみ、2本《ほん》の間《あいだ》に挟《はさ》んだ名刺大《めいしだい》のカードを取《と》り出《だ》すところだった。

目《め》の前《まえ》に差《さ》し出《だ》されたそれは、私《わたし》の名前《なまえ》が書《か》いてある健康保険証《けんこうほけんしょう》。

「どうしたの、これ!?」

上杉君《うえすぎくん》は、不敵《ふてき》な感《かん》じのする笑《え》みを浮《う》かべた。

「さっき黒木《くろき》から渡《わた》された。ストーリー的《てき》には、授業《じゅぎょう》を終《お》わったおまえが帰《かえ》ろうとして、秀明《しゅうめい》の外《そと》に出《で》たところで気分《きぶん》が悪《わる》くなり、ちょうど居合《いあ》わせた黒木《くろき》が、その時間《じかん》でも受診《じゅしん》できる梅津《うめづ》クリニックに連《つ》れていった。熱《ねつ》もなく呼吸《こきゅう》も血圧《けつあつ》も正常《せいじょう》、貧血《ひんけつ》でもなさそうだから、疲労《ひろう》だろうという診断《しんだん》で、少《すこ》し休《やす》んでいきなさいと言《い》われ、本人《ほんにん》はベッドに入《はい》っている。それで黒木《くろき》が保険証《ほけんしょう》を借《か》りに行《い》った。帰《かえ》りはもちろん黒木《くろき》がタクシーで送《おく》る。本人《ほんにん》が言《い》うには、腹《はら》が空《す》いたからホットケーキを食《た》べたいとのこと、焼《や》いて待《ま》っていてほしいと母親《ははおや》に伝《つた》え、安心《あんしん》させると同時《どうじ》に、家《いえ》から出《で》られないようにしてある、って。」

はぁ・・・よく考《かんが》えついたよね。

どこからどこまで完璧《かんぺき》な手配《てはい》、さすが黒木君《くろきくん》だぁ！

感心《かんしん》する私《わたし》の隣《となり》で、翼《たすく》がひと言《こと》。

「俺《おれ》、それ、思《おも》いつかなかった・・・」

あ、また落《お》ちこみ始《はじ》めてる。

若武《わかたけ》だって、思《おも》いつかなかったり忘《わす》れたりするのは日常茶飯事《にちじょうさはんじ》だったよ。

その都度《つど》、うまくごまかしてたけど。

翼《たすく》にも、そのくらいの図太《ずぶと》さや、厚《あつ》かましさがあってもいい。

完璧《かんぺき》なリーダーじゃなくても、魅力的《みりょくてき》なリーダーになればいいよ。

若武《わかたけ》はそうだったし、ものすごく直向《ひたむ》きな翼《たすく》、あなたも充分《じゅうぶん》、魅力的《みりょくてき》だからね、自信《じしん》を持《も》ってほしい。

そう思《おも》いながら私《わたし》は、これは翼《たすく》を励《はげ》ますめったにないチャンスだと考《かんが》えた。

だって翼《たすく》は何《なん》でもできるから、私《わたし》は力《ちから》を貸《か》してもらうばかりで、その逆《ぎゃく》は、まずないんだもの。

それで張《は》り切《き》って言《い》ったんだ。

「リーダーじゃなくても、誰《だれ》かが思《おも》いつけばいいことだよ。私《わたし》たちはチームなんだもの。皆《みな》で補《おぎな》いながらやっていこ。」

そこで言葉《ことば》を切《き》り、上杉君《うえすぎくん》に話《はなし》を振《ふ》った。

「ね、そうだよね。」

さっき翼《たすく》と上杉君《うえすぎくん》はトラブって、まだシコリがあるかもしれない。

それを取《と》り除《のぞ》きたかったんだ。

「まぁな。」

上杉君《うえすぎくん》は、渋々答《しぶしぶこた》える。

「美門《みかど》は限《かぎ》りなく万能《ばんのう》に近《ちか》いから、自分《じぶん》がちょっとでも欠《か》けてると、すごくショック受《う》けんだろうけど、もっと神経太《しんけいふと》く持《も》った方《ほう》がいいよ。」

翼《たすく》は、マジマジと上杉君《うえすぎくん》を見《み》た。

「ありがと。さっき悪《わる》かった、気分悪《きぶんわる》くさせたみたいで。そんなつもりじゃなかったんだけど、リーダーとして配慮《はいりょ》が足《た》りなかったよ。」

上杉君《うえすぎくん》は前《まえ》のめりになり、そのままガックリとうつむいて脱力《だつりょく》、大《おお》きな溜《た》め息《いき》をもらした。

「黒木《くろき》から言《い》われた、今回《こんかい》のことは俺《おれ》の1人相撲《ひとりずもう》で、美門《みかど》は全然《ぜんぜん》そんなこと思《おも》ってもないだろうって。ああ、くだらねぇ・・・メッチャ自己嫌悪《じこけんお》。」

私《わたし》は笑《わら》い出《だ》しながら思《おも》った、さりげなく和解《わかい》ができて、よかったって。

じゃ手順《てじゅん》の確認《かくにん》をしなくちゃ。

「私《わたし》が、まず受付《うけつけ》に保険証《ほけんしょう》を出《だ》すよね。後《あと》は、どう動《うご》くの？」

翼《たすく》が、凛《りん》としたその目《め》をきらめかせる。

「潜入《せんにゅう》する上杉《うえすぎ》は、人《ひと》に顔《かお》を見《み》られない方《ほう》がいい。中《なか》に入《はい》ったら、すぐトイレに隠《かく》れろ。俺《おれ》もトイレに行《い》くふりをして、眼科《がんか》の診察室《しんさつしつ》に鍵《かぎ》がかかっているかどうかを確認《かくにん》し、メールで上杉《うえすぎ》のスマホに連絡《れんらく》する。万能《ばんのう》キーオープンは？」

上杉君《うえすぎくん》は、任《まか》せろというように親指《おやゆび》で自分《じぶん》の胸《むね》を指《さ》した。

「常時《じょうじ》、携帯《けいたい》。」

翼《たすく》が頷《うなず》き、私《わたし》を見《み》る。

「アーヤは名前《なまえ》を呼《よ》ばれるまで待《ま》っていて、内科《ないか》の診察室《しんさつしつ》に入《はい》ったら、聞《き》かれたことに答《こた》える。

どっか1つくらいは悪《わる》いとことか、心配《しんぱい》なところとか、あるだろ？」

ん、この役目《やくめ》を果《は》たさなくちゃならないって思《おも》ってると、胃《い》が痛《いた》くなってくるんだ。

「それについて話《はな》して、さらに梅津《うめづ》医師《いし》の興味《きょうみ》を引《ひ》きつけるような話題《わだい》を持《も》ち出《だ》す。」

うっ、何話《なにはな》せばいいんだろ。

「この市《し》の医師会《いしかい》の調査《ちょうさ》では、」

そう言《い》ったのは、上杉君《うえすぎくん》だった。

「医師《いし》が患者《かんじゃ》の診察《しんさつ》に使《つか》う時間《じかん》は、平均《へいきん》1分《ぷん》30秒《びょう》だ。俺《おれ》の作業予定時間《さぎょうよていじかん》は、アバウト6分《ぷん》。差《さ》し引《ひ》き4分《ぷん》30秒《びょう》を、おまえがオリジナル芝居《しばい》で埋《う》めるんだ。」

ううっ、市立中《しりつちゅう》で佐久間養護教諭《さくまようごきょうゆ》と会《あ》ったっていう話《はなし》だけじゃ、4分半《ぷんはん》は無理《むり》だ、持《も》ちこたえられない。

どうしよう!?

焦《あせ》っている私《わたし》に、翼《たすく》が次《つぎ》の指示《しじ》を出《だ》す。

「声《こえ》は大《おお》きく、上杉《うえすぎ》の作業音《さぎょうおん》が聞《き》こえないように。」

なんか、私《わたし》、できない気《き》がしてきた・・・。

「アーヤが診察室《しんさつしつ》に入《はい》ると同時《どうじ》に、上杉《うえすぎ》は眼科《がんか》の診察室《しんさつしつ》に侵入《しんにゅう》、作業《さぎょう》を始《はじ》める。俺《おれ》は廊下《ろうか》で見張《みは》りに立《た》つ。作業《さぎょう》が終《お》わったら、上杉《うえすぎ》は素早《すばや》く診《しん》察室《さっしつ》を出《で》て、玄関《げんかん》から退去《たいきょ》。俺《おれ》は間違《まちが》えたふりをして内科《ないか》の診察室《しんさつしつ》のドアを開《あ》けるから、その時《とき》までアーヤは、梅津医師《うめづいし》の注意《ちゅうい》を引《ひ》いておく。6分《ぷん》が過《す》ぎてもやめないように。想定外《そうていがい》の事故《じこ》が起《お》こるかもしれないから。」

でも、今《いま》さらできないなんて言《い》えない。

やるしかないんだ、なんとかやろう！

「ここだ。」

上杉君《うえすぎくん》が足《あし》を止《と》める。

見《み》れば、道路《どうろ》の明《あ》かりに照《て》らされたドアの横《よこ》で、梅津《うめづ》クリニックという看板《かんばん》が光《ひかり》を放《はな》っていた。

「行《い》くぞ。」

18 意外《いがい》な発見《はっけん》

自動《じどう》ドアを入《はい》った瞬間《しゅんかん》から、私《わたし》はもう緊張《きんちょう》していた。

「お願《ねが》いします。」

ドキドキしながら、受付《うけつけ》に保険証《ほけんしょう》を出《だ》す。

「これ、書《か》いてね。」

看護師《かんごし》さんがカウンターの上《うえ》にA4《エー》の受診票《じゅしんひょう》を置《お》き、その上《うえ》に体温計《たいおんけい》とボールペンを載《の》せた。

「体温《たいおん》は今《いま》、測《はか》って。後《あと》は、わかるところだけでいいから。」

私《わたし》の後《うし》ろにいた翼《たすく》と上杉君《うえすぎくん》は、その間《あいだ》にトイレの方《ほう》に姿《すがた》を消《け》す。

私《わたし》は待合室《まちあいしつ》の閲覧台《えつらんだい》の上《うえ》で、受診票《じゅしんひょう》に名前《なまえ》や住所《じゅうしょ》、年齢《ねんれい》、受診《じゅしん》する科《か》、症状《しょうじょう》などを記入《きにゅう》した。

昨日《きのう》の話《はなし》を持《も》ち出《だ》すことになりそうだったから、整合性《せいごうせい》のために、佐久間養護教諭《さくまようごきょうゆ》から医者《いしゃ》に行《い》って診《み》てもらうようにと言《い》われたと書《か》き添《そ》えた。

書《か》き終《お》えてから、わりと混《こ》んでいる待合室《まちあいしつ》を見回《みまわ》し、なるべく人《ひと》のいない所《ところ》にあるソファを選《えら》んで座《すわ》る。

秀明《しゅうめい》バッグから除菌《じょきん》ティッシュを出《だ》して、まず体温計《たいおんけい》を拭《ふ》き、それから熱《ねつ》を測《はか》った。

36度《ど》ちょうど。

いつもそのくらいなんだ、35度《ど》9分《ぶ》ってこともある。

受診票《じゅしんひょう》を書《か》きこんで受付《うけつけ》に出《だ》し、ソファに戻《もど》ってもう1枚除菌《まいじょきん》ティッシュを出《だ》すと、今度《こんど》は手《て》を拭《ふ》きながら考《かんが》えた。

医師《いし》が興味《きょうみ》を引《ひ》かれる話題《わだい》って、どんなんだろう。

やっぱり病気《びょうき》の話《はなし》？

私《わたし》、大《おお》きな病気《びょうき》したことないから、知識《ちしき》がほとんどない。

でも隣《となり》の診察室《しんさつしつ》で上杉君《うえすぎくん》が立《た》てる音《おと》から梅津医師《うめづいし》の注意《ちゅうい》を逸《そ》らせるには、とにかく話《はな》し続《つづ》けるしかないんだ。

何《なに》を話《はな》せばいいのか、アドバイスがほしかったけれど、私《わたし》のそばには誰《だれ》もいなかった。

それは私《わたし》に割《わ》り振《ふ》られた役目《やくめ》で、私《わたし》は1人《ひとり》でやり遂《と》げなければならないのだった。

何《なに》を話《はな》そうかと考《かんが》えながら、目《め》の前《まえ》の壁《かべ》に沿《そ》って置《お》かれている本棚《ほんだな》を、ぼんやりと見《み》つめる。

子供用《こどもよう》の絵本《えほん》や女性誌《じょせいし》なんかが並《なら》んでいて、隅《すみ》の方《ほう》に「市立中学文芸部季刊誌《しりつちゅうがくぶんげいぶきかんし》」と書《か》かれた冊子《さっし》が数冊《すうさつ》立《た》っていた。

他《ほか》の本《ほん》は、普通《ふつう》に本屋《ほんや》さんで売《う》られている書籍《しょせき》で、艶々《つやつや》していてきれいなのに、それだけが地《じ》味《み》で逆《ぎゃく》に目立《めだ》っている。

なんで、こんなのが置《お》いてあるんだろう。

私《わたし》は考《かんが》え、そして思《おも》いついた、もしかしてここに勤《つと》めている医師《いし》か看護師《かんごし》が、市立中《しりつちゅう》の文芸部《ぶんげいぶ》の関係者《かんけいしゃ》なのかもしれないって。

このクリニックの誰《だれ》かが関係《かんけい》しているのなら、診察室《しんさつしつ》で梅津医師《うめづいし》の興味《きょうみ》を引《ひ》きつける材料《ざいりょう》になるに違《ちが》いない。

私《わたし》は立《た》ち上《あ》がり、本棚《ほんだな》に近寄《ちかよ》った。

手《て》を伸《の》ばして、その中《なか》の1冊《さつ》を摑《つか》む。

ほんとは、すごく嫌《いや》だったんだ。

今《いま》まで病院《びょういん》に行《い》って、待合室《まちあいしつ》に置《お》いてある本《ほん》に触《さわ》ったことって、一度《いちど》もない。

私《わたし》、神経質《しんけいしつ》だから。

でも今《いま》の私《わたし》を助《たす》けてくれるのは、これしかないように思《おも》えた。

ほとんど必死《ひっし》で、それを開《ひら》く。

目次《もくじ》に目《め》を通《とお》すと、この冊子《さっし》に文章《ぶんしょう》を載《の》せている執筆者《しっぴつしゃ》の名前《なまえ》が並《なら》んでいた。

それを目《め》で追《お》い、小説《しょうせつ》と書《か》かれた欄《らん》に、梅津奈緒美《うめづなおみ》という名前《なまえ》を見《み》つける。

3年生《ねんせい》だった。

これ、梅津医師《うめづいし》の娘《むすめ》だ、きっと！

「立花彩《たちばなあや》さん、第《だい》1診察室《しんさつしつ》にどうぞ。」

名前《なまえ》を呼《よ》ばれ、私《わたし》はその冊子《さっし》を戻《もど》して秀明《しゅうめい》バッグを持《も》ち上《あ》げた。

あの文芸誌《ぶんげいし》について話《はな》せば、きっと梅津医師《うめづいし》の気持《きも》ちを引《ひ》きつけられるに違《ちが》いないと確信《かくしん》しながら。

「どうしたね？」

診察室《しんさつしつ》は細長《ほそなが》い部屋《へや》で、奥《おく》まった所《ところ》にパソコンを載《の》せた机《つくえ》があり、それと向《む》き合《あ》った椅子《いす》に梅《うめ》津医師《づいし》が座《すわ》っていた。

白衣《はくい》を着《き》ていて、年頃《としごろ》は、私《わたし》のパパより少《すこ》し上《うえ》、頬《ほお》から顎《あご》にかけて髭《ひげ》を生《は》やしていて、なんだか山羊《やぎ》に似《に》ていた。

「胃《い》が痛《いた》いって書《か》いてあるけど、具体的《ぐたいてき》には？」

私《わたし》は、患者用《かんじゃよう》の椅子《いす》に座《すわ》りながら声《こえ》を張《は》り上《あ》げて答《こた》える。

頭《あたま》の中《なか》で、これまでの経験《けいけん》を思《おも》い出《だ》し、それも合《あ》わせて頑張《がんば》って訴《うった》えた。

「ずい分《ぶん》、元気《げんき》いいじゃないか。それだけの声《こえ》が出《で》るなら、大丈夫《だいじょうぶ》だよ。」

梅津医師《うめづいし》は笑《わら》いながら、再《ふたた》び私《わたし》の書《か》いた受診票《じゅしんひょう》に視線《しせん》を落《お》とす。

「市立中学《しりつちゅうがく》の生徒《せいと》？」

私《わたし》は事情《じじょう》を説明《せつめい》しながら、壁《かべ》の時計《とけい》を見上《みあ》げた。

まだ1分半《ぷんはん》しか経《た》っていない。

「検査《けんさ》が必要《ひつよう》なら、昼間《ひるま》の時間《じかん》に来《き》てよ。夜《よる》は担当《たんとう》がいないからね。じゃ受付《うけつけ》で予約《よやく》をして帰《かえ》っていいよ。」

わっ、帰《かえ》されるっ！

「次《つぎ》の患者《かんじゃ》、呼《よ》んで。」

私《わたし》が焦《あせ》ったその瞬間《しゅんかん》、隣《となり》の部屋《へや》から、大《おお》きな物音《ものおと》っ！

げっ！

「ん、何《なん》だ？」

梅津医師《うめづいし》は、腰《こし》を上《あ》げる。

私《わたし》はあわてた。

ほとんど取《と》りすがらんばかりにして梅津医師《うめづいし》を見上《みあ》げる。

「あの、すみません、お聞《き》きしたいことがあるんですが、」

梅津医師《うめづいし》は、隣《となり》の部屋《へや》の方《ほう》を気《き》にしながらも、取《と》りあえず腰《こし》を下《お》ろした。

「何《なん》だね？」

ここで一気《いっき》に心《こころ》を摑《つか》んでおかないと、隣《となり》の診察室《しんさつしつ》を見《み》に行《い》ってしまうに違《ちが》いないっ！

上杉君《うえすぎくん》が見《み》つかったら、私《わたし》の責任《せきにん》だ!!

私《わたし》は、夢中《むちゅう》で口《くち》を開《ひら》いた。

「梅津奈緒美《うめづなおみ》さんって、先生《せんせい》の娘《むすめ》さんですよね。待合室《まちあいしつ》に文芸部《ぶんげいぶ》の季刊誌《きかんし》があって、中《なか》に名前《なまえ》が載《の》ってましたけど、」

梅津医師《うめづいし》は、目《め》を細《ほそ》めて笑《わら》う。

「ん、なんかいろいろ書《か》いてるみたいだね。」

いかにもうれしそうだったので、私《わたし》は、よし！　と思《おも》った。

このままいけそう、話《はな》し続《つづ》けよう！

「すごいですね。将来《しょうらい》は、小説家《しょうせつか》ですか？」

梅津医師《うめづいし》は、ますます目《め》を細《ほそ》める。

「いや医者《いしゃ》だよ。このクリニックを継《つ》ぐことになってる。」

へぇ、そうなんだ。

「でも小説《しょうせつ》まで書《か》けるのに、才能《さいのう》もったいなくないですか？」

私《わたし》が聞《き》くと、梅津《うめづ》医師《いし》はちょっと眉《まゆ》を寄《よ》せた。

「文芸部《ぶんげいぶ》でショックなことがあって、それで思《おも》い切《き》りをつけたらしいんだ。」

ショックなこと？

「同《おな》じ部員《ぶいん》が、奈緒美《なおみ》の書《か》いた小説《しょうせつ》を盗作《とうさく》してコンクールに出《だ》したんだよ。それが入選《にゅうせん》してね。」

わ！

「文芸部員《ぶんげいぶいん》たちが、そのことを選考委員会《せんこういいんかい》に訴《うった》えて、入選《にゅうせん》は取《と》り下《さ》げになったんだけど、奈緒美《なおみ》はすごく落《お》ちこんで、自分《じぶん》の内臓《ないぞう》を切《き》り取《と》られて売《う》られた気《き》がするって言《い》ってたね。もう二度《にど》と書《か》きたくないと思《おも》ったみたいだよ。」

そうだったんだ。

「文芸誌《ぶんげいし》も全部《ぜんぶ》、捨《す》てようとしたから、私《わたし》が預《あず》かったんだ。ここに置《お》いておいて、いろんな人《ひと》に読《よ》んでもらえれば、本人《ほんにん》のショックも少《すこ》しは癒《い》えるかもしれないと思《おも》ってね。よかったら目《め》を通《とお》して、感想《かんそう》でも聞《き》かせてやってよ。」

私《わたし》は、力《ちから》をこめて頷《うなず》いた。

「わかりました。感想文《かんそうぶん》を書《か》きます。」

その瞬間《しゅんかん》、背後《はいご》で突然《とつぜん》、ドアの開《あ》く音《おと》がした。

「あ、すみません、」

翼《たすく》の声《こえ》だった。

「トイレと間違《まちが》えました。」

振《ふ》り向《む》いた時《とき》には、もうドアが閉《し》まるところだった。

上杉君《うえすぎくん》の作業《さぎょう》、終《お》わったんだ！

私《わたし》は、自分《じぶん》の役目《やくめ》を果《は》たせたことにほっとしながら立《た》ち上《あ》がった。

「あの冊子《さっし》、借《か》りていってもいいですか？」

梅津医師《うめづいし》は最初《さいしょ》の時《とき》と同《おな》じ、優《やさ》しい山羊《やぎ》の顔《かお》になって答《こた》えた。

「もちろん。看護師《かんごし》にそう言《い》っておくよ。お大事《だいじ》に！」

＊

私《わたし》は精算《せいさん》を済《す》ませ、急《いそ》いでクリニックの外《そと》に出《で》た。

夜《よる》の闇《やみ》の中《なか》、上杉君《うえすぎくん》と翼《たすく》が、コンビニや商店《しょうてん》の明《あ》かりをバックに立《た》っている。

顔《かお》に影《かげ》が落《お》ち、2人《ふたり》とも、いつもよりずっと大人《おとな》っぽく見《み》えた。

「掲示《けいじ》されていた医師免許証《いしめんきょしょう》には、透《す》かしが入《はい》っていなかった。」

やっぱり！

「村田医師《むらたいし》は、なりすまし医師《いし》に間違《まちが》いない。」

翼《たすく》がスマートフォンを出《だ》す。

「画像《がぞう》、くれ。」

上杉君《うえすぎくん》はスマートフォンを操作《そうさ》し、翼《たすく》に画像《がぞう》を送《おく》ると、それをズボンの後《うし》ろポケットに差《さ》しこんだ。

「これで校内都市伝説《こうないとしでんせつ》の3、第《だい》3水曜日《すいようび》に保健室《ほけんしつ》に行《い》くと症状《しょうじょう》が悪化《あっか》する、は解明《かいめい》された。」

やったねっ！

私《わたし》は、秀明《しゅうめい》バッグの中《なか》から事件《じけん》ノートを出《だ》し、それを書《か》きこんだ。

残《のこ》るは伝説《でんせつ》4、夜中《よなか》に何《なに》かを引《ひ》きずる音《おと》がした理科準備室《りかじゅんびしつ》と、伝説《でんせつ》5、水《みず》を飲《の》むと死《し》ぬ開《あ》かずの井戸《いど》の2つだった。

「次《つぎ》の被害者《ひがいしゃ》が出《で》るのを防《ふせ》ぐために、早《はや》めに学校側《がっこうがわ》に知《し》らせた方《ほう》がよくね？　あと梅津《うめづ》クリニックにも。無免許《むめんきょ》の医師《いし》が診察《しんさつ》をしてるって、問題《もんだい》っしょ。」

上杉君《うえすぎくん》の言葉《ことば》に、翼《たすく》が頷《うなず》く。

「もちろん。だが今週《こんしゅう》、村田医師《むらたいし》は休診《きゅうしん》だし、第《だい》3水曜日《すいようび》は来週《らいしゅう》だ。当面《とうめん》、学校《がっこう》での被害《ひがい》は出《で》ないから、その間《あいだ》に残《のこ》りの都市伝説《としでんせつ》の解明《かいめい》を急《いそ》いで、全部《ぜんぶ》まとめて学校《がっこう》に通報《つうほう》、梅津《うめづ》クリニックにも連絡《れんらく》しよう。」

ん、それがいいよ。

そしたら学校側《がっこうがわ》も動《うご》いてくれるだろうし、校内都市伝説《こうないとしでんせつ》が一気《いっき》に消滅《しょうめつ》するわけだから、皆《みな》、安心《あんしん》すると思《おも》うな。

「じゃ市立中《しりつちゅう》にGO《ゴー》。」

市立中《しりつちゅう》は、線路《せんろ》を越《こ》えれば、すぐの場所《ばしょ》にあった。

歩《ある》き出《だ》した翼《たすく》が、いきなり立《た》ち止《ど》まる。

「やべっ！　俺《おれ》、近藤《こんどう》さんに今日《きょう》のナビ頼《たの》むの、忘《わす》れてた。小塚《こづか》と七鬼《ななき》、きっと校内《こうない》に入《はい》れてないぜ。」

上杉君《うえすぎくん》が舌打《したう》ちした。

「じゃ2人《ふたり》で、学校《がっこう》の外《そと》をうろついてるわけか。時間《じかん》、すげぇ無駄《むだ》にしてるじゃん。」

翼《たすく》は片手《かたて》で両眼《りょうがん》を覆《おお》い、空《そら》を仰《あお》ぐ。

「まいった！」

それを横目《よこめ》で見《み》ながら、上杉君《うえすぎくん》はスマートフォンを出《だ》した。

どこかにかけ、短《みじか》い言葉《ことば》で話《はな》していて、すぐに切《き》る。

「2人《ふたり》とも調査《ちょうさ》を進行中《しんこうちゅう》だ。もうすぐ井戸《いど》の蓋《ふた》が開《あ》くってさ。」

翼《たすく》は、バネ仕掛《じか》けの人形《にんぎょう》のように上杉君《うえすぎくん》を見《み》た。

2つの目《め》は、真《ま》ん丸《まる》だった。

「なんでっ!? どうやって入《はい》ったの!? だって井戸《いど》って、校門《こうもん》からすっごく遠《とお》いじゃん。いくら夜《よる》だって部活《ぶかつ》やってる奴《やつ》らがいるし、教師《きょうし》や警備《けいび》もいるから、他校生《たこうせい》が校門《こうもん》から入《はい》ってあの井戸《いど》まで歩《ある》いていくなんて不可能《ふかのう》でしょ。」

上杉君《うえすぎくん》は、マジマジと翼《たすく》の顔《かお》を見返《みかえ》す。

その目《め》は、翼《たすく》と同《おな》じくらい真《ま》ん丸《まる》だった。

「美門《みかど》おまえ、もしかして天然《てんねん》か？」

2人《ふたり》の脇《わき》で、私《わたし》は深々《ふかぶか》と頷《うなず》く。

それは確《たし》かに、実《じつ》に、正《まさ》しくその通《とお》り。

「日頃《ひごろ》、鋭《するど》いからさぁ、俺《おれ》もさっき一瞬《いっしゅん》、引《ひ》きずられたけど、よく考《かんが》えたら、なんで校門《こうもん》を基準《きじゅん》にしてんだよ。校門《こうもん》から、頭《あたま》、離《はな》せ。」

は？

意味《いみ》がわからなくて私《わたし》は、目《め》をパチパチさせてしまった。

翼《たすく》も同様《どうよう》だったらしく、上杉君《うえすぎくん》は、苛立《いらだ》ったように両手《りょうて》を振《ふ》り動《うご》かす。

「あの井戸《いど》は、校内《こうない》の北西《ほくせい》の端《はし》だろ。すぐ近《ちか》くに学校《がっこう》を囲《かこ》む塀《へい》がある。高《たか》さは1メートル半《はん》そこそこだ。外《そと》から近《ちか》づいて、その塀《へい》を乗《の》り越《こ》えれば、ジャスト井戸《いど》の前《まえ》。ナビなんか、いらねーじゃん。」

ガックリ項垂《うなだ》れる翼《たすく》の隣《となり》で、私《わたし》は急《いそ》いで事件《じけん》ノートを出《だ》してみた。

校門《こうもん》から入《はい》ると、井戸《いど》まではすごく距離《きょり》がある。

でも隣接《りんせつ》している土地《とち》から塀《へい》を越《こ》えて侵入《しんにゅう》すれば、目《め》の前《まえ》だった。

「ほんとだ。」

私《わたし》がそう言《い》うと、今度《こんど》は上杉君《うえすぎくん》が、ガックリとうつむいた。

「おまえも、天然度《てんねんど》ハンパないな。」

え、そうかな。

19 私《わたし》の理解《りかい》を超《こ》えている

私《わたし》たち3人《にん》は、市立中学《しりつちゅうがく》の校門《こうもん》を見《み》ながらその脇《わき》を通《とお》り過《す》ぎ、敷地《しきち》に沿《そ》ってぐるっと回《まわ》りこんだ。

学校《がっこう》の北側《きたがわ》は、市民《しみん》の森《もり》と呼《よ》ばれる広《ひろ》い公園《こうえん》で、松林《まつばやし》の間《あいだ》に遊歩道《ゆうほどう》や児童遊園《じどうゆうえん》が点在《てんざい》している。

西側《にしがわ》には、個人《こじん》の家《いえ》が立《た》ち並《なら》んでいた。

どれも敷地《しきち》が広《ひろ》く、おしゃれな感《かん》じのする大《おお》きな邸宅《ていたく》。

「このあたりは、バブルの最後《さいご》の時期《じき》に売《う》り出《だ》された高級住宅地《こうきゅうじゅうたくち》だ。その後《ご》、バブルがはじけて、」

そう言《い》いながら上杉君《うえすぎくん》は、顎《あご》で一軒《けん》の家《いえ》を指《さ》した。

「維持《いじ》できなくなって売《う》りに出《だ》し、まだ買《か》い手《て》がつかない家《いえ》も多《おお》い。」

それは空《あ》き家《や》だった。

素晴《すば》らしく大《おお》きな白《しろ》い門《もん》があって、その脇《わき》に車《くるま》が3台《だい》くらい入《はい》る駐車場《ちゅうしゃじょう》があり、白《しろ》いフェンスで囲《かこ》まれていて、奥《おく》には芝生《しばふ》の庭《にわ》や噴水《ふんすい》、木立《こだち》に囲《かこ》まれた小道《こみち》が見《み》える。

でも門《もん》やフェンスは汚《よご》れ、噴水《ふんすい》は涸《か》れ、小道《こみち》には一面《いちめん》に雑草《ざっそう》が生《お》い茂《しげ》っていた。

表札《ひょうさつ》は、出《で》ていない。

「家《いえ》って、人間《にんげん》が住《す》まなくなると、とたんに荒《あ》れてくるものなんだ。」

しみじみとしたその言《い》い方《かた》に、私《わたし》は胸《むね》を突《つ》かれた。

上杉君《うえすぎくん》は、それをリアルに感《かん》じたことがあるんじゃないかって気《き》がしたんだ、なんとなく。

「このあたりだ。」

翼《たすく》が、鼻《はな》をヒクヒクさせながら塀《へい》の前《まえ》で足《あし》を止《と》める。

道《みち》を挟《はさ》んだ反対側《はんたいがわ》は、幼稚園《ようちえん》だった。

「錆《さ》びた鉄粉《てっぷん》の臭《にお》いがする。まだ新《あたら》しい。きっと近《ちか》くで、小塚《こづか》と七鬼《ななき》が作業《さぎょう》してるんだ。」

そう言《い》いながら、塀《へい》に沿《そ》って歩《ある》き出《だ》す。

私《わたし》たちが見《み》ていると、翼《たすく》は、こちらを振《ふ》り返《かえ》った。

「ここに通用口《つうようぐち》がある。鍵《かぎ》かかってないから、ここから入《はい》ろう。」

上杉君《うえすぎくん》が、ケッと言《い》った。

「ひよっ子《こ》みたいなまねができるか。俺《おれ》は男《おとこ》だ、茨《いばら》の道《みち》を行《い》く。」

塀《へい》に歩《あゆ》み寄《よ》り、その上《うえ》に手《て》をついて、一気《いっき》に跳《と》び越《こ》える。

わっ、助走《じょそう》もせずに、ごく簡単《かんたん》にっ！

さすがサッカーＫＺ《カッズ》レギュラー、カッコいいかも。

見惚《みと》れる私《わたし》の前《まえ》で、上杉君《うえすぎくん》は塀《へい》の内側《うちがわ》に茂《しげ》る木々《きぎ》の間《あいだ》に入《はい》っていく。

「あ、上杉《うえすぎ》だ。」

木《き》の向《む》こうから小塚君《こづかくん》の声《こえ》がした。

「ちょうど今《いま》、蓋《ふた》が開《あ》いたとこだよ。」

翼《たすく》が私《わたし》を見《み》る。

「俺《おれ》たちも行《い》こう。」

上杉君《うえすぎくん》が木《き》の間《あいだ》から顔《かお》を出《だ》し、ニヤッと笑《わら》った。

「通用口《つうようぐち》からどうぞ、ひよっ子《こ》ちゃんたち。」

翼《たすく》が、珍《めずら》しくムッとしたような表情《ひょうじょう》になる。

「俺《おれ》も跳《と》ぶから。アーヤは、通用口《つうようぐち》から入《はい》れよ。」

私《わたし》も、ちょっとムッとした。

「いいよ、私《わたし》だって跳《と》ぶ。」

今日《きょう》は調査《ちょうさ》だから、スカートはやめてパンツにしたから、大丈夫《だいじょうぶ》。

「やめっ！」

上杉君《うえすぎくん》が焦《あせ》ったような大声《おおごえ》を出《だ》しながら塀《へい》のそばに駆《か》け寄《よ》ってきた。

「怪我《けが》したらどうすんだ。立花《たちばな》、おまえ、運動神経《うんどうしんけい》ないだろーが。」

私《わたし》は、ますますムッとし、上杉君《うえすぎくん》をにらみつける。

「絶対《ぜったい》、跳《と》ぶから！」

翼《たすく》がクスッと笑《わら》った。

「じゃ先《さき》に行《い》きなよ。俺《おれ》がサポートする。」

そう言《い》いながら塀《へい》の前《まえ》に片膝《かたひざ》を突《つ》き、地面《じめん》に直角《ちょっかく》になったもう一方《いっぽう》の脚《あし》の上《うえ》をポンポンと叩《たた》いた。

「まず俺《おれ》のここに上《のぼ》って、そこから肩《かた》に上《あ》がれば、塀《へい》の上《うえ》に移《うつ》れる。ちょっとグラグラするかもしれないけど手《て》で支《ささ》えるからさ。絶対《ぜったい》、落《お》とさないから安心《あんしん》して。塀《へい》の上《うえ》から向《む》こうは、上杉《うえすぎ》がサポートしてくれると思《おも》うよ。」

上杉君《うえすぎくん》はしかたなさそうに木々《きぎ》の間《あいだ》に入《はい》っていき、やがて声《こえ》がした。

「おら、さっさと来《こ》い。」

私《わたし》は翼《たすく》に近寄《ちかよ》って、その腿《もも》の片方《かたほう》に足《あし》を載《の》せ、出《だ》してくれた手《て》に摑《つか》まりながら肩《かた》に乗《の》った。

グラグラだったけれど、すぐ目《め》の前《まえ》に塀《へい》の上部《じょうぶ》が見《み》えていたので、慎重《しんちょう》に足《あし》を伸《の》ばし、そこに移動《いどう》したんだ。

立《た》って見《み》ると、下《した》から見《み》ていたよりずっと高《たか》く感《かん》じて、足《あし》が震《ふる》えてしまった。

う・・やっぱ、これ、1人《ひとり》じゃ無理《むり》だ。

意地張《いじは》ったりしないで、おとなしく通用口《つうようぐち》から入《はい》ればよかった。

「よし！　上杉《うえすぎ》、あと頼《たの》む。」

翼《たすく》の声《こえ》が上《あ》がり、下《した》を見《み》ると、上杉君《うえすぎくん》が両手《りょうて》を広《ひろ》げていた。

「飛《と》び降《お》りろ。」

うっ！

「受《う》け止《と》めるからさ。早《はや》くしろ。」

大丈夫《だいじょうぶ》だろうか!?

すっごく心配《しんぱい》で、飛《と》べなかった。

だって上杉君《うえすぎくん》はスレンダーだし、背《せ》だって私《わたし》よりちょっと高《たか》いだけなんだもの。

私《わたし》って、体重《たいじゅう》、結構《けっこう》あるんだよ。

「ああ、俺《おれ》やろうか。」

上杉君《うえすぎくん》の後《うし》ろから忍《しのぶ》が姿《すがた》を現《あらわ》す。

「落《お》とさないって約束《やくそく》するからさ。」

忍《しのぶ》は上杉君《うえすぎくん》より背《せ》が高《たか》く、肩幅《かたはば》も広《ひろ》くてガッチリしていたから、とても頼《たよ》れそうだった。

「目《め》つぶって飛《と》べよ。」

私《わたし》は頷《うなず》き、しっかりと目《め》をつぶって、思《おも》い切《き》って塀《へい》から足《あし》を離《はな》した。

一瞬《いっしゅん》、体《からだ》が空《くう》に浮《う》き、直後《ちょくご》にすごく強《つよ》く下《した》に引《ひ》っ張《ぱ》られたかと思《おも》うと、わずかな衝撃《しょうげき》と共《とも》にフワッと抱《だ》きとめられる。

耳元《みみもと》で忍《しのぶ》の声《こえ》がした。

「おし、完了《かんりょう》。」

目《め》を開《あ》けると、すぐそばに忍《しのぶ》の整《ととの》った顔《かお》があり、私《わたし》はお姫様《ひめさま》ダッコされていた。

ん、やっぱ忍《しのぶ》でよかった。

このくらい体《からだ》が大《おお》きくないと、一緒《いっしょ》に転《ころ》んじゃいそうだもの。

「あのさ、」

忍《しのぶ》は、その菫色《すみれいろ》の瞳《ひとみ》にからかうような笑《え》みを含《ふく》み、私《わたし》の耳《みみ》に唇《くちびる》を寄《よ》せる。

「おまえ、体重《たいじゅう》、結構《けっこう》あるよな。どのくらい?」

思《おも》わず、張《は》り倒《たお》しそうになってしまった。

「降《お》ろして!」

嚙《か》みつきたい気分《きぶん》でにらみつけると、忍《しのぶ》はちょっと笑《わら》って身《み》をかがめ、私《わたし》の足《あし》を地面《じめん》に着《つ》けた。

私《わたし》は体《からだ》を払《はら》い、改《あらた》めて忍《しのぶ》をにらむ。

脇《わき》にいた上杉君《うえすぎくん》が、啞然《あぜん》とした顔《かお》でつぶやいた。

「七鬼《ななき》、おまえ、メチャ怒《いか》り買《か》ってんぞ。何言《なにい》ったんだ。」

忍《しのぶ》は私《わたし》の方《ほう》を見《み》、片目《かため》をつぶる。

「それは、2人《ふたり》だけの秘密《ひみつ》。」

意味《いみ》ありげな言《い》い方《かた》しないでよっ!

私《わたし》がカンカンに怒《おこ》っているところに、翼《たすく》が塀《へい》を跳《と》び越《こ》えてくる。

「あれ、なんか雰囲気《ふんいき》悪《わる》いけど、どうかした?」

私《わたし》は、この話《はなし》を早《はや》く終《お》わりにしたくて、大《おお》きな声《こえ》で言《い》った。

「何《なん》でもない。調査《ちょうさ》に行《い》こ。」

小塚君《こづかくん》が水《みず》を採取《さいしゅ》している井戸《いど》に歩《あゆ》み寄《よ》る。

あたりは真《ま》っ暗《くら》で、井戸《いど》は、脇《わき》に置《お》かれた携帯用《けいたいよう》の照明《しょうめい》で照《て》らされていた。

「どう？」

ラテックスの手袋《てぶくろ》をはめた小塚君《こづかくん》が、井戸《いど》の中《なか》に降《お》ろしていた細《ほそ》い針金《はりがね》のようなものを引《ひ》き上《あ》げながら、こちらを振《ふ》り返《かえ》る。

「危《あぶ》ないから近《ちか》づかないでね。水《みず》が汚染《おせん》されてる可能性《かのうせい》があるし、長《なが》く塞《ふさ》いであったから有害《ゆうがい》なガスやバクテリアが繁殖《はんしょく》してるかもしれない。飛沫《ひまつ》を吸《す》いこんだりすると、危険《きけん》だからさ。」

私《わたし》は足《あし》を止《と》め、作業《さぎょう》が終《お》わるまでじっとしていた。

後《うし》ろで足音《あしおと》がし、耳《みみ》のそばで声《こえ》がする。

「さっき、ごめん。」

忍《しのぶ》だった。

「おまえの激怒《げきど》ポイントが体重《たいじゅう》だって、知《し》らなかったから。」

声《こえ》が微妙《びみょう》に震《ふる》えているので、変《へん》だと思《おも》ってチラッと目《め》をやると、忍《しのぶ》は必死《ひっし》に笑《わら》いをこらえていた。

私《わたし》は、もうちょっとで怒鳴《どな》るところだった。

何《なに》がおかしいのよ、おかしくなんかないっ！

「でも、なんで気《き》にしてんの。」

中《ちゅう》1女子《じょし》が、体重気《たいじゅうき》にするのは、ごく普通《ふつう》！

しかも結構《けっこう》あるって何《なに》よ、遠慮《えんりょ》も思《おも》いやりも全然《ぜんぜん》ない言《い》い方《かた》してっ!!

「別《べつ》に重《おも》くたっていいじゃん。俺《おれ》、嫌《きら》いじゃないよ、ポッチャリ系《けい》。」

私《わたし》は、ポッチャリ系《けい》じゃないっ！

煮《に》えたぎらんばかりの怒《いか》りを噛《か》み殺《ころ》していると、上杉君《うえすぎくん》が忍《しのぶ》の二《に》の腕《うで》を摑《つか》んだ。

「状況《じょうきょう》は、いっそう悪化《あっか》してるように見《み》える。よって、冷却期間《れいきゃくきかん》を置《お》くことを勧《すす》める。先《さき》に理科《りか》準備室《じゅんびしつ》に行《い》ってようぜ。」

上杉君《うえすぎくん》に引《ひ》っ張《ぱ》られて歩《ある》き出《だ》しながら忍《しのぶ》は、屈託《くったく》なく微笑《ほほえ》み、私《わたし》に手《て》を振《ふ》った。

「じゃ、後《あと》でね。」

ふんっ！

「よし採取完了《さいしゅかんりょう》。」

小塚君《こづかくん》が持《も》ち上《あ》げた細《ほそ》い針金《はりがね》の先《さき》には、ビーカーみたいな透明《とうめい》な容器《ようき》がついていた。

慎重《しんちょう》な手《て》つきで、そこからまず針金《はりがね》を外《はず》し、黒《くろ》いビニール袋《ぶくろ》に入《い》れる。

容器《ようき》は、井戸《いど》の縁《ふち》に置《お》いた。

中《なか》には、濁《にご》った水《みず》が入《はい》っている。

これが、飲《の》んだら死《し》ぬという伝説《でんせつ》の水《みず》なんだ。

そう思《おも》いながら目《め》を凝《こ》らすと、水《みず》の中《なか》に得体《えたい》のしれないモヤモヤしたものが浮遊《ふゆう》しているのが見《み》えて、かなり不気味《ぶきみ》だった。

小塚君《こづかくん》は、足元《あしもと》のナップザックの中《なか》からファスナー付《つ》きの小《ちい》さなビニール袋《ぶくろ》を数枚《すうまい》と、注射器《ちゅうしゃき》を出《だ》す。

ビニール袋《ぶくろ》の口《くち》を開《ひら》いて井戸《いど》の縁《ふち》に並《なら》べてから、濁《にご》った水《みず》の入《はい》った容器《ようき》の中《なか》に注射器《ちゅうしゃき》を入《い》れ、水《みず》を吸《す》い入《い》れては、各《かく》ビニール袋《ぶくろ》に注入《ちゅうにゅう》する。

それぞれ、20 ml《ミリリットル》くらいだった。

それが終《お》わると、大《おお》きなビニール袋《ぶくろ》を出《だ》してそれらを入《い》れた。

残《のこ》っている水《みず》を捨《す》て、その容器《ようき》と注射器《ちゅうしゃき》、それに自分《じぶん》のしていた手袋《てぶくろ》をまとめて黒《くろ》いビニール袋《ぶくろ》に押《お》しこみ、ナップザックにしまってから、少《すこ》し離《はな》れた所《ところ》にあった水道《すいどう》まで走《はし》っていって手《て》を洗《あら》う。

すごくきちんとしていて、私《わたし》はとても感心《かんしん》した。

ハンカチで手《て》を拭《ふ》きながら戻《もど》ってきた小塚君《こづかくん》に声《こえ》をかける。

「それ、分析《ぶんせき》するの？」

小塚君《こづかくん》は、井戸《いど》の蓋《ふた》を元通《もとどお》りに被《かぶ》せ、ボルトを締《し》めて固定《こてい》すると、ナップザックの背負《せお》い紐《ひも》をまとめて摑《つか》み、片方《かたほう》の肩《かた》にかけながらニッコリした。

「そう。何《なに》が出《で》てくるか、すごく楽《たの》しみなんだ。」

まるで新《あたら》しいゲームを始《はじ》めようとしているみたいな、ワクワクした表情《ひょうじょう》だった。

私《わたし》は、さっき採取《さいしゅ》していた不気味《ぶきみ》な水《みず》を思《おも》い出《だ》し、それと関《かか》わり合《あ》うのをこんなにうれしそうにしている小塚君《こづかくん》は、得体《えたい》が知《し》れないと思《おも》った。

私《わたし》の理解《りかい》を超《こ》えている・・・。

「皆《みな》、理科準備室《りかじゅんびしつ》に行《い》っちゃったんだよね。」

そう言《い》いながら小塚君《こづかくん》は井戸《いど》の縁《ふち》に置《お》いてあった携帯用《けいたいよう》の照明《しょうめい》を取《と》り上《あ》げ、地面《じめん》を照《て》らした。

「僕《ぼく》たちも行《い》こ。」

20 秀明《しゅうめい》ジャンケン

それで一緒《いっしょ》に、理科準備室《りかじゅんびしつ》に向《む》かった。

そこは井戸《いど》からそう離《はな》れておらず、近《ちか》づくと、出入《でい》り口《ぐち》のドアの上部《じょうぶ》に嵌《はま》っている磨《す》りガラスから、室内《しつない》の明《あ》かりがもれていた。

ドアを開《あ》ける。

ところがっ！

正面《しょうめん》に何《なに》かが立《た》ち塞《ふさ》がっていて、中《なか》に入《はい》れなかったんだ。

え・・・昨日《きのう》聞《き》いた報告《ほうこく》では、こんなふうじゃなかったのに・・・。

戸惑《とまど》いながらその障害物《しょうがいぶつ》の脇《わき》から、部屋《へや》の中《なか》をのぞきこむ。

蛍光灯《けいこうとう》の明《あ》かりの下《した》で上杉君《うえすぎくん》と翼《たすく》、そして忍《しのぶ》が輪《わ》になり、床《ゆか》に片膝《かたひざ》を突《つ》いたり、しゃがみこんだりして深刻《しんこく》な顔《かお》で何《なに》やら話《はな》していた。

「あの、ごめん、僕《ぼく》とアーヤも入《い》れて。」

小塚君《こづかくん》の呼《よ》びかけに応《おう》じて忍《しのぶ》が立《た》ち上《あ》がり、こちらに歩《ある》いてきて障害物《しょうがいぶつ》を躄《いざ》らせてくれた。

その脇《わき》を通《とお》り、部屋《へや》の中《なか》に入《はい》りながら見《み》れば、障害物《しょうがいぶつ》と見《み》えていたのは、標本棚《ひょうほんだな》だった。

昨日《きのう》、床《ゆか》の埃《ほこり》の積《つ》もり具合《ぐあい》から考《かん》えて、都市伝説《としでんせつ》の原因《げんいん》になったのではないかと推定《すいてい》していた西側《にしがわ》の標本棚《ひょうほんだな》。

先《さき》にこの部屋《へや》に入《はい》った翼《たすく》たちは、真相《しんそう》を探《さぐ》るために、その標本棚《ひょうほんだな》を動《うご》かしてみたようだった。

それが置《お》かれていた場所《ばしょ》に3人《にん》で固《かた》まり、額《ひたい》を寄《よ》せている。

「どうするよ。」

上杉君《うえすぎくん》が言《い》い、翼《たすく》が答《こた》えた。

「やるっきゃないでしょ。」

忍《しのぶ》が頷《うなず》き、3人《にん》は、まるで飛《と》び上《あ》がらんばかりに勢《いきお》いよく立《た》ち上《あ》がる。

「秀明《しゅうめい》ジャンケン、用意《ようい》っ！」

翼《たすく》が声《こえ》を張《は》り上《あ》げ、全員《ぜんいん》が身構《みがま》えた。

それは、秀明伝統《しゅうめいでんとう》のジャンケン。

私《わたし》はやったことがないけれど、男子《だんし》はよく教室《きょうしつ》や廊下《ろうか》なんかでやってて、知《し》らない塾生《じゅくせい》はいない。

忍《しのぶ》は秀明生《しゅうめいせい》じゃないけれど、反応《はんのう》してるってことは、きっと聞《き》いたことがあるんだ。

「秀《しゅう》っ！」

まず両手《りょうて》を拳《こぶし》にしてウエストの位置《いち》に置《お》き、偉《えら》そうに、思《おも》いっきり反《そ》っくり返《かえ》る。

「明《めい》っ！」

今度《こんど》は拳《こぶし》にした両手《りょうて》を頭《あたま》に上《あ》げ、まいったといったように項垂《うなだ》れるんだけど、目《め》だけは相手《あいて》の方《ほう》に向《む》けていて、しかも寄《よ》り目《め》、つまり2つの黒目《くろめ》を鼻《はな》の方《ほう》に寄《よ》せる。

「秀明《しゅうめい》ポンっ！」

この時《とき》、笑《わら》い出《だ》したら、その時点《じてん》で負《ま》け。

ここでジャンケンをし、勝《か》ち負《ま》けを決《き》めるんだ。

「やりぃ、勝《か》った！」

上杉君《うえすぎくん》が、ガッツポーズ。

忍《しのぶ》も大《おお》きな息《いき》をつく。

「ふぅ危《あぶ》ね。もうちょっとで、ハサミ出《だ》すとこだった。」

負《ま》けたのは、翼《たすく》。

無念《むねん》そうに、自分《じぶん》の拳《こぶし》を見《み》ながらつぶやく。

「じゃ、俺《おれ》が行《い》く。」

小塚君《こづかくん》がオズオズと声《こえ》をかけた。

「あの、どういう状況《じょうきょう》？」

忍《しのぶ》が、西側《にしがわ》の標本棚《ひょうほんだな》が置《お》かれていた床《ゆか》を指差《ゆびさ》す。

「そこ、開《あ》くようになってるんだ。」

開《あ》く？

「さっき開《あ》けてみたんだけど、転落《てんらく》するといけないから方針《ほうしん》が決《き》まるまで閉《と》じとこうってことになって、また塞《ふさ》いだわけ。」

上杉君《うえすぎくん》が歩《あゆ》み寄《よ》り、しゃがみこんで、フローリングの床板《ゆかいた》の接《つ》ぎ目《め》に指先《ゆびさき》を入《い》れる。

幅《はば》が8センチ、長《なが》さが40センチほどのその板《いた》は、すぐ持《も》ち上《あ》がってきた。

さらに隣《となり》の板《いた》をめくる。

息《いき》を呑《の》んで見《み》つめる私《わたし》たちの前《まえ》で、次々《つぎつぎ》と床板《ゆかいた》が剝《は》がされ、そこにポッカリと黒《くろ》い穴《あな》が現《あらわ》れた。

よく見《み》れば、奥《おく》に階段《かいだん》がついていて、地下《ち か》へと続《つづ》いている。

「階段《かいだん》には、足跡《あしあと》がある。つまり、誰《だれ》かがこの中《なか》に入《はい》ったってこと。その人物《じんぶつ》が、標本棚《ひょうほんだな》を動《うご》かしたのかもしれない。」

じゃ動《うご》かした目的《もくてき》は、中《なか》に入《はい》るためだったんだね。

それが都市伝説《としでんせつ》の4、真夜中《まよなか》に理科準備室《りかじゅんびしつ》で何《なに》かを引《ひ》きずる音《おと》がした、なんだ。

でも誰《だれ》が、何《なん》のために中《なか》に入《はい》ったんだろう。

「これから美門《みかど》が、内部《ないぶ》の調査《ちょうさ》に出発《しゅっぱつ》する。」

あ、そのための秀明《しゅうめい》ジャンケンかぁ。

納得《なっとく》する私《わたし》の前《まえ》で、小塚君《こづかくん》があわてて言《い》った。

「ちょっと待《ま》って。呼吸《こきゅう》できるだけの酸素《さんそ》があるかどうか、確《たし》かめるから。」

手《て》に持《も》っていた携帯用《けいたいよう》の照明《しょうめい》を床《ゆか》に置《お》き、ナップザックから12、3センチくらいの酸素濃度計《さんそのうどけい》を出《だ》す。

「いつも思《おも》うんだけどさ、」

上杉君《うえすぎくん》は、あきれたような口調《くちょう》だった。

「小塚《こづか》のナップザックって、四次元《よじげん》ポケットに近《ちか》くね？」

確《たし》かに、近《ちか》いかも。

小塚君《こづかくん》は、濃度計《のうどけい》を穴《あな》の中《なか》に差《さ》し入《い》れながらこっちを見《み》た。

「今日《きょう》は、開《あ》かずの井戸《いど》に入《はい》ることになるかもしれないと思《おも》って、用意《ようい》してきたんだ。閉《と》じられた井戸《いど》は、炭酸《たんさん》ガスやメタンガスが発生《はっせい》して酸素不足《さんそぶそく》になってることが多《おお》いからさ。ボンベとマスクも持《も》ってきた。それから全員分《ぜんいんぶん》の小型《こがた》ライトも。」

用心深《ようじんぶか》い小塚君《こづかくん》は、いつも用意周到《よういしゅうとう》なんだ。

偉《えら》いなって思《おも》う。

いろいろな可能性《かのうせい》を考《かんが》えて、それをそろえて、きちんと持《も》ってくるんだもの。

KZ《カッズ》の調査《ちょうさ》で、一番大変《いちばんたいへん》な作業《さぎょう》をしてるのは小塚君《こづかくん》かもしれない。

それなのに、いつも控《ひか》え目《め》で、皆《みんな》に気《き》を使《つか》ってるんだ。

なかなかできないことだよね。

「ああ酸素《さんそ》は充分《じゅうぶん》あるみたい。」

穴《あな》の縁《ふち》にしゃがみこんだ小塚君《こづかくん》は、片腕《かたうで》を中《なか》に入《い》れてあたりを触《さわ》り、指先《ゆびさき》に付《つ》いた土《つち》を翼《たすく》の鼻《はな》先《さき》に近《ちか》づける。

「一酸化炭素《いっさんかたんそ》や炭酸《たんさん》ガスが発生《はっせい》してたり、都市《とし》ガス類《るい》が流《なが》れこんで溜《た》まってる可能性《かのうせい》は？」

翼《たすく》は、首《くび》を横《よこ》に振《ふ》った。

「ないよ。普通《ふつう》の土《つち》の臭《にお》いだけだ。」

そう言《い》いながら床《ゆか》に腹這《はらば》いになり、頭《あたま》を穴《あな》の中《なか》に突《つ》っこむ。

「ん、やっぱ大丈夫《だいじょうぶ》。」

一気《いっき》に顔《かお》を上《あ》げ、首《くび》を振《ふ》って、頬《ほお》に纏《まつ》わったサラサラの髪《かみ》を払《はら》いのけた。

「全然《ぜんぜん》、普通《ふつう》の空気《くうき》だから。」

その顔《かお》が真《ま》っ赤《か》になっていたので、皆《みな》が笑《わら》い出《だ》す。

翼《たすく》は色《いろ》が白《しろ》いから、逆《さか》さになっているとすぐ赤《あか》くなるんだよね。

「じゃ行《い》くから。」

小塚君《こづかくん》が、またもあわてて引《ひ》き留《と》める。

「先《さき》に、足跡《あしあと》の画像《がぞう》撮《と》らせて。」

ナップザックの中《なか》から懐中電灯《かいちゅうでんとう》を2つと小《ちい》さなカメラを出《だ》すと、ゴーグルをかけて穴《あな》をのぞきこみ、注意深《ちゅういぶか》く懐中電灯《かいちゅうでんとう》で照《て》らして、何枚《なんまい》か写真《しゃしん》を撮《と》った。

次《つぎ》に階段《かいだん》を降《お》りていき、また何枚《なんまい》か撮《と》りながら奥《おく》の方《ほう》に入《はい》っていく。

「小塚《こづか》、その片《かた》っぽ、ALS《エーエルエス》?」

上杉君《うえすぎくん》が聞《き》き、穴《あな》の奥《おく》から返事《へんじ》があった。

「そうだよ。この間《あいだ》、買《か》ったんだ。」

上杉君《うえすぎくん》は、目《め》を丸《まる》くする。

「すげ。警察《けいさつ》の科学《かがく》捜査《そうさ》班《はん》みてぇ。」

私《わたし》がポカンとしていると、忍《しのぶ》が教《おし》えてくれた。

「ALS《エーエルエス》っていうのは、特殊《とくしゅ》光学《こうがく》機器《きき》の一種《いっしゅ》で、目《め》に見《み》えない指紋《しもん》や足跡《あしあと》まで浮《う》かび上《あ》がらせるライトなんだ。」

へぇ、ただの懐中《かいちゅう》電灯《でんとう》じゃないんだ。

「それを紫外線《しがいせん》や赤外線《せきがいせん》が撮影《さつえい》できる特殊《とくしゅ》なデジカメで写《うつ》せば、データにして分析《ぶんせき》することが可能《かのう》になる。」

先端《せんたん》科学《かがく》の力《ちから》、すごいなぁ。

「お待《ま》たせ。もういいよ。」

階段《かいだん》を上《あ》がってきた小塚《こづか》君《くん》が、自分《じぶん》のナップザックを開《あ》けていくつもの小型《こがた》ライトを出《だ》し、床《ゆか》に置《お》いてあった携帯《けいたい》用照明《ようしょうめい》の隣《となり》に並《なら》べる。

「スマホのライトでも大丈夫《だいじょうぶ》かもしんないけど、より明《あか》るいのを用意《ようい》した。よかったら、好《す》きなの持《も》ってって。」

翼《たすく》が小型《こがた》ライトを取《と》り上《あ》げ、階段《かいだん》を降《お》りていった。

その下《した》で止《と》まり、こちらを見上《みあ》げる。

「穴《あな》の深《ふか》さは、約《やく》1メートル半《はん》だな。ここから横穴《よこあな》だ。地面《じめん》には板《いた》が敷《し》いてある。これ、雨戸《あまど》だ。」

私《わたし》たちは、顔《かお》を見合《みあ》わせた。

雨戸《あまど》が敷《し》いてある穴《あな》って・・・何《なに》？

「わりと奥《おく》まで続《つづ》いてるけど、取《と》りあえず行《い》ってみる。」

そう言《い》い残《のこ》して姿《すがた》を消《け》した。

足音《あしおと》が遠《とお》ざかっていき、やがて消《き》える。

私《わたし》たちは急《きゅう》に不安《ふあん》になり、顔《かお》を見合《みあ》わせた。

上杉君《うえすぎくん》がスマートフォンを出《だ》し、しばらく操作《そうさ》していて溜《た》め息《いき》をつく。

「だめだ、通《つう》じね。」

心配《しんぱい》そうな表情《ひょうじょう》で黙《だま》りこんでいたけれど、やがて穴《あな》の縁《ふち》に両手《りょうて》を突《つ》き、そこを支点《してん》に体《からだ》を空《くう》に持《も》ち上《あ》げるようにして階段《かいだん》に足《あし》を降《お》ろした。

「俺《おれ》も、行《い》ってくる。」

小塚君《こづかくん》があわてて小型《こがた》ライトを差《さ》し出《だ》し、上杉君《うえすぎくん》はそれを摑《つか》んで素早《すばや》く駆《か》け降《お》りていく。

忍《しのぶ》が腕《うで》を組《く》み、壁《かべ》に寄《よ》りかかった。

「誰《だれ》が、何《なん》の目的《もくてき》でここに入《はい》ったのか。そもそも、誰《だれ》がこの穴《あな》を造《つく》ったのか。学校《がっこう》の理科準備室《りかじゅんびしつ》の地下《ちか》に穴《あな》なんて、普通《ふつう》じゃないぜ。」

う〜む、謎《なぞ》は、ますます複雑化《ふくざつか》。

私《わたし》は事件《じけん》ノートを開《ひら》き、その4の部分《ぶぶん》に、付《つ》け加《くわ》えた。

理科準備室《りかじゅんびしつ》の地下《ちか》には、用途不明《ようとふめい》の穴《あな》・・・そう書《か》きかけて、手《て》を止《と》める。

縦穴部分《たてあなぶぶん》があって、それが横穴《よこあな》に通《つう》じているとなったら、これはもう通路《つうろ》と表現《ひょうげん》すべきだ。

それで書《か》き直《なお》したんだ。

理科準備室《りかじゅんびしつ》の床下《ゆかした》には、用途不明《ようとふめい》の地下通路《ちかつうろ》があり、これを誰《だれ》かが使《つか》っている。

使用人物《しようじんぶつ》と、その目的《もくてき》は不明《ふめい》。

「翼《たすく》、さっき雨戸《あまど》が敷《し》いてあるって言《い》ってたよね。」

小塚君《こづかくん》が考《かんが》えこみながら口《くち》を開《ひら》く。

「で、昔《むかし》、ここには尋常小学校《じんじょうしょうがっこう》があって、この建物《たてもの》はその部分《ぶぶん》で、1度《ど》しか建《た》て替《か》えられていない。」

ん、事件《じけん》ノートにはそう書《か》いてあるよ。

「だったら、この地下通路《ちかつうろ》は、たぶん、」

その時《とき》、地下《ちか》を走《はし》る足音《あしおと》が起《お》こり、それがドンドン近《ちか》づいてきて、階段《かいだん》を上《のぼ》り始《はじ》めた。

穴《あな》から翼《たすく》が顔《かお》を出《だ》す。

「わかったよ、ここって、」

瞬間《しゅんかん》、小塚君《こづかくん》も口《くち》を開《ひら》き、2人《ふたり》が同時《どうじ》に言《い》った。

「防空壕《ぼうくうごう》だっ！」

防空壕《ぼうくうごう》？

21　見《み》つかったっ！

穴《あな》から這《は》い上《あ》がってきた翼《たすく》は、肩《かた》を大《おお》きく上下《じょうげ》させながら皆《みな》を見回《みまわ》し、最後《さいご》に小塚君《こづかくん》に目《め》を留《と》めた。

「途中《とちゅう》に、『校内防空壕《こうないぼうくうごう》イノ3』って書《か》いた表示板《ひょうじばん》が立《た》ってたんだ。それで取《と》りあえず報告《ほうこく》しようと思《おも》って引《ひ》き返《かえ》してきたんだけどさ、小塚《こづか》は、どうしてわかったの？」

小塚君《こづかくん》は、階段《かいだん》の下《した》の暗《くら》がりを指《さ》す。

「さっき床《ゆか》に雨戸《あまど》が敷《し》いてあるって言《い》ったろ。それはおそらく雨水《あまみず》が浸水《しんすい》して、地下通路《ちかつうろ》が泥濘《ぬかるみ》になるのを防《ふせ》ぐためだ。コンクリートにするだけの金《かね》がなかったか、物資《ぶっし》がなかったかどちらか。で、この建物《たてもの》ができた時代背景《じだいはいけい》を思《おも》い出《だ》し、ここが学校《がっこう》であることも考《かん》え合《あ》わせて、防空壕《ぼっくうごう》かもって思《おも》ったんだ。」

忍《しのぶ》が、声《こえ》を上《あ》げる。

「悪《わる》いが、俺《おれ》、全然《ぜんぜん》ついていけてない。防空壕《ぼうくうごう》って、何《なに》？」

ん、私《わたし》も聞《き》いたことはあるけど、正確《せいかく》には知《し》らないんだ。

「七鬼《ななき》、おまえ、歴史得意《れきしとくい》なんじゃないの？」

翼《たすく》に聞《き》かれて、忍《しのぶ》は自信《じしん》たっぷりに微笑《ほほえ》んだ。

「ん、超得意《ちょうとくい》だ。ただし徳川《とくがわ》の末期《まっき》まで。」

ああ期間限定《きかんげんてい》ね。

「防空壕《ぼうくうごう》っていうのは、第二次世界大戦時《だいにじせかいたいせんじ》に、アメリカ軍《ぐん》の空爆《くうばく》を予想《よそう》した日本政府《にっぽんせいふ》が、国民《こくみん》に命《めい》じて作《つく》らせた避難用《ひなんよう》の場所《ばしょ》のこと。」

社会理科《しゃかいりか》の権威《オーソリティ》でKZ《カッズ》の社会理科《シャリ》エキスパートである小塚君《こづかくん》が説明《せつめい》してくれた。

「当時《とうじ》は、日本国中《にっぽんこくじゅう》で相当《そうとう》な数《かず》の防空壕《ぼうくうごう》が掘《ほ》られたんだ。特《とく》に学校《がっこう》の敷地内《しきちない》には、たくさん作《つく》られたらしい。」

へえ。

「それが今《いま》、各地《かくち》で老朽化《ろうきゅうか》していて、崩《くず》れ落《お》ちたりして危険《きけん》な状態《じょうたい》にあるんだ。政府《せいふ》が補助金《ほじょきん》を出《だ》して、えっと、なんて事業《じぎょう》だっけ？」

小塚君《こづかくん》のQ《疑問》に、翼《たすく》が即《そく》、対応《たいおう》した。

「特殊地下壕対策事業《とくしゅちかごうたいさくじぎょう》だ。実施要領《じっしようりょう》を作《つく》って、立《た》ち入《い》り禁止《きんし》にしたり埋《う》めたりするように指導《しどう》してる。でも、これがスタートしたのは1974年《ねん》なんだ。この旧校舎《きゅうこうしゃ》は、おそらくそれ以前《いぜん》に改《かい》

築されていて、その時、防空壕を埋めなかったんじゃないかな。　理科準備室から出入りできる
し、低温で保存したり、栽培したりするものを置いておくのにちょうどいい。　今でも地方に行く
と、芋や玉葱、人参の保管に防空壕を使ってるとこがあるよ。」

　私は、それらを事件ノートに書き留めた。

「その古い防空壕を、今、誰が、何のために使っているのか。」

　忍の気品ある眼差しに、挑戦的な光がまたたく。

「謎が多くて、やる気が出るな。」

　そう言いながらドアの近くにずらした標本棚を振り返った。

「正体不明のその人物は、防空壕に入るためにあの標本棚を移動させた、あるいはその逆、防空
壕を通ってきて、この理科準備室に出るために、棚を移動させた。」

　翼が、遮るように声を上げる。

「逆は、ないだろ。　防空壕からここに出ようとすると、頭の上に標本棚がある。　床下にいて、標
本棚を動かすのは不可能だ。」

　忍が、ニヤッと笑った。

「2人以上だったら？」

うっ！

「1人《ひとり》は防空壕《ぼうくうごう》を通《とお》ってきて、もう1人《ひとり》はこの理科準備室《りかじゅんびしつ》で標本棚《ひょうほんだな》を移動《いどう》させて待《ま》っていた。」

翼《たすく》はちょっと息《いき》を呑《の》み、両手《りょうて》を上《あ》げる。

「俺《おれ》の負《ま》け。」

小塚君《こづかくん》が首《くび》を傾《かし》げた。

「でも、それって何《なん》のため？」

私《わたし》は、急《いそ》いで事件《じけん》ノートをまとめ、読《よ》み上《あ》げた。

「理科準備室《りかじゅんびしつ》の床下《ゆかした》の用途不明《ようとふめい》の地下通路《ちかつうろ》は、防空壕《ぼうくうごう》と判明《はんめい》。これを使《つか》った人物《じんぶつ》と、その人数《にんずう》、および目的《もくてき》は、今《いま》のところ不明《ふめい》。でも、」

ちょっと考《かんが》えてから、付《つ》け加《くわ》える。

「あの防空壕《ぼうくうごう》って、先《さき》はどうなってるの？ 行《ゆ》き止《ど》まり？」

翼《たすく》が、自分《じぶん》も気《き》になったというように軽《かる》く頷《うなず》いた。

「今《いま》、上杉《うえすぎ》が探《さぐ》ってる。」

そういえば上杉君《うえすぎくん》が戻《もど》ってきていなかった。

「終点《しゅうてん》まで行《い》ってみてくるって。」

その瞬間《しゅんかん》だった。

理科準備室《りかじゅんびしつ》のドアをノックする音《おと》が響《ひび》いたんだ、トントンと。

私《わたし》たちは全員《ぜんいん》、ビクッとした。

忍《しのぶ》が、ドア近《ちか》くにあった電気《でんき》のスイッチに飛《と》びつき、それを消《け》す。

部屋《へや》の中《なか》は、真《ま》っ暗《くら》になった。

裏庭《うらにわ》からの明《あ》かりを受《う》けているドアの磨《す》りガラス部分《ぶぶん》に、その向《む》こうに立《た》っている人間《にんげん》の影《かげ》が映《うつ》る。

きっと警備員《けいびいん》だっ！

ここに明《あ》かりが点《つ》いているのを不審《ふしん》に思《おも》って、やってきたのに違《ちが》いない。

でも教師《きょうし》が仕事《しごと》をしている可能性《かのうせい》もあるから、一応《いちおう》ノックしたんだ。

ドアには、鍵《かぎ》がかかっていない。

このまま返事《へんじ》がなければ、入《はい》ってくるだろう。

どうしようっ!?

再《ふたた》び、トントンとドアが叩《たた》かれる。

「防空壕《ぼうくうごう》に隠《かく》れろ。」

翼《たすく》が声《こえ》を殺《ころ》して言《い》った。

「アーヤ、小塚《こづか》、それに七鬼《ななき》の順《じゅん》。」

出入《でい》り口《ぐち》のドアに映《うつ》った影《かげ》を見《み》すえる翼《たすく》の目《め》には、いつになくきつい光《ひかり》が浮《う》かんでいた。

「ここは俺《おれ》がなんとかする、早《はや》くっ！」

私《わたし》は手探《てさぐ》りで穴《あな》に近《ちか》づき、足《あし》を伸《の》ばして階段《かいだん》の位置《いち》を探《さぐ》りながら、忍《しのぶ》を見《み》た。

「中《なか》に、霊《れい》、いる？」

忍《しのぶ》は長《なが》い髪《かみ》を揺《ゆ》すってきっぱり否定《ひてい》。

「皆無《かいむ》。」

よし、行《い》ける！

私《わたし》は階段《かいだん》に足《あし》を降《お》ろし、急《いそ》いで降《お》りていこうとした。

直後《ちょくご》、誰《だれ》かのスマートフォンの着信音《ちゃくしんおん》が鳴《な》り出《だ》したんだ。

うわっ、タイミング、最悪《さいあく》っ！

「誰《だれ》だ、消《け》せっ！」

皆《みな》がいっせいに自分《じぶん》のスマートフォンを取《と》り出《だ》す。

闇《やみ》の中《なか》で、いろいろな色《いろ》の着信光《ちゃくしんこう》がキラキラと飛《と》び回《まわ》った。

ああ、これ絶対《ぜったい》、向《む》こうから見《み》えてるだろうな、最悪《さいあく》のさらに下《した》っ！

「あ、僕《ぼく》みたい。」

小塚君《こづかくん》が言《い》い、光《ひかり》を顔《かお》に映《うつ》したまま、着信音《ちゃくしんおん》も止《と》めないで画面《がめん》に見入《みい》る。

「消《け》せってったろっ！」

翼《たすく》が苛立《いらだ》った声《こえ》を上《あ》げると、小塚君《こづかくん》は困《こま》ったようにつぶやいた。

「でも、あの影《かげ》、黒木《くろき》だよ。」

は？

「なにか極秘《ごくひ》の作戦《さくせん》が進行中《しんこうちゅう》かもしれないから、いきなりドアを開《あ》けて顔出《かおだ》すとまずいんじゃないかって思《おも》ってノックしたらしい。でも誰《だれ》も出《で》ないんで、ますます開《あ》けるとまずいんじゃないかと考《かんが》えて、メールしてきたみたい。」

小塚君《こづかくん》はドアに歩《あゆ》み寄《よ》り、それを開《あ》ける。

校舎《こうしゃ》から届《とど》く光《ひかり》を背中《せなか》に受《う》けた黒木君《くろきくん》が、艶《つや》やかな髪《かみ》を濡《ぬ》れたように光《ひか》らせて立《た》っていた。

「遅《おそ》くなって、ごめん。」

私《わたし》は一気《いっき》に気《き》が抜《ぬ》け、その場《ば》にしゃがみこんだ。

「寿命《じゅみょう》、30年《ねん》くらい縮《ちぢ》んだ。」

忍《しのぶ》がそう言《い》い、翼《たすく》がグッタリとしてうつむく。

「俺《おれ》、軽《かる》く50年《ねん》は縮《ちぢ》んだ。」

ああ、メインで頑張《がんば》ってたからなぁ。

「調査中《ちょうさちゅう》、悪《わる》いんだけど、」

そう言《い》いながら黒木君《くろきくん》は、腕時計《うでどけい》に視線《しせん》を落《お》とした。

「そろそろ梅津《うめづ》クリニックが閉《し》まる時間《じかん》だ。アーヤを家《いえ》に送《おく》らないと、お母《かあ》さんが心配《しんぱい》して動《うご》き出《だ》す可能性《かのうせい》がある。」

翼《たすく》が、素早《すばや》く決断《けつだん》する。

「じゃここで別《わか》れよう。黒木《くろき》はアーヤを送《おく》って。小塚《こづか》は自宅《じたく》に戻《もど》り、採取《さいしゅ》した井戸水《いどみず》と足跡《あしあと》データの分析《ぶんせき》。俺《おれ》はここで上杉《うえすぎ》を待《ま》つ。七鬼《ななき》は、補助《ほじょ》として残《のこ》ってくれ。明日《あした》、休《やす》み時間《じかん》にカフェテリアに集合《しゅうごう》だ。解散《かいさん》っ！」

22　恐怖《きょうふ》の井戸《いど》

私《わたし》は、夜《よる》の道《みち》を黒木君《くろきくん》と肩《かた》を並《なら》べて歩《ある》きながら事件《じけん》ノートを開《ひら》き、今日《きょう》の調査《ちょうさ》でわかったことを全部《ぜんぶ》、報告《ほうこく》した。

黒木君《くろきくん》は頷《うなず》きながら聞《き》いていて、ちょっと笑《わら》った。

「上杉先生《うえすぎせんせい》は、挑戦者《チャレンジャー》だね。」

は？

「あいつに保険証《ほけんしょう》を渡《わた》した時《とき》に、言《い》ったんだ。梅津《うめづ》クリニックに知《し》り合《あ》いの看護師《かんごし》がいるから、彼女《かのじょ》を通《つう》じて梅津医師《うめづいし》に事情《じじょう》を話《はな》し、医師免許証《いしめんきょしょう》を確認《かくにん》してもらえばいいんじゃないかって。ところが上杉《うえすぎ》ときたら、そんなのはKZ《カッズ》活動《かつどう》と言《い》えない、実際《じっさい》にKZ《カッズ》メンバーが動《うご》いて確認《かくにん》しないとダメだって言《い》い張《は》るからさ、で、忍《しの》びこむことにしたんだ。でも心配《しんぱい》だったから、手《て》は打《う》っといた。看護師《かんごし》を通《つう》じて梅津医師《うめづいし》に話《はな》して、KZ《カッズ》が忍《しの》びこんでも、見過《みす》ごしてくれって頼《たの》んどいたんだ。」

ええっ、そうだったのぉ！

「梅津医師《うめづいし》は、ＫＺ《カッズ》活動《かつどう》に興味《きょうみ》を持《も》ったらしくてオッケイした。でも交換条件《こうかんじょうけん》を付《つ》けたんだ。忍《しの》びこむのは大目《おおめ》に見《み》るから、なりすまし医師《いし》の問題《もんだい》については、梅津《うめづ》クリニックから警察《けいさつ》に届《とど》けるまで公表《こうひょう》しないでほしいって。俺《おれ》はそれを約束《やくそく》した。」

私《わたし》は、梅津《うめづ》クリニックで自分《じぶん》がドキドキしながらやっていたすべてのことを思《おも》い返《かえ》し、大《おお》きな溜《た》め息《いき》をついた。

そしてさっき上杉君《うえすぎくん》が、通用口《つうようぐち》が開《あ》いているのにわざわざ塀《へい》を跳《と》び越《こ》したことを考《かんが》えたんだ。

あれにせよ、これにせよ、楽《らく》な道《みち》は絶対通《ぜったいとお》らないって宣言《せんげん》だよね。

それって・・・頑固《がんこ》？　それともカッコいい？

う〜ん、微妙《びみょう》。

「俺《おれ》の方《ほう》は、宮下美久《みやしたみく》について調《しら》べ終《お》わったよ。」

黒木君《くろきくん》にしては、ずい分時間《ぶんじかん》がかかったみたいだけど、それだけ難《むずか》しい作業《さぎょう》だったのに違《ちが》いない。

敬意《けいい》を表《あらわ》しながら、私《わたし》は耳《みみ》を傾《かたむ》けた。

「まず家庭《かてい》、父親《ちちおや》は宮下正明《みやしたまさあき》。大《おお》きな塗料製造会社《とりょうせいぞうがいしゃ》を経営《けいえい》していて、かなり羽振《はぶ》りがよかったらしい。だが去年《きょねん》、逮捕《たいほ》され、会社《かいしゃ》は倒産《とうさん》している。」

え、それは、なぜ⁉

「宮下正明《みやしたまさあき》は、自分《じぶん》の会社《かいしゃ》を設立《せつりつ》する前《まえ》、大手《おおて》塗装会社《とそうがいしゃ》の取締役《とりしまりやく》だった。そこを辞《や》めて、自分《じぶん》の会社《かいしゃ》を創《つく》ったわけ。その際《さい》、会社《かいしゃ》の主力商品《しゅりょくしょうひん》である塗料《とりょう》の製法《せいほう》を書《か》いた極秘資料《ごくひしりょう》を持《も》ち出《だ》した。それを使《つか》って塗料《とりょう》を作《つく》り、新製品《しんせいひん》と銘打《めいう》って、安《やす》い値段《ねだん》をつけて自分《じぶん》の会社《かいしゃ》で売《う》り始《はじ》めたんだ。注文《ちゅうもん》が殺到《さっとう》し、そのせいで大手塗装会社《おおてとそうがいしゃ》の塗料《とりょう》は売《う》れなくなった。事情《じじょう》を怪《あや》しんだ大手塗装会社《おおてとそうがいしゃ》が警察《けいさつ》に告訴《こくそ》したんだ。罪状《ざいじょう》は、不正競争防止法違反《ふせいきょうそうぼうしほういはん》だ。」

あーあ、真面目《まじめ》に商売《しょうばい》をすればよかったのにね。

「だが証拠不十分《しょうこふじゅうぶん》で、起訴《きそ》に至《いた》らなかった。」

へ？

「警察《けいさつ》が家宅捜索《かたくそうさく》をして、パソコンや商品設計書《しょうひんせっけいしょ》なんかを押収《おうしゅう》して調《しら》べたものの、資料《しりょう》を持《も》ち出《だ》したという決定的《けっていてき》な証拠《しょうこ》が見《み》つからなかったんだ。それで検察《けんさつ》も起訴《きそ》を断念《だんねん》した。疑《うたが》わしきは罰《ばっ》せずってルールがあるからね。」

そういう仕組《しく》みなんだ。

「それで宮下正明《みやしたまさあき》は釈放《しゃくほう》された。」

それ、よかったんだよね、かなり微妙《びみょう》な気《き》もするけれど。

「ところが限《かぎ》りなく黒《くろ》に近《ちか》い灰色《はいいろ》だったから、大手塗装会社《おおてとそうがいしゃ》の方《ほう》も考《かん》えてね、損害賠償《そんがいばいしょう》を求《もと》める民事訴訟《みんじそしょう》を起《お》こしたんだ。それに敗《ま》けた宮下《みやした》は、家《いえ》や土地《とち》、財産一切《ざいさんいっさい》を手放《てばな》さざるをえなくなり、それでも足《た》りなくて自己破産《じこはさん》した。1人娘《ひとりむすめ》の美久《みく》も、学費《がくひ》の高《たか》い私立中《しりつちゅう》から公立中《こうりつちゅう》に転校《てんこう》。」

ああ、だから若武《わかたけ》と同《おな》じ中学《ちゅうがく》になったんだね。

私《わたし》は、目《め》を伏《ふ》せた。

脳裏《のうり》に、砂原《すなはら》の顔《かお》が浮《う》かぶ。

砂原《すなはら》もやっぱりお父《とう》さんのことで、生活《せいかつ》が激変《げきへん》したのだった。

子供《こども》って、親《おや》と運命共同体《うんめいきょうどうたい》なんだよね。

親《おや》が下降線《かこうせん》をたどると、一緒《いっしょ》に落《お》ちていくしかない。

私《わたし》が今《いま》、私立中学《しりつちゅうがく》に行《い》けて、秀明《しゅうめい》にも通《かよ》えているのは親《おや》の力《ちから》があるからだけれど、でもそれは何《なん》の保証《ほしょう》もなく、いつ、どう変《か》わるか、まったくわからない不安定《ふあんてい》なものなんだ。

そう考《かんが》えると、ミミーの運命《うんめい》がすごく身近《みぢか》に感《かん》じられ、とてもかわいそうだと思《おも》わずにいられなかった。

私《わたし》、何《なに》かしてあげられないだろうか。

できることがあるなら、頑張《がんば》るけど。

でも今《いま》、ミミーは若武《わかたけ》に夢中《むちゅう》だから、接触《せっしょく》してもウザいって思《おも》われるだけかな。

「で、宮下美久《みやしたみく》についてなんだけど、まず通称《つうしょう》ミミーっていうのは、実《じつ》は自称《じしょう》だ。」

え、そうなのっ⁉

あんなに普通《ふつう》に口《くち》にしてたから、通称《つうしょう》だとばかり思《おも》ってたけど。

「さすがアーヤ、言葉《ことば》のエキスパートだから、」

黒木君《くろきくん》はからかうような目《め》で、こちらを見《み》た。

「通称《つうしょう》と自称《じしょう》ってどう違《ちが》うの、とは聞《き》かないよね。」

あ、それは難易度低《なんいどひく》いもの、エキスパートでなくても、たぶん大丈夫《だいじょうぶ》。

通称《つうしょう》というのは、多《おお》くの人《ひと》が認《みと》めて、使《つか》っている呼《よ》び名《な》のこと、俗称《ぞくしょう》ともいう。

自称《じしょう》は、自分《じぶん》で名乗《なの》っているだけのもの。

つまりミミーっていうのは、皆《みな》が呼《よ》んでるんじゃなくて、自分《じぶん》でそう言《い》ってるだけってことになる。

「誰《だれ》も、ミミーとは呼《よ》んでいない。クラスでは、宮下《みやした》さんと呼《よ》ばれてるそうだ。親《した》しい友《とも》だちも、いない。」

それは、転校生《てんこうせい》だから？

「転校《てんこう》してきた時《とき》は、そうでもなかったらしい。」

じゃお父《とう》さんのことで、偏見《へんけん》を持《も》たれているとか？

「原因《げんいん》は、盗作《とうさく》だ。」

え？

「宮下《みやした》は小説《しょうせつ》を書《か》くのが好《す》きで、文芸部《ぶんげいぶ》に入《はい》り、市《し》の文芸《ぶんげい》コンクール小説《しょうせつ》の部《ぶ》で優秀賞《ゆうしゅうしょう》を取《と》った。」

すごい！

「ところがその作品《さくひん》は、あの中学《ちゅうがく》の文芸部《ぶんげいぶ》の季刊誌《きかんし》に掲載《けいさい》されていた先輩《せんぱい》の作品《さくひん》のキャラクターや設定《せってい》をそのまま使《つか》って、かつ有名《ゆうめい》なアニメからストーリーを取《と》ってきて、接《つ》ぎ合《あ》わせただけのものだったんだ。」

私《わたし》は、コクンと息《いき》を呑《の》んだ。

黒木君《くろきくん》の話《はなし》が、梅津医師《うめづいし》の話《はなし》とつながっていく。

ミミーが盗作《とうさく》したのって・・・梅津奈緒美《うめづなおみ》の作品《さくひん》だったんだ、きっと。

「もちろんすぐ発覚《はっかく》し、宮下《みやした》さんって父親《ちちおや》と同《おな》じで盗《ぬす》みが好《す》きなんだよねって噂《うわさ》になって、友《とも》だちを無《な》くした。」

そうだったのか。

「受賞《じゅしょう》も取《と》り消《け》され、評判《ひょうばん》はガタ落《お》ち、文芸部《ぶんげいぶ》にも出《で》てこなくなったらしい。」

そりゃ出《で》にくい、っていうか、ちょっと出《で》ていけないと思《おも》うよ。

「本人《ほんにん》についての情報《じょうほう》は、以上《いじょう》。」

ミミーは、すごくつらい状況《じょうきょう》に置《お》かれていたんだなと私《わたし》は思《おも》った。

お父《とう》さんの会社《かいしゃ》が倒産《とうさん》して生活《せいかつ》が変《か》わり、そして転校《てんこう》、さらに1人《ひとり》ぼっち。

半分《はんぶん》は自分《じぶん》のせいとはいえ、ちょっとかわいそうかも。

ミミーと呼《よ》ばれていると言《い》ったのは、孤立《こりつ》している現状《げんじょう》を隠《かく》すためだったのかもしれない。

そう言《い》うことで、自分自身《じぶんじしん》を慰《なぐさ》めていたんだろうな。

「次《つぎ》に、開《あ》かずの井戸《いど》について。」

黒木君《くろきくん》は、とても冷静《れいせい》で、さっさと次《つぎ》に移《うつ》っていく。

私《わたし》はミミーの気持《きも》ちに感情移入《かんじょういにゅう》せずにいられなかったから、そんな黒木君《くろきくん》が冷《つめ》たくも思《おも》え、同《どう》時《じ》に頼《たの》もしくも思《おも》えた。

「あの井戸水《いどみず》で、死人《しにん》が出《で》てる。」

思《おも》わず、わっ！　と言《い》いそうになった。

開《あ》かずの井戸《いど》の伝説《でんせつ》は、生死《せいし》に関《かか》わることだから、5つの校内都市伝説《こうないとしでんせつ》の中《なか》でも一番《いちばん》ヘビーなんだ。

それが本当《ほんとう》だったたってことっ!?

「と、俺《おれ》は思《おも》う。」

え・・・なんか微妙《びみょう》なトーンダウンは、どうして?

「あの井戸《いど》に今《いま》の蓋《ふた》が被《かぶ》せられたのは、2年《ねん》ほど前《まえ》だ。それまでは校内《こうない》の端《はし》の方《ほう》に昔《むかし》の井戸《いど》があるってくらいな認識《にんしき》で、誰《だれ》も関心《かんしん》を持《も》たず、もちろん近寄《ちかよ》ったりもせず、木《き》の蓋《ふた》が被《かぶ》せてあったらしい。ところが卒業式《そつぎょうしき》の日《ひ》、茶目《ちゃめ》っ気《け》のある男子数人《だんしすうにん》が、中学最後《ちゅうがくさいご》の度胸試《どきょうだめ》しだと言《い》ってその蓋《ふた》を取《と》り、縁《ふち》に上《あ》がって騒《さわ》いでいて、1人《ひとり》が足《あし》を滑《すべ》らせて落《お》ちたんだ。あわてた他《ほか》の男子《だんし》がすぐ釣瓶《つるべ》を下《お》ろし、無事《ぶじ》に救出《きゅうしゅつ》した。ところがずぶ濡《ぬ》れだったんで、担任《たんにん》に気《き》づかれ、事情《じじょう》を話《はな》さざるをえなくなった。担任《たんにん》は校長《こうちょう》に報告《ほうこく》し、校長《こうちょう》は、二度《にど》とこんなことが起《お》こらないように金属《きんぞく》の蓋《ふた》を被《かぶ》せてボルトで固定《こてい》した。」

そうだったんだ、適正《てきせい》な処置《しょち》だよね。

「井戸《いど》に落《お》ちた男子《だんし》は、危《あや》ういところを助《たす》かったんだけど、その1か月後《げつご》に死亡《しぼう》している。」

う・・・なんで?

「死因《しいん》は交通事故《こうつうじこ》。信号《しんごう》のない道路《どうろ》を横断中《おうだんちゅう》に、大型車《おおがたしゃ》にひかれた。」

ああ、せっかく井戸《いど》から助《たす》かったのに、かわいそう。

「それが、どうも納得《なっとく》できなくってさ。」

なんで？

「井戸《いど》に落《お》ちて助《たす》かって、さらに1か月後《げつご》に事故死《じこし》って、短《みじか》い期間《きかん》にドラマが重《かさ》なりすぎてないか？」

ん、まぁね。

「俺《おれ》は、この2つは1つのもの、つまりつながっていると考《かんが》えてるんだ。」

え、全然違《ぜんぜんちが》うものにみえるけど・・・どこが、どうつながるの。

「事故《じこ》に遭《あ》った時《とき》、本人《ほんにん》は高《こう》1で、東京《とうきょう》の高校《こうこう》の寮《りょう》に入《はい》ってた。中学時代《ちゅうがくじだい》の友《とも》だちの多《おお》くは地元《じもと》の高校《こうこう》だったから付《つ》き合《あ》いがなくて、突然《とつぜん》の事故死《じこし》としか聞《き》かされなかった。でもその後《ご》、開《あ》かずの井戸《いど》の水《みず》を飲《の》んだ呪《のろ》いじゃないかって噂《うわさ》が立《た》って、そこから都市伝説《としでんせつ》が始《はじ》まったらしい。」

そうだったのか。

「一方《いっぽう》、高校《こうこう》の友人《ゆうじん》たちは、本人《ほんにん》が卒業式《そつぎょうしき》の日《ひ》に井戸《いど》に落《お》ちたことを知《し》らなかったから、誰《だれ》も2つをつなげて考《かんが》えなかったんだ。調《しら》べるのに、ずい分時間《ぶんじかん》がかかったよ。でも、それだけの価値《かち》はあったね。事故《じこ》に遭《あ》う前《まえ》、本人《ほんにん》は異常《いじょう》な状態《じょうたい》だったらしい。」

異常《いじょう》な状態《じょうたい》？

「顔色《かおいろ》が悪《わる》く、時々《ときどき》、意識《いしき》がなくなることもあったみたいだ。教師《きょうし》は、ただの居眠《いねむ》りだと思《おも》って強《つよ》く叱《しか》ったようだけど、本人《ほんにん》は自分《じぶん》が失神《しっしん》していたと寮《りょう》の友人《ゆうじん》に話《はな》している。その友人《ゆうじん》は、こうも言《い》ってるんだ、学校《がっこう》で、あいつがトイレに行《い》くところを見《み》たことがないって。やたらに眠《ねむ》くて最近《さいきん》は寝《ね》るのが趣味《しゅみ》だって話《はな》していたとも、ね。これ、変《へん》じゃないか？」

はぁ・・・。

「時々《ときどき》意識《いしき》を失《うしな》っていたとすれば、道路《どうろ》を横断中《おうだんちゅう》にそうなり、大型車《おおがたしゃ》がそれを避《さ》けられなかったってこともある。それから本人《ほんにん》はもっと別《べつ》の症状《しょうじょう》も抱《かか》えていて、それがカッコ悪《わる》かったから誰《だれ》にも話《はな》せなかったということもあるし。」

私《わたし》は、黒木君《くろきくん》を見《み》た。

「つまり黒木君《くろきくん》は、井戸水《いどみず》のせいでその男子《だんし》にそれらの症状《しょうじょう》が出《で》て、そのために大型車《おおがたしゃ》にひかれたって考《かんが》えてるんだ。」

黒木君《くろきくん》は、軽《かる》く頷《うなず》く。

「それらの症状《しょうじょう》が出始《ではじ》めたのは、井戸《いど》に落《お》ちて1週間後《しゅうかんご》だ。井戸《いど》の水《みず》を飲《の》んで何《なん》らかの病気《びょうき》に感《かん》染《せん》し、潜伏期間《せんぷくきかん》を経《へ》て発病《はつびょう》したとしても不自然《ふしぜん》じゃない。当人《とうにん》は事故死《じこし》ということで、もう火葬《かそう》されてるから調《しら》べようもないけれど、小塚《こづか》が井戸水《いどみず》を分析《ぶんせき》すれば本当《ほんとう》のことがわかるよ。期待《きたい》してる。」

きっと小塚君《こづかくん》は、期待《きたい》に応《こた》えてくれるよ。

「それから生徒《せいと》の間《あいだ》を調《しら》べていて、思《おも》いもかけない収穫《しゅうかく》があった。意外《いがい》な事実《じじつ》だ。」

意外《いがい》な事実《じじつ》って・・・何《なん》だろ。

「それを基《もと》に考《かんが》えると、若武《わかたけ》の行動《こうどう》の謎《なぞ》が、ほぼ解《と》ける。」

ええっ!?

23 ちょっとヤケるね

私《わたし》は思《おも》わず、足《あし》を止《と》めた。

「ほんとっ!?」

ほっとした気持《きも》ちと、早《はや》く知《し》りたいという気持《きも》ちが心《こころ》の中《なか》で入《い》り混《ま》じる。

「それ、何《なん》だったのっ!?」

黒木君《くろきくん》も足《あし》を止《と》め、こちらを見《み》た。

「いい顔《かお》するね、アーヤ。」

え？

「そんなに若武《わかたけ》のこと、気《き》になるの？」

そりゃ、古《ふる》い友《とも》だちだもの。

「ちょっとヤケるかも。」

笑《え》みを含《ふく》んだ艶《あで》やかな目《め》で見《み》つめられて、私《わたし》はドッキリ！

一瞬《いっしゅん》、どうしていいのかわからなくなり、次《つぎ》の瞬間《しゅんかん》、やっと我《われ》に返《かえ》った。

「ヤケるって、どうして？」

黒木君《くろきくん》は時々《ときどき》、私《わたし》が途方《とほう》に暮《く》れてしまうような目《め》をする。

あの目《め》の奥《おく》には、いったい何《なに》があるんだろうって思《おも》ってしまうような、曰《いわ》く言《い》いがたい眼差《まなざし》なんだ。

「若武《わかたけ》でなくたって、たとえば黒木君《くろきくん》や小塚君《こづかくん》が同《おな》じことになったとしても、私《わたし》、同《おな》じくらい気《き》にするけど。」

おずおずとそう言《い》うと、黒木君《くろきくん》は軽《かる》く笑《わら》い、歩《ある》き出《だ》した。

「それは、どうも。」

私《わたし》はあわてて追《お》いかけ、肩《かた》を並《なら》べる。

「意外《いがい》な事実《じじつ》って何《なに》？　謎《なぞ》が解《と》けるって、どう解《と》けるの？」

黒木君《くろきくん》は、その視線《しせん》を遠《とお》くに投《な》げた。

「昔《むかし》、若武《わかたけ》に出会《であ》ったばかりの時《とき》に、こう思《おも》ったことがある。こいつ、ヒーロー志向《しこう》なのかって。その後《ご》、付《つ》き合《あ》いを重《かさ》ねてきて、今《いま》はこう思《おも》ってる。こいつ、本物《ほんもの》のヒーローかもしれないって。」

えっと、ヒーローっていうのは、英雄《えいゆう》のことだよね。

英雄《えいゆう》っていうのは、才能《さいのう》を持《も》ってて、普通《ふつう》の人《ひと》にできないようなことを成《な》し遂《と》げる人《ひと》のことでしょ。

で、若武《わかたけ》が、なんでヒーロー？

「俺《おれ》の中《なか》でのヒーローの定義《ていぎ》は、他人《たにん》のために自分《じぶん》を犠牲《ぎせい》にできる人間《にんげん》、なんだ。」

ああ、そういう見方《みかた》もあるよね。

「今回《こんかい》のことで、余計《よけい》そう思《おも》った。いかにもあいつらしくってさ。」

はて？

私《わたし》が首《くび》を傾《かし》げていると、黒木君《くろきくん》はクスッと笑《わら》った。

「明日《あした》、KZ《カッズ》会議《かいぎ》の席《せき》で発表《はっぴょう》するよ。」

え、２つとも、明日《あした》までおあずけっ⁉

そんな、ひどいよっ！

私《わたし》が抗議《こうぎ》しかけると、黒木君《くろきくん》は眉《まゆ》を上《あ》げ、立《た》てた親指《おやゆび》で道《みち》の脇《わき》を指《さ》した。

「だって、もう家《いえ》の前《まえ》だぜ。」

見《み》れば、いつの間《ま》にか私《わたし》の家《いえ》に着《つ》いていた。

黒木君《くろきくん》がドアフォンを押《お》す。

「遅《おそ》くなりました。姫君《ひめぎみ》を護衛《ごえい》してまいりました。」

ママの返事《へんじ》が響《ひび》き、出《で》てくる気配《けはい》がする。

私《わたし》は、急《いそ》いで言《い》った。

「意外《いがい》な事実《じじつ》と若武《わかたけ》ヒーロー説《せつ》、片方《かたほう》だけでも教《おし》えてっ！」

黒木君《くろきくん》は、クスクス笑《わら》う。

「しょうがない子《こ》だ。意外《いがい》な事実《じじつ》っていうのは、あの学校《がっこう》の都市伝説《としでんせつ》だ。」

えっ？

「実《じつ》は、俺《おれ》たちの知《し》らない6つ目《め》の、校内都市伝説《こうないとしでんせつ》がある。」

ええっ！

「まぁ黒木君《くろきくん》、」

ママがお財布《さいふ》を片手《かたて》に姿《すがた》を見《み》せる。

「どうもありがとう。あら、タクシーは？」

「いや、大丈夫《だいじょうぶ》そうだったんで、歩《ある》いてきました。あ、これ、お預《あず》かりした保険証《ほけんしょう》。お返《かえ》しします。」

ママがいろいろと聞《き》き、黒木君《くろきくん》はそれに答《こた》えていろいろと話《はな》していたけれど、私《わたし》は衝撃《しょうげき》のあまり、頭《あたま》がぼうっとしてしまっていた。

だって6つ目って、何《なに》っ!?

若武《わかたけ》は、5つしか言《い》ってなかったじゃない。

6つ目《め》の校内都市伝説《こうないとしでんせつ》を知《し》らなかったって・・・ないよね!?

じゃ、なんで言《い》わなかったの!?

若武《わかたけ》が隠《かく》したその伝説《でんせつ》って・・・いったい何《なに》!?

＊

いくら考《かんが》えても、まるでわからなかったので、私《わたし》は諦《あきら》め、明日《あした》の学校《がっこう》と秀明《しゅうめい》の用意《ようい》をした。

その時《とき》、バッグの中《なか》に入《はい》っていた市立中学文芸部《しりつちゅうがくぶんげいぶ》の季刊誌《きかんし》に気《き》づいたんだ。

それで事件《じけん》ノートを整理《せいり》した後《あと》、梅津奈緒美《うめづなおみ》の小説《しょうせつ》を読《よ》んでみた。

主人公《しゅじんこう》の女子《じょし》と、クラスメートの男子《だんし》たちの友情物語《ゆうじょうものがたり》で、複数《ふくすう》の男子《だんし》の配置《はいち》がおもしろく、それぞれに個性的《こせいてき》で素敵《すてき》だった。

でも私《わたし》が心惹《こころひ》かれたのは、その文章《ぶんしょう》。

繊細《せんさい》で、透明感《とうめいかん》があってキラキラしていた。

自分《じぶん》が事件《じけん》ノートに書《か》いている文章《ぶんしょう》が、恥《は》ずかしくなるくらい。

黒木君《くろきくん》の話《はなし》では、キャラクターや設定《せってい》をそのまま使《つか》ったってことだったけれど、ミミーにとってこの小説《しょうせつ》は、盗用《とうよう》したくなるほど魅力的《みりょくてき》だったんだ。

それは、最大級《さいだいきゅう》の賛辞《さんじ》と言《い》えなくもない。

盗用《とうよう》された梅津奈緒美《うめづなおみ》がショックを受《う》けるのはわかるけど、こんな素敵《すてき》な文章《ぶんしょう》が書《か》けるのに、やめてしまうなんて、もったいないよ。

私《わたし》はレポート用紙《ようし》を出《だ》し、梅津奈緒美《うめづなおみ》に手紙《てがみ》を書《か》いた。

梅津《うめづ》クリニックで季刊誌《きかんし》を手《て》に取《と》ったという事情《じじょう》から始《はじ》めて、その後《うし》ろに小説《しょうせつ》の感想《かんそう》や、感動《かんどう》した表現《ひょうげん》やシーンを書《か》いて、最後《さいご》は、ぜひ続《つづ》きが読《よ》みたいと結《むす》んだ。

それを読《よ》み直《なお》して文章《ぶんしょう》を整《ととの》え、今度《こんど》は便箋《びんせん》を出《だ》して書《か》き写《うつ》す。

で、手元《てもと》にあった診察券《しんさつけん》に印刷《いんさつ》されている梅津《うめづ》クリニックの住所《じゅうしょ》と名前《なまえ》を書《か》き、その横《よこ》に梅津《うめづ》奈緒美様《なおみさま》と記《しる》した。

これを読《よ》んで、元気《げんき》を出《だ》してくれるといいな。

そう思《おも》いながら、あくる朝《あさ》、学校《がっこう》に行《い》く途中《とちゅう》で投函《とうかん》した。

その日《ひ》、私《わたし》の気持《きも》ちは、朝《あさ》からKZ会議《カッズかいぎ》に向《む》いていた。
気《き》になっていることが山《やま》のようにあったから。
昨日《きのう》、防空壕《ぼうくうごう》に潜《もぐ》ったままだった上杉君《うえすぎくん》は、いったいどんな報告《ほうこく》をするのか。
それによってあそこを使《つか》った人物《じんぶつ》と、その目的《もくてき》は明《あき》らかになるのだろうか。
小塚君《こづかくん》が持《も》って帰《かえ》った井戸水《いどみず》と、カメラデータの分析《ぶんせき》から何《なに》が出《で》てくるのか。
黒木君《くろきくん》がたどり着《つ》いた第《だい》6の都市伝説《としでんせつ》とは、何《なに》か。
そこから見《み》えてくる若武《わかたけ》の行動《こうどう》の謎《なぞ》、そしてその真意《しんい》とは!?
ああ知《し》りたいっ!

24 奇妙《きみょう》な長方形《ちょうほうけい》

学校《がっこう》が終《お》わると、私《わたし》は秀明《しゅうめい》に飛《と》んでいき、休《やす》み時間《じかん》を待《ま》ってカフェテリアへ驀地《まっしぐら》っ！

ハアハア言《い》いながらそのドアを開《あ》ける。

いつものように隅《すみ》の方《ほう》の目立《めだ》たないテーブルに、メンバーが全員集《ぜんいんあつ》まっていた。

黒木君《くろきくん》がしきりに何《なに》かを話《はな》していて、皆《みな》が熱心《ねっしん》に耳《みみ》を傾《かたむ》けている。

「あ、アーヤが来《き》た。」

私《わたし》が近《ちか》づいていく間《あいだ》に黒木君《くろきくん》は話《はなし》を終《お》え、こちらに目《め》を向《む》けた。

「昨日《きのう》、アーヤに話《はな》したところまで、皆《みな》に説明《せつめい》しておいた。」

翼《たすく》が頷《うなず》き、全員《ぜんいん》を見回《みまわ》す。

「メンバーがそろったから、KZ《カッズ》会議《かいぎ》を始《はじ》める。まず昨日《きのう》の報告《ほうこく》。誰《だれ》からやる？」

上杉君《うえすぎくん》が片手《かたて》を上《あ》げようとした時《とき》、その脇《わき》から、なんと小塚君《こづかくん》が叫《さけ》ぶように口《くち》を開《ひら》いた。

「僕《ぼく》、やる。」

いつもなら、そんなふうに主張《しゅちょう》しないタイプだから、皆《みな》がびっくりした。

「おまえ、熱《ねつ》でもあんじゃね？」

上杉君《うえすぎくん》が突《つ》っこんだけれど、小塚君《こづかくん》はそれを軽《かる》くスルーし、一気《いっき》に話《はな》し始《はじ》める。

「採取《さいしゅ》できた足跡《あしあと》は、1種類《しゅるい》。つまりあそこに入《はい》った人間《にんげん》は1人《ひとり》だけなんだ。」

私《わたし》は、それを事件《じけん》ノートに書《か》き留《と》めた。

「靴底《くつぞこ》の形《かたち》とサイズ、状況《じょうきょう》から、性別《せいべつ》と身長《しんちょう》は特定《とくてい》できた。大雑把《おおざっぱ》な年齢《ねんれい》も。この人物《じんぶつ》は男性《だんせい》で、身長《しんちょう》は170センチ前後《ぜんご》。学生《がくせい》じゃなくて社会人《しゃかいじん》だ。」

びっくり！

だってすごいもの。

私《わたし》が感嘆《かんたん》の眼差《まなざし》を向《む》けていると、小塚君《こづかくん》はちょっとまぶしそうに目《め》をパチパチさせた。

「足跡《あしあと》からは、すごく多《おお》くの情報《じょうほう》が取《と》れるんだ。足《あし》のサイズから大《おお》よその身長《しんちょう》が推定《すいてい》できるし、そこに靴底《くつぞこ》の形《かたち》を重《かさ》ねれば、性別《せいべつ》もわかる。男性《だんせい》と女性《じょせい》じゃ履《は》く靴《くつ》が違《ちが》うだろ。スニーカーなんかはわかりにくいけれど、それでも男女《だんじょ》じゃサイズが違《ちが》うからね。」

なるほど。

「靴跡《くつあと》から判断《はんだん》して、履《は》いていたのはデッキシューズだ。独特《どくとく》の波形《なみがた》の切《き》れこみがあったから間違《まちが》いない。買《か》ったのは昔《むかし》らしくて擦《す》り減《へ》ってたけど、ブランドのロゴも見《み》えた。ア・テストーニだ。ネットで調《しら》べたら、1足《そく》7万近《まんちか》くする。そんな高級靴《こうきゅうぐつ》を履《は》けるのは学生《がくせい》じゃない、大人《おとな》だ。」

そっか。

「その足跡《あしあと》は、理科準備室《りかじゅんびしつ》に向《む》かい、階段《かいだん》を上《のぼ》って、その途中《とちゅう》で引《ひ》き返《かえ》している。」

はて？

理科準備室《りかじゅんびしつ》に入《はい》ることができなかったのかな。

それとも急《きゅう》に、何《なに》か思《おも》いついたとか。

「最終《さいしゅう》の足跡《あしあと》は、床《ゆか》から2段下《だんくだ》った3段目《だんめ》の踏《ふ》み板《いた》についていた。けど身長《しんちょう》170センチ前後《ぜんご》の男《おとこ》がこの踏《ふ》み板《いた》に立《た》つと、どうしたって理科準備室《りかじゅんびしつ》の床《ゆか》に頭《あたま》をぶつける。よって、この男《おとこ》がここに立《た》った時《とき》には、床《ゆか》が開《あ》いていたと考《かんが》える方《ほう》が自然《しぜん》だ。」

キビキビと説明《せつめい》をする小塚君《こづかくん》は、いつもの小塚君《こづかくん》じゃないみたいだった。

私《わたし》は、ただただ感心《かんしん》して見《み》つめていた。

「床《ゆか》が開《あ》いていたのに、この男《おとこ》はなぜ3段目《だんめ》で止《と》まり、そこから引《ひ》き返《かえ》したのか。」

う～ん、謎《なぞ》だっ！

いつもそうなんだけど、謎《なぞ》って、自然増殖《しぜんぞうしょく》するんだよね。

調《しら》べれば調《しら》べるほど、増《ふ》えていくんだ。

「その答《こた》えは、足跡《あしあと》のそばにあったよ。」

は？

「所々《ところどころ》に長方形《ちょうほうけい》の跡《あと》が付《つ》いているんだ。横《よこ》91センチ前後《ぜんご》、縦《たて》3センチ前後《ぜんご》の長方形《ちょうほうけい》。」

私《わたし》は、かなり横《よこ》に長《なが》いその形《かたち》を思《おも》い描《えが》いた。

え・・何《なん》だろ。

「これを手《て》に持《も》って運《はこ》んでいて、時々《ときどき》地面《じめん》に降《お》ろしたんだと思《おも》う。」

つまり、その長方形《ちょうほうけい》というのは、運《はこ》んでいた物《もの》の底面《ていめん》の形《かたち》なんだね。

「だけど、この跡《あと》が付《つ》いているのは、理科準備室《りかじゅんびしつ》に向《む》かう足跡《あしあと》のそばだけなんだ。引《ひ》き返《かえ》す足跡《あしあと》のそばには、ない。」

じゃ、その何《なに》かは、理科準備室《りかじゅんびしつ》に置《お》いていったんだ。

それを置《お》くために、理科準備室《りかじゅんびしつ》まで行《い》ったのかもしれない。

そう考《かんが》えれば、階段《かいだん》を上《のぼ》り詰《つ》めて準備室《じゅんびしつ》に入《はい》らなかったことの説明《せつめい》がつくもの。

「さらに言《い》えば、あの防空壕《ぼうくうごう》に通《つう》じる床《ゆか》を開《あ》けるには、標本棚《ひょうほんだな》を除《の》ける必要《ひつよう》がある。この男《おとこ》が3段目《だんめ》まで来《き》た時《とき》、床《ゆか》が開《あ》いていたってことは、理科準備室《りかじゅんびしつ》に別《べつ》の人間《にんげん》がいたってことだ。」

じゃ持《も》ってきた何《なに》かは、その人間《にんげん》に渡《わた》したんだっ！

次々《つぎつぎ》と明《あき》らかになっていく事実《じじつ》に、私《わたし》は胸《むね》がドキドキした。

血《ち》が湧《わ》き返《かえ》るっていうか、すごく胸《むね》が熱《あつ》くなる感《かん》じ。

小塚君《こづかくん》もきっと同《おな》じ気持《きも》ちで、だからいつもみたいに控《ひか》え目《め》にしていられなかったんだと思《おも》う。

私《わたし》は、その話《はなし》の全貌《ぜんぼう》を事件《じけん》ノートに書《か》きつけ、要点《ようてん》を整理《せいり》した。

都市伝説《としでんせつ》その4、防空壕《ぼうくうごう》を使《つか》った人物《じんぶつ》は男性《だんせい》、身長《しんちょう》170センチ前後《ぜんご》の社会人《しゃかいじん》で、昔買《むかしか》った高価《こうか》な靴《くつ》を履《は》いている。

その人物《じんぶつ》は、横《よこ》91センチ前後《ぜんご》、縦《たて》3センチ前後《ぜんご》の長方形《ちょうほうけい》の底面《ていめん》を持《も》つ物体《ぶったい》を運《はこ》び、理科準備室《りかじゅんびしつ》にいた謎《なぞ》の人物《じんぶつ》に渡《わた》した可能性《かのうせい》がある。

「その謎《なぞ》の人物《じんぶつ》を、共犯者《きょうはんしゃ》X《エックス》と名付《なづ》けよう。」

私《わたし》は急《いそ》いで、翼《たすく》の言《い》った言葉《ことば》をメモした。

「正体《しょうたい》を突《つ》き止《と》めないと。」

上杉君《うえすぎくん》が、サラッとつぶやく。

「階段《かいだん》には、1種類《しゅるい》の足跡《あしあと》しかないんだ。となれば共犯者《きょうはんしゃ》X《エックス》は、理科準備室《りかじゅんびしつ》のドアから入《はい》ったということになる。準備室《じゅんびしつ》に入《はい》りこめるのは、この学校《がっこう》の教師《きょうし》と生徒《せいと》、それにPTA《ピーティーエー》だけだ。」

忍《しのぶ》が皮肉《ひにく》な笑《え》みを浮《う》かべた。

「俺《おれ》らも、入《はい》りこんでるぜ。」

上杉君《うえすぎくん》が、その頭《あたま》を小突《こづ》く。

「てめぇ、チャチ入《い》れんじゃねー。」

忍《しのぶ》は素直《すなお》に黙《だま》りこみ、小塚君《こづかくん》が哀《かな》しそうな溜《た》め息《いき》をついた。

「理科準備室《りかじゅんびしつ》に入《はい》る前《まえ》に、足跡《あしあと》を採取《さいしゅ》しておけばよかった。そうしたら共犯者《きょうはんしゃ》X《エックス》について情報《じょうほう》を入手《にゅうしゅ》できたのに。もうかなり踏《ふ》み荒《あ》らしちゃったから、きっと無理《むり》だろうな。」

私《わたし》は何《なん》となく責任《せきにん》を感《かん》じ、シュンとする。

「せめて防空壕《ぼうくうごう》の中《なか》だけでも、これから見《み》て、全部《ぜんぶ》の足跡《あしあと》を記録《きろく》しようと思《おも》ってるんだ。」

上杉君《うえすぎくん》が、片手《かたて》を上《あ》げた。

「それは不要《ふよう》だ。俺《おれ》が昨日《きのう》の調査《ちょうさ》でフォローできるから。」

翼《たすく》が、すかさず上杉君《うえすぎくん》を指《さ》す。

「では上杉《うえすぎ》、防空壕《ぼうくうごう》の状況《じょうきょう》について説明《せつめい》を。」

上杉君《うえすぎくん》は両肘《りょうひじ》をテーブルにつき、両手《りょうて》の指《ゆび》を組《く》んでそこに顎《あご》を載《の》せる。

「防空壕《ぼうくうごう》はかなり長《なが》かったが、結局《けっきょく》、行《ゆ》き止《ど》まりで、どこにも通《つう》じていない。ただし理科準備室《りかじゅんびしつ》にあったような階段《かいだん》が、途中《とちゅう》の数《すう》か所《しょ》にある。おそらくこのあたりのいろいろな場所《ばしょ》から防空壕《ぼうくうごう》に入《はい》れるようにしてあったんだ。それらの階段《かいだん》の上部《じょうぶ》は、どれもコンクリートで塞《ふさ》がれていた。もう必要《ひつよう》がないと考《かんが》えた土地《とち》や建物《たてもの》の持《も》ち主《ぬし》が封鎖《ふうさ》したものと思《おも》われる。ほとんどは、30年以上《ねんいじょう》前《まえ》の古《ふる》い工事《こうじ》だ。」

じゃ防空壕《ぼうくうごう》へは、今《いま》は理科準備室《りかじゅんびしつ》からしか入《はい》れないんだ。

でも入《はい》っても、どこにも行《い》けないんだよね。

じゃ何《なん》のために入《はい》るわけ？

それに足跡《あしあと》の男《おとこ》は、いったいどこから入《はい》ってきたの？

「ただ1つだけ、ごく最近《さいきん》になって塞《ふさ》いだと思《おも》われる階段《かいだん》があった。」

それだ、そこから入《はい》ったんだっ！

「使用《しよう》されたコンクリートがまだ水分《すいぶん》を含《ふく》んでいて、美門《みかど》が臭《にお》いを嗅《か》いだ結果《けっか》、半年以内《はんとしいない》に塗《ぬ》られたものと判断《はんだん》した。昔塞《むかしふさ》いだコンクリート部分《ぶぶん》も残《のこ》ってて、美門《みかど》の見解《けんかい》では、他《ほか》の階段《かいだん》と同様《どうよう》の時期《じき》にいったん塞《ふさ》がれたものの、最近《さいきん》それが壊《こわ》され、再度塞《さいどふさ》がれたらしい。」

上杉君《うえすぎくん》の話《はなし》を聞《き》きながら、翼《たすく》は親指《おやゆび》の先《さき》で自分《じぶん》の鼻《はな》の頭《あたま》を擦《こす》った。

白《しろ》い鼻先《はなさき》がわずかに赤《あか》らんで、まるで悪戯《いたずら》っ子《こ》みたいに見《み》えた、クスクス。

「あの理科準備室《りかじゅんびしつ》に出入《でい》りしていた男《おとこ》は、何《なん》らかの目的《もくてき》のためにコンクリを壊《こわ》して階段《かいだん》から防空《ぼうくう》壕《ごう》に降《お》り、目的《もくてき》を遂《と》げた後《あと》、またコンクリで階段《かいだん》を塞《ふさ》いだんだ。で俺《おれ》は、その部分《ぶぶん》が、地上《ちじょう》ではどうなっているのかを見《み》にいった。」

上杉君《うえすぎくん》の切《き》れ上《あ》がった目《め》に、怜悧《れいり》な光《ひかり》がまたたく。真実《しんじつ》を見《み》すえようとしているその眼差《まなざし》は、透明《とうめい》で厳《きび》しく、とても印象的《いんしょうてき》だった。

「防空壕《ぼうくうごう》は、理科準備室《りかじゅんびしつ》の北西方向《ほくせいほうこう》。全長約《ぜんちょうやく》50メートル。問題《もんだい》の階段《かいだん》までは、理科準備室《りかじゅんびしつ》からほぼ45メートル。」

数字《すうじ》をきちんと押《お》さえているのは、いかにも上杉君《うえすぎくん》らしい。

巻《ま》き尺《じゃく》なんて持《も》っていなかったと思《おも》うから、自分《じぶん》の歩幅《ほはば》が何《なん》センチなのか知《し》っていて、それで測《はか》ったのかもしれなかった。

「それらしきあたりは、個人《こじん》の所有地《しょゆうち》だった。家《いえ》と庭《にわ》だ。俺《おれ》たちが学校《がっこう》の塀《へい》を乗《の》り越《こ》えて侵入《しんにゅう》した時《とき》に、道《みち》の向《む》こう側《がわ》に見《み》えていた白《しろ》い家《いえ》だよ。」

私《わたし》は、それを思《おも》い出《だ》した。

素晴《すば》らしく大《おお》きな門《もん》があって、白《しろ》いフェンスで囲《かこ》まれていたんだ。

「あれ、空《あ》き家《や》じゃなかった？　確《たし》か表札《ひょうさつ》もなかったよ。」

小塚君《こづかくん》の言葉《ことば》に、上杉君《うえすぎくん》はちょっと眉根《まゆね》を寄《よ》せる。

「今《いま》は、そうだ。だが、半年前《はんとしまえ》には住人《じゅうにん》がいた可能性《かのうせい》がある。とすれば、住宅地図《じゅうたくちず》に居住者《きょじゅうしゃ》の名《な》前《まえ》が載《の》っているはずだ。住宅地図《じゅうたくちず》は1年《ねん》から2年《ねん》くらいで新版《しんぱん》になるから、よっぽど運《うん》が悪《わる》くなければ居住者《きょじゅうしゃ》を見《み》つけられる。黒木《くろき》、住宅地図《じゅうたくちず》出《だ》せよ。」

黒木君《くろきくん》は、無言《むごん》で服《ふく》の前《まえ》ファスナーを開《あ》け、肩《かた》から吊《つ》ったホルスターに入《はい》っているタブレットを取《と》り出《だ》した。

画面《がめん》に市立中学《しりつちゅうがく》の敷地《しきち》を含《ふく》む住宅地図《じゅうたくちず》を出《だ》し、上杉君《うえすぎくん》の前《まえ》に置《お》く。

上杉君《うえすぎくん》は、その図《ず》に指《ゆび》を走《はし》らせた。

「えっと、ここだ。」

指先《ゆびさき》が、大《おお》きな敷地《しきち》と家《いえ》を指《さ》す。

でもそこには、居住者《きょじゅうしゃ》の名前《なまえ》が書《か》かれていなかった。

他《ほか》の家《いえ》は皆《みな》、個人名《こじんめい》が書《か》いてあるのに、その家《いえ》だけが空白《くうはく》。

黒木君《くろきくん》がちょっと笑《わら》った。

「おまえ、よっぽど運《うん》が悪《わる》いらしいぜ。」

上杉君《うえすぎくん》は嫌《いや》な顔《かお》をする。

「俺《おれ》に限定《げんてい》すんじゃねーよ。この調査《ちょうさ》は、KZ《カッズ》でやってんだからな。」

その隣《となり》で翼《たすく》が素早《すばや》くスマートフォンで検索《けんさく》を始《はじ》め、画面《がめん》に見入《みい》っていて、急《きゅう》にガッツポーズをした。

「2年前《ねんまえ》の住宅地図《じゅうたくちず》に、名前《なまえ》が出《で》てる。」

お、やったっ！

「その建物《たてもの》の居住者《きょじゅうしゃ》は、宮下正明《みやしたまさあき》だ。」

私《わたし》は、息《いき》を呑《の》む。

それは、ミミーのお父《とう》さんの名前《なまえ》だった。

25 最後《さいご》の都市伝説《としでんせつ》

黒木君《くろきくん》がスマートフォンを操作《そうさ》し、耳《みみ》に当《あ》てながら立《た》ち上《あ》がる。

「ああ俺《おれ》。ちょっと聞《き》きたいんだけど、しばらく前《まえ》に逮捕《たいほ》されて釈放《しゃくほう》された宮下正明《みやしたまさあき》って社長《しゃちょう》さぁ、」

話《はな》しながらドアの方《ほう》に歩《ある》いていった。

それを見送《みおく》って、私《わたし》たちは顔《かお》を見合《みあ》わせる。

自分《じぶん》たちが、ものすごいスピードで真実《しんじつ》に近《ちか》づきつつあることを感《かん》じて、誰《だれ》もが目《め》をキラキラさせていた。

やがて黒木君《くろきくん》が大《おお》きなストライドで戻《もど》ってきて、テーブルに両手《りょうて》をつく。

「宮下正明《みやしたまさあき》の身長《しんちょう》は、170だ。」

わっ、ぴったり！

「おしゃれ好《ず》きで、破産《はさん》する前《まえ》はインポートのブランド物《もの》を身《み》に着《つ》けていたらしい。香水《こうすい》も欠《か》かさなかったって話《はなし》。普段着《ふだんぎ》は高級《こうきゅう》カジュアル志向《しこう》、靴下《くつした》なしでデッキシューズを履《は》くのが好《す》きなんだってさ。」

防空壕《ぼうくうごう》の足跡《あしあと》の人物《じんぶつ》だ、間違《まちが》いないっ！

宮下《みやした》は、共犯者《きょうはんしゃ》X《エックス》に理科準備室《りかじゅんびしつ》の標本棚《ひょうほんだな》を移動《いどう》させ、床《ゆか》を開《あ》けさせておいて、自分《じぶん》の家《いえ》から何《なに》かを持《も》ち出《だ》し、理科準備室《りかじゅんびしつ》の階段《かいだん》で共犯者《きょうはんしゃ》X《エックス》に渡《わた》して、自分《じぶん》は引《ひ》き返《かえ》したんだ。

私《わたし》は、それを事件《じけん》ノートに書《か》きこみながら片手《かたて》を上《あ》げ、翼《たすく》の許可《きょか》を取《と》ってから発言《はつげん》した。

「伝説《でんせつ》4に関《かん》して、まだ解決《かいけつ》できていない問題《もんだい》は、宮下《みやした》が理科準備室《りかじゅんびしつ》に持《も》ち運《はこ》んだ物《もの》は何《なん》だったのか、共犯者《きょうはんしゃ》X《エックス》はそれをどこにやったのか、共犯者《きょうはんしゃ》X《エックス》とは何者《なにもの》なのか、の3点《てん》です。」

私《わたし》が言《い》い終《お》えるなり、翼《たすく》が、ほとんど反射的《はんしゃてき》につぶやく。

「宮下《みやした》が持《も》ち運《はこ》んだ物《もの》は、理科準備室《りかじゅんびしつ》に隠《かく》してあるよ。」

皆《みな》がびっくりした。

翼《たすく》は、ちょっとくやしそうに舌打《したう》ちする。

「今《いま》、気《き》がついた。昨日《きのう》、あそこで上杉《うえすぎ》を待《ま》ってる間《あいだ》に標本棚《ひょうほんだな》を開《あ》けて見《み》てたんだ。部屋《へや》の中《なか》に、かすかだけれど妙《みょう》な臭《にお》いが漂《ただよ》ってるのに気《き》づいて、その正体《しょうたい》を探《さぐ》ってたの。途中《とちゅう》で上杉《うえすぎ》に呼《よ》ばれて防空壕《ぼうくうごう》に向《む》かったから、全部《ぜんぶ》は見《み》られなかったんだけどね。今《いま》の黒木《くろき》の話《はなし》聞《き》いてて思《おも》い当《あ》たった。あれ絶対《ぜったい》、香水《こうすい》の匂《にお》いだ。宮下《みやした》がつけていた香水《こうすい》が、運《はこ》んできた物《もの》に染《し》みついたんだ。」

じゃ今《いま》、理科《りか》準備室《じゅんびしつ》に入《はい》れば、それを見《み》つけられるね。

「今日《きょう》、もう一度《いちど》侵入《しんにゅう》しよう。早《はや》くしないと、宮下《みやした》か共犯者《きょうはんしゃ》X《エックス》が取《と》りにくるかもしれない。」

私《わたし》は、ちょっと怯《ひる》んでしまった。

だって昨日《きのう》、家《いえ》に帰《かえ》るのが遅《おそ》くなったから、今日《きょう》は絶対《ぜったい》、早《はや》く帰《かえ》らないと。

朝《あさ》、ママからも、そう言《い》われたし。

でも行《い》かないと、証拠《しょうこ》発見《はっけん》の決定的《けっていてき》瞬間《しゅんかん》を見逃《みのが》すことになる。

どうしよう!?

戸惑《とまど》う私《わたし》をよそに、翼《たすく》はさっさと議事《ぎじ》を進《すす》める。

「じゃ次《つぎ》いこう。小塚《こづか》、井戸水《いどみず》の方《ほう》は？」

小塚君《こづかくん》は、急《きゅう》に深刻《しんこく》な顔《かお》つきになった。

「水《みず》からは大腸菌《だいちょうきん》が出《で》た。腸管出血性大腸菌《ちょうかんしゅっけつせいだいちょうきん》の代表《だいひょう》といわれるO《オー》157だ。」

その名前《なまえ》は有名《ゆうめい》だったから、私《わたし》もよく知《し》っていた。

夏《なつ》になると、学校《がっこう》が出《だ》している保健《ほけん》ニュースに頻繁《ひんぱん》に載《の》るから。

「この菌《きん》は家畜《かちく》の腸《ちょう》にいて、糞便《ふんべん》で汚染《おせん》された水《みず》や食品《しょくひん》を通《つう》じて人間《にんげん》に感染《かんせん》する。感染力《かんせんりょく》が強《つよ》くて、普通《ふつう》の大腸菌《だいちょうきん》の1000倍《ばい》から10万倍《まんばい》の発症率《はっしょうりつ》だ。重症《じゅうしょう》になると、腎臓障害《じんぞうしょうがい》や脳症《のうしょう》を起《お》こすこともある。」

そう言《い》いながら小塚君《こづかくん》は、黒木君《くろきくん》に目《め》を向《む》けた。

「さっき話《はな》してた井戸《いど》に落《お》ちた男子生徒《だんしせいと》だけど、そういう症状《しょうじょう》が出《で》てるんなら、きっと溶血性尿《ようけつせいにょう》毒症症候群《どくしょうしょうこうぐん》だよ。井戸《いど》に落《お》ちた時《とき》に、O《オー》157に感染《かんせん》したんだ。」

あ、黒木君《くろきくん》の予想《よそう》した通《とお》りだ。

「溶血性尿毒症《ようけつせいにょうどくしょう》になると、血小板《けっしょうばん》の数《かず》が減少《げんしょう》するから出血《しゅっけつ》しやすくなる。その男子生徒《だんしせいと》は、交通《こうつう》事故《じこ》そのものより、それによって普通以上《ふついじょう》の大量出血《たいりょうしゅっけつ》をして、それが死《し》につながったのかもしれない。」

恐《こわ》いなぁ。

そう思《おも》いながら私《わたし》は、それらを事件《じけん》ノートに記入《きにゅう》した。

都市伝説《としでんせつ》の5、開《あ》かずの井戸《いど》の水《みず》を飲《の》むと死《し》ぬ、の真相《しんそう》は、これだったんだ。

「あの井戸《いど》の蓋《ふた》は、元通《もとどお》りに動《うご》かせなくしといたから当面《とうめん》はいいけど、問題《もんだい》は、水《みず》が汚染《おせん》された原因《げんいん》だよ。どこかから汚水《おすい》が流《なが》れこんでるんだと思《おも》う。僕《ぼく》が今朝《けさ》、歩《ある》いて調《しら》べたところでは、」

そう言《い》いながら小塚君《こづかくん》は、住宅地図《じゅうたくちず》を表示《ひょうじ》しているタブレットを手元《てもと》に引《ひ》き寄《よ》せ、1つの敷地《しきち》を指差《ゆびさ》した。

「ここが怪《あや》しい。」

それは、市立中学《しりつちゅうがく》と道《みち》を隔《へだ》てて向《む》かい合《あ》っている幼稚園《ようちえん》だった。

「この敷地内《しきちない》には浄化槽《じょうかそう》が設置《せっち》されている。浄化槽《じょうかそう》っていうのは、トイレから流《なが》れ出《で》る汚水《おすい》をきれいにするための水槽《すいそう》だよ。ここから開《あ》かずの井戸《いど》までの距離《きょり》は、直線《ちょくせん》にして約《やく》5メートルだ。もしこの浄化槽《じょうかそう》、もしくはそれにつながっている汚水《おすい》タンクから漏水《ろうすい》、つまり汚水《おすい》がもれていた場合《ばあい》、それが地中《ちちゅう》に染《し》みこんで開《あ》かずの井戸《いど》の水《みず》に混入《こんにゅう》したってことは大《おお》いにありうるし、開《あ》かずの井戸《いど》以外《いがい》の場所《ばしょ》にも及《およ》んでいる可能性《かのうせい》がある。この幼稚園《ようちえん》の敷地内《しきちない》には、今《いま》も使《つか》われている井戸《いど》があって、その水《みず》を水飲《みずの》み場《ば》に引《ひ》いてるみたいなんだ。すごく危《あぶ》ない。今《いま》まで感染者《かんせんしゃ》が出《で》なかったのが不思議《ふしぎ》なくらいだ。近辺《きんぺん》で他《ほか》にも井戸《いど》のある家《いえ》があるかもしれないし、このまま放置《ほうち》しておいたら、必《かなら》ず大量《たいりょう》の感染者《かんせんしゃ》が出《で》るよ。」

大変《たいへん》だっ！

都市伝説《としでんせつ》の5は、校内伝説《こうないでんせつ》の範疇《はんちゅう》を超《こ》え、はるかに大《おお》きな規模《きぼ》の事件《じけん》になりつつあるのだった。

「わかった。今日《きょう》はもう保健所《ほけんじょ》の窓口《まどぐち》が閉《し》まってるから、明日《あした》連絡《れんらく》しよう。じゃ次《つぎ》、黒木《くろき》、さっきの続《つづ》きだ。」

皆《みな》がいっせいに黒木君《くろきくん》に目《め》を向《む》ける。

「俺《おれ》たちの知《し》らない6つ目《め》の都市伝説《としでんせつ》、若武《わかたけ》が言《い》わなかった最後《さいご》の1つ、それは何《なに》？」

黒木君《くろきくん》は、かすかな笑《え》みを浮《う》かべた。

「若武先生《わかたけせんせい》が隠《かく》していた伝説《でんせつ》6は、」

私《わたし》たちは、コクンと息《いき》を呑《の》む。

何《なに》!?

「1年生棟《ねんせいとう》の西側《にしがわ》の渡《わた》り廊下《ろうか》で転《ころ》ぶと、一生恋人《いっしょうこいびと》ができない。」

は・・・。

私《わたし》は、一気《いっき》に気《き》が抜《ぬ》けてしまった。

もっとすごいものだと思《おも》っていたから。

上杉君《うえすぎくん》が、吐《は》き出《だ》すようにつぶやく。

「それ、超《ちょう》どーでもいい。」

確《たし》かに。

「あまりにもくだらなさすぎるから、さすがの若武先生《わかたけせんせい》も言《い》わなかったんじゃね？」

黒木君《くろきくん》は目《め》を伏《ふ》せ、静《しず》かに微笑《ほほえ》みながら口《くち》を開《ひら》く。

「上杉先生《うえすぎせんせい》にとってはどうでもいいことでも、繊細《せんさい》な乙女《おとめ》にとっては、そうじゃない。」

長《なが》い睫《まつげ》の影《かげ》を受《う》けたその目《め》の奥《おく》に、強《つよ》い光《ひかり》が潜《ひそ》んでいた。

「一生恋人《いっしょうこいびと》ができないのは、大《だい》ショックだ。ね、アーヤ、そうだろ？」

急《きゅう》に話《はなし》を振《ふ》られ、私《わたし》はマゴマゴした。

黒木君《くろきくん》が、何《なに》かを真剣《しんけん》に考《かんが》えていることはよくわかったけれど、私《わたし》も上杉君《うえすぎくん》と同《おな》じように感《かん》じていたんだ。

「ごめん、私《わたし》、繊細《せんさい》な乙女《おとめ》じゃないから、理解不能《りかいふのう》。」

黒木君《くろきくん》は、溜《た》め息《いき》をつきながら頷《うなず》く。

「じゃ話《はなし》の方向《ほうこう》を変《か》える。KZ会議《カッズかいぎ》で若武《わかたけ》の家《いえ》に行《い》った時《とき》、宮下美久《みやしたみく》が言《い》った言葉《ことば》を思《おも》い出《だ》してくれ。」

え・・・何《なん》だっけ？

「宮下美久《みやしたみく》は、若武《わかたけ》との出会《であ》いを尋《たず》ねられて、こう言《い》ったんだ、学校《がっこう》の渡《わた》り廊下《ろうか》で衝突《しょうとつ》しそうになったの。それで私《わたし》が転《ころ》んだら、臣《おみ》が手《て》を出《だ》して、起《お》こしてくれたの、って。」

あ！

「その場所《ばしょ》は、おそらく1年生棟《ねんせいとう》の西側《にしがわ》の渡《わた》り廊下《ろうか》だったんだ。で宮下美久《みやしたみく》は、一生恋人《いっしょうこいびと》ができないという不安《ふあん》にとらわれた。しかも彼女《かのじょ》は、盗作《とうさく》で皆《みな》から非難《ひなん》され、孤立《こりつ》していたんだ。そんな時《とき》に、暗《くら》い未来《みらい》を暗示《あんじ》されたら、絶望《ぜつぼう》するだろ。」

私《わたし》は、ミミーと駅《えき》ですれ違《ちが》ったことを思《おも》い出《だ》した。

ああ、だから泣《な》いていたんだ。

あれは朝《あさ》だったけれど、きっと四六時中《しろくじちゅう》、涙《なみだ》があふれてきて止《と》められない状態《じょうたい》だったのに違《ちが》いない。

「宮下美久《みやしたみく》は、たぶん若武《わかたけ》にそれを言《い》ったんだと思《おも》う。あなたのせいで、私《わたし》は一生不幸《いっしょうふこう》になったんだよって。もしかして、責任《せきにん》とってよ、とまで迫《せま》ったかもしれない。」

迫《せま》りそう・・・。

「若武《わかたけ》は、今《いま》の宮下美久《みやしたみく》を救《すく》えるのは自分《じぶん》しかないと思《おも》ったんじゃないかな。若武《わかたけ》が彼女《かのじょ》と付《つ》き合《あ》い始《はじ》めれば、一生恋人《いっしょうこいびと》ができないという校内都市伝説《こうないとしでんせつ》は否定《ひてい》できる。彼女《かのじょ》の心《こころ》の重荷《おもに》を、1つ減《へ》らせるからさ。自分《じぶん》の行動《こうどう》で伝説《でんせつ》6を否定《ひてい》するんだから、KZ《カッズ》で究明《きゅうめい》する必要《ひつよう》はないと考《かんが》えたんだよ、きっと。」

私《わたし》は、胸《むね》がキュンと痛《いた》くなった。

あの夜《よる》、若武《わかたけ》は、

「やらなけりゃならないことができたんだ。」

そう言《い》った。

それで、あんな思《おも》いつめた顔《かお》をしていたんだって、その時《とき》になってようやくわかった。

本気《ほんき》で、ミミーを救《すく》うつもりだったんだ。

「KZ《カッズ》のリーダーを辞任《じにん》するのは、本人《ほんにん》にとって血《ち》を吐《は》く思《おも》いだったと思《おも》うよ。だけど自分《じぶん》のことより、ミミーの救済《きゅうさい》を優先《ゆうせん》させたんだ。」

ああ若武《わかたけ》は、なんていい奴《やつ》なんだろう。

確《たし》か、「初恋《はつこい》は知《し》っている」の中《なか》でも、そうだったよね。

胸《むね》を打《う》たれている私《わたし》の前《まえ》で、黒木君《くろきくん》は目《め》を上《あ》げ、私《わたし》たちを見回《みまわ》した。

「若武《わかたけ》は、自分《じぶん》が期待《きたい》されているとわかると、どんなに損《そん》な役回《やくまわ》りでも引《ひ》き受《う》ける奴《やつ》なんだ。俺《おれ》は、自分《じぶん》の友《とも》だちが、そういう無私《むし》な人間《にんげん》であることを誇《ほこ》りに思《おも》うよ。」

私《わたし》も！

「ただ善意《ぜんい》にあふれているってだけじゃない。不屈《ふくつ》の強《つよ》さで人間《にんげん》を信《しん》じ、自分《じぶん》の未来《みらい》を信《しん》じているんだ。だから他人《たにん》のために犠牲《ぎせい》を払《はら》ったり、尽《つ》くしたりできるんだよ。」

私《わたし》たちは口《くち》をつぐみ、この場《ば》にいない若武《わかたけ》に思《おも》いを馳《は》せた。

目立《めだ》ちたがりで時々《ときどき》は厄介《やっかい》だけれど、やっぱり何《なに》にも代《か》えがたいリーダーである若武《わかたけ》に、尊敬《そんけい》と愛情《あいじょう》を捧《ささ》げながら。

休《やす》み時間終了《じかんしゅうりょう》のチャイムが流《なが》れ始《はじ》める。

翼《たすく》が、いつになく重々《おもおも》しい声《こえ》で言《い》った。

「整理《せいり》する。都市伝説《としでんせつ》の5、開《あ》かずの井戸《いど》の水《みず》を飲《の》むと死《し》ぬ、については、科学的根拠《エビデンス》を摑《つか》むことができた。小塚《こづか》、ありがとう。これで5つの伝説《でんせつ》のうち、4つまでの真相《しんそう》がはっきりしたことになる。残《のこ》っているのはただ1つ、伝説《でんせつ》4だけだ。」

ん、それも、あと一歩《いっぽ》だよ。

「今日《きょう》、市立中《しりつちゅう》の理科準備室《りかじゅんびしつ》に行《い》き、宮下《みやした》が持《も》ちこんだ物《もの》を確《たし》かめる。それで伝説《でんせつ》4のすべてが明《あき》らかになるはずだ。」

ついにKZ《カッズ》は、全部《ぜんぶ》の校内都市伝説《こうないとしでんせつ》の解明《かいめい》をやり遂《と》げるんだね、すごい！

「今度《こんど》の行動《こうどう》だが、明日《あした》は早々《そうそう》に、開《あ》かずの井戸《いど》の水《みず》を保健所《ほけんじょ》に届《とど》ける。これは、データを持《も》っている小塚《こづか》に一任《いちにん》したい。伝説《でんせつ》3の、なりすまし医師《いし》についても、警察《けいさつ》、あるいは梅津《うめづ》クリニックに連絡《れんらく》しよう。こっちは画像《がぞう》を撮《と》った上杉《うえすぎ》に任《まか》せる。もし今日《きょう》、理科準備室《りかじゅんびしつ》で犯罪《はんざい》に関係《かんけい》した物《もの》が発見《はっけん》されれば、それは警察《けいさつ》だ。いずれにしても、今夜中《こんやじゅう》にすべてが終了《しゅうりょう》することになる。

アーヤは全部《ぜんぶ》の記録《きろく》をまとめて、市立中《しりつちゅう》もしくは市立中生徒会《しりつちゅうせいとかい》に提出《ていしゅつ》できるようにすること。」

そう言《い》って翼《たすく》は、自信《じしん》に満《み》ちた微笑《びしょう》を浮《う》かべた。

「諸君《しょくん》の、最後《さいご》の奮闘努力《ふんとうどりょく》を期待《きたい》する。秀明《しゅうめい》が終《お》わったら、市立中校門前《しりつちゅうこうもんまえ》に集合《しゅうごう》のこと。では、いったん解散《かいさん》！」

26　共犯者《きょうはんしゃ》の正体《しょうたい》

私《わたし》は、真剣《しんけん》に悩《なや》んだ。

今夜《こんや》、皆《みんな》と一緒《いっしょ》に活動《かつどう》するのは、私《わたし》にとってすごく難《むずか》しいことだった。

でも調査《ちょうさ》は、最終局面《さいしゅうきょくめん》を迎《むか》えている。

これまで頑張《がんば》ってきたのに、ここで抜《ぬ》けるのは、あまりにもくやしかった。

何《なん》とかならないだろうか。

授業中《じゅぎょうちゅう》、ほとんどそのことを考《かんが》えていたんだ。

でも、いい方法《ほうほう》は見《み》つからず、私《わたし》には、ママに怒《おこ》られるのを覚悟《かくご》で市立中《しりつちゅう》に行《い》くか、それともママに言《い》われた通《とお》りに家《いえ》に帰《かえ》って証拠発見《しょうこはっけん》の決定的瞬間《けっていてきしゅんかん》を見逃《みのが》すか、どちらかの道《みち》しかなかった。

ああ私《わたし》、なんで女子《じょし》に生《う》まれたんだろう。

皆《みんな》と同《おな》じ男子《だんし》だったら、ママだって、今《いま》みたいにうるさく言《い》わないに決《き》まってるのに。

もし生《う》まれ変《か》わることができたら、絶対《ぜったい》、男子《だんし》だ。

嘆《なげ》きながら、なお迷《まよ》っていると、意外《いがい》にも神様《かみさま》が幸運《こううん》の杖《つえ》を振《ふ》ってくれた。

「この教室《きょうしつ》の最終授業《さいしゅうじゅぎょう》ですが、担当講師《たんとうこうし》が急《きゅう》な出張《しゅっちょう》のため、休講《きゅうこう》とします。」

おお、やったっ！

私《わたし》は大急《おおいそ》ぎで秀明《しゅうめい》を飛《と》び出《だ》し、市立中《しりつちゅう》に向《む》かった。

自分《じぶん》だけ早《はや》くても、皆《みな》がいなかったら動《うご》きようがない。

心配《しんぱい》しながら校門前《こうもんまえ》に行《い》ってみると、なんとそこにはもう全員《ぜんいん》が来《き》ていた。

「早《はや》いね。」

そう言《い》うと、小塚君《こづかくん》がサラッと答《こた》えた。

「ん、僕《ぼく》も上杉《うえすぎ》も黒木《くろき》もテストだったから。誰《だれ》が一番早《いちばんはや》く答案《とうあん》を仕上《しあ》げて教室《きょうしつ》を出《で》られるか競争《きょうそう》したんだ。必死《ひっし》だったよ。」

ニッコリされて、私《わたし》は顔《かお》が引《ひ》きつってしまった。

だって私《わたし》だったら、いくら全問《ぜんもん》の解答《かいとう》を書《か》き終《お》えても、終了時間前《しゅうりょうじかんまえ》に出《で》てくるなんて絶対《ぜったい》できない。

時間《じかん》いっぱい見直《みなお》して、ミスをチェックしないと、不安《ふあん》だもの。

「美門《みかど》は、HS《ハッズ》の練習試合《れんしゅうじあい》が早《はや》く終《お》わったみたい。塾《じゅく》のない七鬼《ななき》は一番初《いちばんはじ》めに来《き》て、ずっと待《ま》ってたらしいよ。」

忍《しのぶ》が溜《た》め息《いき》をつきながら、手《て》に持《も》っていたゲーム機《き》をポケットに入《い》れた。

「俺《おれ》も、秀明《しゅうめい》かハイスペックに入《はい》ろうかな。でないと、ペース全然《ぜんぜん》合《あ》わないし。」

そこに近藤《こんどう》さんが出《で》てきて、私《わたし》たちを校内《こうない》に入《い》れてくれたんだ。

「じゃ体育館《たいいくかん》にいるから、何《なに》かあったら声《こえ》かけて。」

近藤《こんどう》さんと別《わか》れて、私《わたし》たちは理科準備室《りかじゅんびしつ》に驀地《まっしぐら》。

そのドアを開《あ》けて、中《なか》に入《はい》った。

「とにかく標本棚《ひょうほんだな》を全部《ぜんぶ》、開《あ》けて見《み》てみよう。」

翼《たすく》の提案《ていあん》で、私《わたし》たちは並《なら》んでいる標本棚《ひょうほんだな》の戸《と》を片《かた》っ端《ぱし》から開《あ》け、中《なか》を点検《てんけん》した。

「横《よこ》91センチ前後《ぜんご》、縦《たて》3センチ前後《ぜんご》の長方形《ちょうほうけい》の底面《ていめん》を持《も》つ物《もの》だ。」

でもそんな物《もの》は、どこにもなかった。

棚《たな》の裏《うら》ものぞいたし、置《お》かれているパネルや、積《つ》み上《あ》げられていた動物《どうぶつ》の剥製《はくせい》も1つ1つ持《も》ち上《あ》げて、その下《した》を確認《かくにん》したけれど、まったく見《み》つからない。

はて、宮下正明《みやしたまさあき》が持《も》ちこんだ謎《なぞ》の物体《ぶったい》は、どこに？

「やっぱ美門《みかど》、おまえの鼻《はな》の出番《でばん》じゃね？」

上杉君《うえすぎくん》の言葉《ことば》に、翼《たすく》はマスクを取《と》った。

「じゃ、やってみる。」

そう言《い》いながら大《おお》きく息《いき》を吸《す》いこむ。

私《わたし》たちは、翼《たすく》の集中《しゅうちゅう》を妨《さまた》げないように、息《いき》を潜《ひそ》めた。

あちらこちらと歩《ある》き回《まわ》ったり、戻《もど》ったり、上《うえ》を向《む》いたり下《した》を向《む》いたりしていて、やがて翼《たすく》は片《かた》手《て》を上《あ》げ、親指《おやゆび》で天井《てんじょう》を指《さ》す。

「どうも、あそこみたい。」

翼《たすく》の指先《ゆびさき》は、天井裏《てんじょううら》に出入《でい》りするための開口部《かいこうぶ》を示《しめ》していた。

「面倒《めんどう》なとこに隠《かく》しやがったな。」

舌打《したう》ちした上杉君《うえすぎくん》の肩《かた》を、黒木君《くろきくん》がなだめるように叩《たた》く。

「標本棚《ひょうほんだな》の背《せ》の低《ひく》いのを、あの下《した》に持《も》ってけばいい。それに乗《の》れば、充分届《じゅうぶんとど》くよ。」

それを聞《き》いた忍《しのぶ》が、1人《ひとり》で標本棚《ひょうほんだな》を動《うご》かし始《はじ》める。

私《わたし》が目《め》を見張《みは》っていると、何《なん》でもないと言《い》ったように肩《かた》をすくめた。

「ここの標本棚《ひょうほんだな》って全部《ぜんぶ》、下《した》にキャスターがついてる。ストッパーを外《はず》せば、スルッと動《うご》くんだ。立花《たちばな》にもできるよ。やってごらん。」

それで私《わたし》がちょっと押《お》すと、標本棚《ひょうほんだな》はすっと動《うご》いた。

あ、楽々《らくらく》。

そう思《おも》ったとたん、上杉君《うえすぎくん》が絶叫《ぜっきょう》した。

「バカ立花《たちばな》っ！」

標本棚《ひょうほんだな》のキャスターしか見《み》ていなかった私《わたし》は気《き》づかなかったんだけれど、実《じつ》はその時《とき》、標本棚《ひょうほんだな》の向《む》こう側《がわ》で、上杉君《うえすぎくん》が上《うえ》に乗《の》ろうとして足《あし》をかけていたんだ。

その足《あし》の下《した》から棚《たな》が動《うご》いていってしまったので、上杉君《うえすぎくん》の足《あし》はそのまま落下《らっか》し、床《ゆか》に激突《げきとつ》、股《こ》関節脱臼《かんせつだっきゅう》をしそうなほどのショックを本人《ほんにん》に与《あた》えたらしい。

ものすごい目《め》でにらまれてしまった、ごめん・・・。

私《わたし》と上杉君《うえすぎくん》がゴタゴタしている間《あいだ》に、翼《たすく》がさっさと標本棚《ひょうほんだな》を元《もと》に戻《もど》し、上《うえ》に飛《と》び乗《の》った。

手《て》を伸《の》ばして天井《てんじょう》の出入《でい》り口《ぐち》を開《あ》けると、その奥《おく》を探《さぐ》る。

「たぶん、これだ。」

そう言《い》いながら何《なに》かを引《ひ》きずり出《だ》した。

それは・・・唐草模様《からくさもよう》の緑《みどり》の風呂敷《ふろしき》に包《つつ》まれた大《おお》きな、平《ひら》たい物《もの》。

横《よこ》91センチ前後《ぜんご》、縦《たて》3センチ前後《ぜんご》の長方形《ちょうほうけい》の底面《ていめん》を持《も》つという手《て》がかりで探《さが》していたんだけれど、確《たし》かにそれにピッタリの、一見《いっけん》してパネルのようなものだった。

それを摑《つか》んで、翼《たすく》は標本棚《ひょうほんだな》から飛《と》び降《お》りてくる。

「なんだ、それ。」

忍《しのぶ》の声《こえ》に答《こた》えて、上杉君《うえすぎくん》が脇《わき》から手《て》を出《だ》し、包《つつ》んでいた風呂敷《ふろしき》の結《むす》び目《め》を解《と》いた。

出《で》てきたのは・・・絵《え》。

その裏《うら》から、小《ちい》さなUSB《ユーエスビー》メモリーが転《ころ》がり落《お》ちた。

黒木君《くろきくん》が拾《ひろ》い上《あ》げる。

「完璧《かんぺき》ガードのスマホ持《も》ってるの、誰《だれ》？」

忍《しのぶ》が片手《かたて》を上《あ》げ、黒木君《くろきくん》からUSB《ユーエスビー》を受《う》け取《と》って、ケーブルで自分《じぶん》のスマホにつなげた。

「ちょっと時間《じかん》かかるから。」

そう言《い》って作業《さぎょう》を始《はじ》める。

私《わたし》は、翼《たすく》が持《も》っている絵《え》に目《め》を向《む》けた。

それは木枠《きわく》に張《は》った布《ぬの》に、油絵《あぶらえ》の具《ぐ》で描《えが》かれた絵《え》だった。

描《えが》かれていたものは、人物《じんぶつ》とか風景《ふうけい》ではなく、シャツの前身頃《まえみごろ》。

チェックで、カラーボタンが付《つ》いている。

その色《いろ》が、1個《こ》1個《こ》全部《ぜんぶ》違《ちが》うんだ。

それを留《と》めている糸《いと》も、1本《ぽん》1本《ぽん》が細《こま》かく描《えが》かれていて、すごくリアル。

全体《ぜんたい》の色彩《しきさい》がきれいで、透明感《とうめいかん》があって素敵《すてき》だったけれど、シャツだけアップで描《えが》いた絵《え》って初《はじ》めて見《み》た。

「これ、ダリだ！」

絵《え》の隅《すみ》に目《め》を走《はし》らせた翼《たすく》が言《い》った。

「サルバドール・ダリって署名《しょめい》が入《はい》ってる。」

私《わたし》がキョトンとしていると、小塚君《こづかくん》が教《おし》えてくれた。

「シュールレアリスムの代表的画家《だいひょうてきがか》だよ。」

え、そうなの。

「有名《ゆうめい》なのは、『記憶《きおく》の固執《こしゅう》』って絵《え》。美術《びじゅつ》の教科書《きょうかしょ》にもよく載《の》ってる、曲《ま》がった時計《とけい》の絵《え》だよ。」

ああ、それなら知《し》ってる。

へえ、シュールだから、シャツでもありってことなのかな。

スマホの作業《さぎょう》を終《お》えた忍《しのぶ》が、その絵《え》を取《と》り上《あ》げ、蛍光灯《けいこうとう》の光《ひかり》に翳《かざ》す。

「ん、透明感《とうめいかん》のあるこの青《あお》は、ダリ独特《どくとく》だ。たぶん本物《ほんもの》。」

上杉君《うえすぎくん》が目《め》を見張《みは》った。

「そんじゃ何億《なんおく》もするぜ。」

それで私《わたし》には、ようやくその価値《かち》がわかったのだった。

何億《なんおく》って、すごい！

「やっと読《よ》めたね。」

黒木君《くろきくん》が、不敵《ふてき》な感《かん》じのする笑《え》みを浮《う》かべる。

「宮下正明《みやしたまさあき》は、会社《かいしゃ》がうまくいっていた時期《じき》に、この絵《え》を購入《こうにゅう》した。あの家《いえ》もだ。その時《とき》に、地《ち》下《か》に防空壕《ぼうくうごう》があって今《いま》は塞《ふさ》いである物件《ぶっけん》だってことを聞《き》いたんだろうな。その後《ご》、逮捕《たいほ》が目前《もくぜん》に迫《せま》る。家宅捜索《かたくそうさく》が行《おこな》われれば、この絵《え》も押収《おうしゅう》される可能性《かのうせい》があるし、民事訴訟《みんじそしょう》を起《お》こされれば、家《いえ》や土地《とち》と一緒《いっしょ》に差《さ》し押《お》さえられる。どこかに隠《かく》さねばと思《おも》った時《とき》、頭《あたま》に浮《う》かんだのが防空壕《ぼうくうごう》だった。階段《かいだん》のコンクリートを壊《こわ》して中《なか》に入《はい》ってみて、唯一《ただひと》つだけ塞《ふさ》がれていない出口《でぐち》を見《み》つける。その上《うえ》がもう使《つか》われていない理科準備室《りかじゅんびしつ》だと知《し》って、そこに隠《かく》そうと思《おも》い立《た》ったんだろう。絵《え》を運《はこ》び、すべての作業《さぎょう》を終《お》わってから、また元通《もとどお》りにコンクリートで塞《ふさ》いだ。」

そうか！

「で、プラス、これ。」

忍《しのぶ》が自分《じぶん》のスマホを掲《かか》げてみせる。

「USB《ユーエスビー》に入《はい》ってたデータは、塗料《とりょう》の製法《せいほう》に関《かん》する極秘情報《ごくひじょうほう》だ。」

わっ！

「おそらく宮下《みやした》が、勤務《きんむ》していた大手塗装会社《おおてとそうがいしゃ》の企業秘密保管《きぎょうひみつほかん》サーバーにアクセスして抜《ぬ》き取《と》ったんだろ。犯罪《はんざい》の決定的証拠《けっていてきしょうこ》になるから、家宅捜索前《かたくそうさくまえ》に、絵《え》と一緒《いっしょ》にここに隠《かく》したんだ。」

よし、これで証拠《しょうこ》は摑《つか》んだ！

「美門《みかど》、何《なに》やってんの？」

小塚君《こづかくん》の声《こえ》がし、目《め》を向《む》ければ、翼《たすく》がしきりに風呂敷《ふろしき》を嗅《か》いでいた。

「やっぱり！」

そう言《い》いながら顔《かお》を上《あ》げる。

「これを受《う》け取《と》って天井裏《てんじょううら》に隠《かく》した共犯者X《きょうはんしゃエックス》の正体《しょうたい》がわかったよ。」

え、それは誰《だれ》っ!?

「宮下美久《みやしたみく》だ。この風呂敷《ふろしき》から、若武《わかたけ》の家《いえ》でもらった彼女《かのじょ》の名刺《めいし》についていた臭《にお》いと同《おな》じ臭《にお》いがする。」

おお記憶力《きおくりょく》、抜群《ばつぐん》っ！

「共犯者《きょうはんしゃ》X《エックス》は、この学校《がっこう》の関係者《かんけいしゃ》って予想《よそう》だったから、ピッタリだ。生徒《せいと》なら、ここが使《つか》われていないってことも知《し》っていただろうし。」

私《わたし》は、想像《そうぞう》してみた。

宮下正明《みやしたまさあき》が夜《よる》、家《いえ》から絵《え》を持《も》ち出《だ》し、USB《ユーエスビー》メモリーと一緒《いっしょ》に風呂敷《ふろしき》に包《つつ》んでいるところや、防空壕《ぼうくうごう》の中《なか》をこちらに向《む》かってくる様子《ようす》、ミミーがこっそりこの理科準備室《りかじゅんびしつ》に入《はい》って標本棚《ひょうほんだな》を移《い》動《どう》させ、床板《ゆかいた》を除《の》けているところなんかを。

なんだか背筋《せすじ》がゾクゾクした。

「諸君《しょくん》、」

翼《たすく》が、全員《ぜんいん》を見回《みまわ》す。

「これで、この学校《がっこう》の都市伝説《としでんせつ》はすべて解明《かいめい》された。我《わ》がKZ《カッズ》の力《ちから》だ。」

私《わたし》たちは音《おと》を立《た》てないように拍手《はくしゅ》をして、お互《たが》いの健闘《けんとう》を称《たた》え合《あ》った。

KZ《カッズ》はすごい、最高《さいこう》だっ！

「で、さ、」

上杉君《うえすぎくん》はいつも冷静《れいせい》、しれっとした顔《かお》で口《くち》を開《ひら》く。

「どうするよ、このダリ。」

それで初《はじ》めて、私《わたし》は、この後始末《あとしまつ》をしなけりゃならないってことに気《き》がついたんだ。

え・・どうしよう、これ。

「元通《もとどお》りにしておくってわけにゃいかないだろ。」

黒木君《くろきくん》が、忍《しのぶ》のスマートフォンから抜《ぬ》き取《と》ったUSB《ユーエスビー》メモリーを空中高《くうちゅうたか》く投《な》げ上《あ》げ、落《お》ちてくるところを素早《すばや》く摑《つか》み取《と》った。

「宮下正明《みやしたまさあき》は、この絵《え》を持《も》っていることをごまかして自己破産《じこはさん》の申請《しんせい》をしたんだ。これは犯罪《はんざい》。しかも証拠不十分《しょうこふじゅうぶん》で釈放《しゃくほう》されたけど、ここに証拠《しょうこ》が出《で》てきてる。」

じゃ絵《え》とUSB《ユーエスビー》メモリーは、警察《けいさつ》に届《とど》け出《で》なくっちゃ。

「あのさぁ、」

忍《しのぶ》が、菫色《すみれいろ》の2つの目《め》に真摯《しんし》な光《ひかり》をきらめかせる。

「都市伝説《としでんせつ》が解明《かいめい》されたのはいいけど、俺《おれ》たちの問題《もんだい》はちっとも解決《かいけつ》してないってこと、皆《みんな》、忘《わす》れてるっしょ。」

えっ!?

「若武《わかたけ》だよ。あいつを復帰《ふっき》させるんだろ。当面《とうめん》、都市伝説《としでんせつ》の解明《かいめい》を、ってことで動《うご》いてきたけど、このままじゃ、あいつ、戻《もど》ってこねーぜ。」

そうだった・・・。

上杉君《うえすぎくん》が、小塚君《こづかくん》と顔《かお》を見合《みあ》わせる。

「あの女《おんな》がいる限《かぎ》り、無理《むり》じゃね？」

「残念《ざんねん》ながら、そうだと思《おも》う。」

確《たし》かに、そうかもしれなかった。

でも、このまま若武《わかたけ》を諦《あきら》めることは、絶対《ぜったい》できないよ。

何《なん》とかしなくっちゃ！

「どうすれば若武《わかたけ》を復帰《ふっき》させられるか、皆《みんな》で真剣《しんけん》に考《かんが》えよう！」

私《わたし》がそう言《い》うと、黒木君《くろきくん》が眉《まゆ》を上《あ》げた。

「方法《ほうほう》は、1つしかないね。」

え？

「若武《わかたけ》は宮下美久《みやしたみく》を救《すく》うつもりでいるから、何《なに》があっても彼女《かのじょ》を見捨《みす》てないし、彼女《かのじょ》が嫌《いや》がっている以上《いじょう》、KZ《カッズ》にも戻《もど》らない。つまり若武《わかたけ》は動《うご》かないってこと。この事態《じたい》を変《か》えるには、宮下美《みやしたみ》久《く》を動《うご》かすしかないんだ。若武《わかたけ》をKZ《カッズ》に引《ひ》き戻《もど》すただ1つの方法《ほうほう》、それは宮下美久《みやしたみく》が自主的《じしゅてき》に若《わか》武《たけ》から離《はな》れるように仕向《しむ》けること、つまり宮下《みやした》に若武《わかたけ》を振《フ》らせることだ。それ以外《いがい》にない。」

そんなこと・・・できっこないよ。

だってミミーは、あんなに若武《わかたけ》ベッタリなんだもの。

絶対《ぜったい》、別《わか》れないと思《おも》う。

「じゃ、」

翼《たすく》が、その目《め》に悪戯《いたずら》っぽい光《ひかり》を浮《う》かべた。

「脅《おど》すってのは、どう？」

うっ！

「若武《わかたけ》と別《わか》れるなら、この絵《え》を返《かえ》すけど、そうでなければ警察《けいさつ》に持《も》っていくって。この際《さい》、US《ユーエス》B《ビー》には触《ふ》れないでさ。」

翼《たすく》は結構《けっこう》、悪《ワル》っ！

「いいね、それでいこう。」

え？

「それよりないだろうな。」

ええっ!?

「警察《けいさつ》に届《とど》けるより、有効《ゆうこう》に使《つか》う方《ほう》が賢《かしこ》い。」

「警察《けいさつ》には、今《いま》までいい印象《いんしょう》ないもんね。」

こいつら全員《ぜんいん》、相当《そうとう》、悪《ワル》だっ！

「アーヤ、目《め》を剥《む》いてないで、宮下美久《みやしたみく》を呼《よ》び出《だ》しなよ。」

えええっ!?

「俺《おれ》たちが皆《みんな》で彼女《かのじょ》を取《と》り囲《かこ》んだら、向《む》こうも用心《ようじん》するだろ。」

「ん、女同士《おんなどうし》、1対《たい》1で交渉《こうしょう》する方《ほう》がいいよ。」

げっ！

「頑張《がんば》ってね。」

「皆《みんな》で見守《みまも》ってるからさ。」

つまり・・・私《わたし》が1人《ひとり》で、ミミーを脅《おど》すってことぉっ!?

「そんなぁ、無理《むり》だよ。」

必死《ひっし》で抵抗《ていこう》する私《わたし》を、皆《みな》がいっせいににらんだ。

「若武《わかたけ》が戻《もど》ってこなくてもいいのか!?」

う・・・。

「これ以上《いじょう》ここにいて見《み》つかるとマズい。引《ひ》き上《あ》げようぜ。立花《たちばな》、宮下《みやした》は校門前《こうもんまえ》に呼《よ》び出《だ》せ。」

うう・・・。

「じゃ移動《いどう》しよう。ほらアーヤ、さっさとおいで。」

ううう・・・。

27 決死《けっし》の対決《たいけつ》、女《おんな》対《バーサス》女《おんな》

人《ひと》を脅《おど》すなんて、私《わたし》には、とてもできない。

まず頼《たの》んでみよう、若武《わかたけ》と別《わか》れてくれって。

でも、あのミミーが、そんなに簡単《かんたん》に聞《き》き入《い》れてくれるだろうか。

撥《は》ねつけられたら、どうすればいいんだろう。

あれこれと悩《なや》みながら歩《ある》いて、私《わたし》は校門《こうもん》に着《つ》くまでに、すっかり胃《い》が痛《いた》くなってしまった。


「アーヤ、」

校門前《こうもんまえ》で翼《たすく》が足《あし》を止《と》め、こちらを見《み》る。

「ここは、アーヤだけが頼《たよ》りだよ。」

皆《みな》が頷《うなず》いた。

「若武《わかたけ》の家《いえ》でのことがあるから、俺《おれ》たちを見《み》たら、宮下美久《みやしたみく》は態度《たいど》を硬化《こうか》させるに決《き》まってる。」

それは・・・そうかもしれなかった。

「小塚《こづか》だけは、あの時《とき》、彼女《かのじょ》を攻撃《こうげき》しなかったから大丈夫《だいじょうぶ》だと思《おも》うけど、アーヤと小塚《こづか》が2人《ふたり》で待《ま》ち構《かま》えているって雰囲気《ふんいき》は、いかにも企《たくら》んでいるようでマズい。」

企《たくら》んでるけど・・・。

「女《おんな》の子《こ》1人《ひとり》の方《ほう》が彼女《かのじょ》も安心《あんしん》するし、話《はなし》に乗《の》りやすいはずだ。ソフトに脅《おど》しをかけろ。」

できそうもないよぉ・・・。

「全権《ぜんけん》を委任《いにん》する。」

え?

「宮下美久《みやしたみく》との話《はな》し合《あ》いで、もし困《こま》ったら、どんな条件《じょうけん》を出《だ》してもいい。その責任《せきにん》は、俺《おれ》とKZ《カッズ》メンバー全員《ぜんいん》で取《と》る!」

毅然《きぜん》とした言《い》い方《かた》に、私《わたし》はちょっと感激《かんげき》した。

すぐさま皆《みな》が同意《どうい》の声《こえ》を上《あ》げたから、それを聞《き》いていっそう胸《むね》が熱《あつ》くなった。

ああ私《わたし》の後《うし》ろには、いつも皆《みんな》が付《つ》いていてくれるんだ。

そう感《かん》じて、力《ちから》が湧《わ》いてきた。

「とにかく宮下《みやした》の支配下《しはいか》から、若武《わかたけ》を引《ひ》きずり出《だ》すんだ。KZ《カッズ》に連《つ》れ戻《もど》せ!」

よし、頑張《がんば》るぞ!

「いいことを教《おし》えよう。」

そう言《い》ったのは、黒木君《くろきくん》だった。

「交渉事《こうしょうごと》は、痛《いた》み分《わ》けにするのが成功《せいこう》の秘訣《ひけつ》だ。」

え・・・痛《いた》み分《わ》けって、引《ひ》き分《わ》けのことだよね。

「1人《ひとり》勝《が》ちしようと思《おも》わないこと。向《む》こうの望《のぞ》みも考《かんが》えに入《い》れて、ある程度《ていど》は譲《ゆず》らないと、話《はなし》ってまとまらないものなんだ。」

新鮮《しんせん》な空気《くうき》が、胸《むね》に流《なが》れこんできたような気《き》がした。

今《いま》までそんなふうに考《かんが》えてみたことがなかったから。

「ほら、」

翼《たすく》がスマートフォンにミミーの電話番号《でんわばんごう》を打《う》ちこみ、発信中《はっしんちゅう》にして、こちらに差《さ》し出《だ》す。

「出《で》て。」

それを耳《みみ》に当《あ》てたとたん、ミミーの不愉快《ふゆかい》そうな声《こえ》がした。

「うっせーな。誰《だれ》だよ。」

今《いま》にも切《き》ってしまいそうだったので、私《わたし》は急《いそ》いで言《い》った。

「立花彩《たちばなあや》です。あなたが理科準備室《りかじゅんびしつ》に隠《かく》した物《もの》のことで、話《はなし》があるの。」

息《いき》を呑《の》む気配《けはい》が伝《つた》わってくる。

「校門前《こうもんまえ》で待《ま》ってるから、今《いま》すぐ来《き》て。」

翼《たすく》たちは門《もん》の後《うし》ろに隠《かく》れ、私1人《わたしひとり》が、そこでミミーの到着《とうちゃく》を待《ま》ち受《う》けた。

＊

「あんたさぁ、」

駆《か》けつけてきたミミーは、肩《かた》で大《おお》きな息《いき》を繰《く》り返《かえ》しながら私《わたし》をにらんだ。

「何《なん》のつもりよ。私《わたし》を脅《おど》す気《き》？」

う・・・実《じつ》はそうなんだけどね、できそうもないんだ。

「無駄《むだ》だよ。私《わたし》は、あの包《つつ》みの中身《なかみ》も知《し》らないし、ただ父《ちち》に無理矢理《むりやり》、手伝《てつだ》わされただけだから。そういうのって犯罪《はんざい》にならないって母《はは》が言《い》ってたもん。もしこのことで警察《けいさつ》に何《なに》か聞《き》かれたら、本当《ほんとう》のことを話《はな》すだけでいいって。本当《ほんとう》のことって、父《ちち》に逆《さか》らうとひどく殴《なぐ》られたり、蹴《け》られたりするってことだよ。」

そうだったんだ。

驚《おどろ》きながら私《わたし》は、とても同情《どうじょう》してミミーを見《み》つめた。

親《おや》から暴力《ぼうりょく》を振《ふ》るわれたら、心《こころ》がズタズタになるよね。

なんてかわいそうなんだろう。

そんな家庭《かてい》にいるミミーにとって、若武《わかたけ》との付《つ》き合《あ》いは、きっと心《こころ》の慰《なぐさ》めなんだ。

それなのに別《わか》れてくれなんて・・・私《わたし》、言《い》えない。

「だから、あんたは私《わたし》を脅《おど》せないんだよ！」

翼《たすく》か黒木君《くろきくん》だったら、こういう場合《ばあい》でも、うまく話《はなし》を運《はこ》ぶことができるんだろう。

けれど、私《わたし》にはとても無理《むり》だった。

自分《じぶん》にできるやり方《かた》で頑張《がんば》るしかない。

そう覚悟《かくご》を決《き》めて、私《わたし》は言《い》った。

「あの、お願《ねが》いがあるの。」

ミミーの目《め》の中《なか》には、不安《ふあん》がチラチラと揺《ゆ》れていた。

何《なに》を言《い》われるのか、心配《しんぱい》でならないのだろう。

「若武《わかたけ》がKZ《カッズ》活動《かつどう》をしたり、仲間《なかま》と連絡《れんらく》を取《と》ったりするのを認《みと》めてほしいんだ。邪魔《じゃま》しないでくれるだけでいいから。」

そう言《い》った瞬間《しゅんかん》、ミミーの不安《ふあん》は一気《いっき》に吹《ふ》き飛《と》び、代《か》わって、勝《か》ち誇《ほこ》ったような薄《うす》い笑《わら》いが浮《う》かび上《あ》がった。

「きっぱり、お断《ことわ》り。」

うう、簡潔《かんけつ》すぎる回答《かいとう》・・・。

「あんた、ＫＺ《カッズ》活動《かつどう》するとか言《い》いながら、自分《じぶん》が臣《おみ》のそばにいたいんでしょ。好《す》きなんだね。」

いえ、そういうわけじゃないんだけど。

「でも残念《ざんねん》！　絶対《ぜったい》、渡《わた》さないから。臣《おみ》が、私以外《わたしいがい》の人間《にんげん》に関《かか》わるのは許《ゆる》さない。皆《みんな》に、臣《おみ》は私《わたし》に夢中《むちゅう》なんだって思《おも》わせときたいから。それでこそ、皆《みんな》が私《わたし》の魅力《みりょく》を認《みと》めるんだもの。」

力《ちから》をこめて言《い》い張《は》るミミーに、私《わたし》は困《こま》ってしまった。

ああ、どうすればいいんだろう。

必死《ひっし》に切《き》り抜《ぬ》け方《かた》を考《かんが》えていて、黒木君《くろきくん》の言葉《ことば》を思《おも》い出《だ》す。

向《む》こうの望《のぞ》みも考《かんが》えに入《い》れて、ある程度《ていど》は譲《ゆず》らないと話《はなし》はまとまらない、確《たし》かそう言《い》っていた。

ミミーの望《のぞ》みって、何《なに》？

若武《わかたけ》と付《つ》き合《あ》い続《つづ》けること？

まず、それをきちんと確《たし》かめないと！

「あなたが、若武《わかたけ》をすごく好《す》きなのはよくわかるけど、」

私《わたし》がそう言《い》ったとたん、ミミーはせせら笑《わら》った。

「別《べつ》に好《す》きじゃない。」

えっ!?

「嫌《きら》いじゃないけど、特《とく》にタイプってわけでもない。」

私《わたし》は言葉《ことば》を失《うしな》った。

だって、あんなにアツアツなのに、なんでっ!?

絶句《ぜっく》していると、ミミーは、馬鹿《ばか》にしたような目《め》で斜《なな》めに私《わたし》を見《み》た。

「サッカーKZ《カッズ》のメンバーって皆《みんな》、超人気者《ちょうにんきもの》じゃん。中《なか》でも臣《おみ》は、ベスト5《ファイブ》に入《はい》るよ。付《つ》き合《あ》ってると目立《めだ》てるしさ。だから、私《わたし》の大事《だいじ》な駒《こま》なんだ。」

駒《こま》？

「あんたは知《し》らないでしょうけど、私《わたし》ここに転校《てんこう》してきて、全然目立《ぜんぜんめだ》てなかったんだ。普通《ふつう》に女子《じょし》の中《なか》に埋《う》もれてたわけ。それがくやしくって、見返《みかえ》してやろうと思《おも》って市《し》の文芸《ぶんげい》コンクールに応募《おうぼ》した。絶対入賞《ぜったいにゅうしょう》したくて、自分《じぶん》がいいなあと思《おも》ってた先輩《せんぱい》の小説《しょうせつ》パクったんだ。まんまと入《にゅう》賞《しょう》したけど、バレてさ、ひどいことになったんだよ。父《ちち》が起《お》こした事件《じけん》を持《も》ち出《だ》して、皮肉《ひにく》る奴《やつ》もいたし。私《わたし》、毎日《まいにち》、泣《な》いてたんだ。」

ん、それ知《し》ってるよ。

「でも臣《おみ》と付《つ》き合《あ》い始《はじ》めたら、皆《みんな》の見《み》る目《め》が変《か》わった。私《わたし》は、臣《おみ》のハートを射止《いと》めたデキる女《おんな》ってことになったんだ。それでようやく学校《がっこう》が楽《たの》しくなった。だから臣《おみ》は絶対《ぜったい》、手放《てばな》せない。」

その時《とき》、私《わたし》には、はっきりとわかった。

ミミーの本当《ほんとう》の望《のぞ》みは、若武《わかたけ》と付《つ》き合《あ》うことじゃなくて、皆《みな》に自分《じぶん》を認《みと》めてもらうことなんだ。

普通《ふつう》の女子《じょし》でいることに満足《まんぞく》できなくて、もっと価値《かち》のある人間《にんげん》だと思《おも》われたがっている。

その思《おも》いがあまりにも強《つよ》すぎるから、間違《まちが》った手段《しゅだん》に走《はし》ってしまうんだ。

私《わたし》は、そんなミミーの気持《きも》ちをじっくりと考《かんが》えていて、やがて、いいことを思《おも》いついた。

「若武《わかたけ》と付《つ》き合《あ》うのがデキる女《おんな》という評価《ひょうか》だったら、若武《わかたけ》を振《フ》ったら、もっとデキるすごい女《おんな》って思《おも》われるんじゃない？」

ミミーは一瞬《いっしゅん》、その目《め》をキラッと輝《かがや》かせた。

身《み》を乗《の》り出《だ》しそうになり、直後《ちょくご》にあわてて用心深《ようじんぶか》い顔《かお》つきになる。

「おっと危《あぶ》ない。その手《て》には乗《の》らないから。」

う・・・失敗《しっぱい》した！

そう思《おも》ったけれど、顔《かお》には出《だ》さないように頑張《がんば》った。

「でも、それ、ほんとのことでしょ。」

ミミーは、しかたなさそうに頷《うなず》く。

「まぁね、臣《おみ》みたいな有名人《ゆうめいじん》を振《ふ》るのは、マジでカッコいいよ。超《ちょう》やってみたい。だけどさ、それ、一瞬《いっしゅん》の勝利感《しょうりかん》じゃん。噂《うわさ》だって、せいぜい1週間《しゅうかん》だし。その後《あと》には、何《なに》も残《のこ》らないもん。」

私《わたし》は、まっすぐにミミーの目《め》の中《なか》をのぞきこんだ。

「後《あと》に残《のこ》るものを、プレゼントしようか？」

ミミーは、目《め》を見開《みひら》く。

私《わたし》は、人間《にんげん》を誘惑《ゆうわく》しようとしている悪魔《あくま》みたいに、こそっと言《い》った。

「KZ《カッズ》は、この学校《がっこう》の都市伝説《としでんせつ》の5、開《あ》かずの井戸《いど》の秘密《ひみつ》を突《つ》き止《と》めたんだ。あの井戸《いど》をこのままにしておくと、恐《おそ》ろしい事件《じけん》に発展《はってん》するってことをね。それで明日《あした》、保健所《ほけんじょ》にデータを持《も》っていくんだけど、大変《たいへん》な発見《はっけん》だから、世間《せけん》に知《し》れたら大騒《おおさわ》ぎになって、役所関係者《やくしょかんけいしゃ》はもちろんテレビや新聞《しんぶん》も取材《しゅざい》に来《く》ると思《おも》うし、すごく注目《ちゅうもく》を集《あつ》めるはずなんだ。それを発表《はっぴょう》する役目《やくめ》、あなたにプレゼントするよ。きっと全校生徒《ぜんこうせいと》が、事故《じこ》を未然《みぜん》に防《ふせ》いでくれたあなたに感謝《かんしゃ》するし、あなたの評価《ひょうか》はすごく上《あ》がると思《おも》う。」

ミミーの目《め》は、もう真《ま》ん丸《まる》だった。

頬《ほお》には、うれしそうな笑《え》みが浮《う》かんでいる。

皆《みな》の前《まえ》に立《た》って、賞賛《しょうさん》を浴《あ》びている自分《じぶん》を想像《そうぞう》しているのに違《ちが》いなかった。

「だから、その代《か》わりに若武《わかたけ》のKZ《カッズ》活動《かつどう》を認《みと》めてほしいんだ。どう?」

ミミーは、私《わたし》の顔《かお》をのぞきこみ返《かえ》した。

「開《あ》かずの井戸《いど》の秘密《ひみつ》は、私《わたし》が突《つ》き止《と》めたことにしてくれるんだよね? データとかも渡《わた》して、全部《ぜんぶ》きっちり説明《せつめい》してくれるんだよね!?」

私《わたし》は頷《うなず》く。

皆《みな》の許可《きょか》は取《と》っていなかったけれど、全権《ぜんけん》を委任《いにん》されたんだから、自分《じぶん》の判断《はんだん》で約束《やくそく》してもいいはずだった。

「そうだよ。」

すると、ミミーは、きっぱりとした表情《ひょうじょう》になった。

「だったら、私《わたし》、臣《おみ》と別《わか》れてもいい。」

ほんとっ!?

踏《ふ》み切《き》り方《かた》があまりにも早《はや》かったので、私《わたし》の方《ほう》がドギマギしてしまった。

「あの、そこまでしなくてもいいんだけど・・・」

ミミーは、首《くび》を横《よこ》に振《ふ》る。

「どっちみちタイプじゃなかったし、臣《おみ》が探偵《たんてい》KZ《カッズ》に復帰《ふっき》したら、やっぱ片手間《かたてま》に付《つ》き合《あ》ってるだけだって噂《うわさ》になりそうだもん。そのくらいなら、私《わたし》の方《ほう》が振《フ》って別《わか》れたらしいよって言《い》われた方《ほう》がカッコいい。テレビに出《で》たりしたら、もっとタイプの男《おとこ》が寄《よ》ってくるかもしんないしさ。」

私《わたし》は、このまま話《はなし》を決《き》めてしまおうとし、この後《ご》これが引《ひ》っくり返《かえ》らないように、問題《もんだい》になりそうなことを今《いま》ここで解決《かいけつ》して足元《あしもと》を固《かた》めておこうと考《かんが》えた。

問題《もんだい》というのは、やっぱりミミーが伝説《でんせつ》4に関《かか》わっていることだった。

「聞《き》いておきたいんだけど、このことで校内都市伝説《こうないとしでんせつ》が注目《ちゅうもく》されると、他《ほか》の伝説《でんせつ》にも皆《みな》の目《め》がいって、あなたが理科準備室《りかじゅんびしつ》で標本棚《ひょうほんだな》を動《うご》かしたことも発覚《はっかく》するかもしれない。それについては、どう考《かんが》えてる?」

ミミーは、軽《かる》く笑《わら》った。

「トボケるから、全《ぜん》っ然平気《ぜんへいき》。私《わたし》、面《つら》の皮《かわ》ハンパなく厚《あつ》いもん。」

私《わたし》は、さらに突《つ》っこんで聞《き》いてみる。

「前《まえ》に言《い》った通《とお》り、KZ《カッズ》は理科準備室《りかじゅんびしつ》であなたのお父《とう》さんに関係《かんけい》する物《もの》を発見《はっけん》したんだ。これは警察《けいさつ》に持《も》っていかざるをえないと思《おも》ってる。そしたらあなたも警察《けいさつ》に呼《よ》ばれるかもしれないけど、」

ミミーは、問題《もんだい》にもならないといったように首《くび》を横《よこ》に振《ふ》った。

「別《べつ》にいいよ。さっきも言《い》ったけど、母《はは》から、私《わたし》のしたことは犯罪《はんざい》にはならないって言《い》われてるし、それに父《ちち》のことなんか関係《かんけい》ないから。あいつ、家《いえ》を出《で》てって新《あたら》しい女《おんな》と暮《く》らしてるんだ。逮《たい》捕《ほ》でも何《なん》でもされればいい。もし本当《ほんとう》に罪《つみ》を犯《おか》してるんだったら、捕《つか》まって当然《とうぜん》だもん。」

よし大丈夫《だいじょうぶ》、いけそうだ！

「母《はは》はね、家宅捜索《かたくそうさく》された時《とき》に、父《ちち》の不正《ふせい》の証拠《しょうこ》が入《はい》っているUSB《ユーエスビー》メモリーを警察《けいさつ》に渡《わた》そうとしたんだ。罪《つみ》は償《つぐな》って、真面《まとも》な人間《にんげん》になってほしいって気《き》持《も》ちからだよ。でも父《ちち》がどこかに持《も》っていったらしくて、部屋《へや》になかったんだって。私《わたし》が理科準備室《りかじゅんびしつ》に隠《かく》したのは、すごく大《おお》きな物《もの》だったから、USB《ユーエスビー》じゃないと思《おも》うし。」

ミミーは、本当《ほんとう》に何《なに》も知《し》らなかったんだね。

「じゃ今夜《こんや》、電話《でんわ》で、臣《おみ》を振《フ》るよ。もう会《あ》わないし、LINE《ライン》もブロックする。そっちは？」

私《わたし》はしっかりとミミーを見《み》つめ、右手《みぎて》を出《だ》した。

「明日《あした》の朝《あさ》、ここでデータを渡《わた》す。あなたが保健所《ほけんじょ》に行《い》く時《とき》は、KZ《カッズ》メンバーがついていって詳《くわ》しい説明《せつめい》をするから。」

ミミーは、私《わたし》の手《て》を握《にぎ》りしめた。

「じゃ約束《やくそく》！」

私《わたし》は、皆《みな》から託《たく》された自分《じぶん》の役目《やくめ》を果《は》たせたことにほっとし、大《おお》きな息《いき》をついた。

よかった！

そう思《おも》いながら、気《き》になっていたことを聞《き》いてみる。

「あなたが使《つか》ってた意味不明《いみふめい》の言葉《ことば》、どこで覚《おぼ》えたの？」

ミミーは、ちょっと笑《わら》った。

「ネットの書《か》きこみ、とかだよ。イケてるし、かわいいっしょ？」

え・・・そうかなぁ。

「臣《おみ》と一緒《いっしょ》にいる時《とき》だけ、カッコつけて使《つか》ってたんだ。でも結構疲《けっこうつか》れるから、もうやめる。じゃね。」

手《て》を振《ふ》ってから、身《み》をひるがえして走《はし》っていった。

夜《よる》の中《なか》に消《き》えていくその姿《すがた》を見《み》つめていると、私《わたし》の肩《かた》にポンと大《おお》きな手《て》が載《の》った。

「お疲《つか》れ！」

振《ふ》り返《かえ》れば、黒木君《くろきくん》が微笑《ほほえ》んでいた。

「ミッション完遂《かんすい》、おめでとう。」

うふっ！

黒木君《くろきくん》の後《うし》ろから翼《たすく》たちも出《で》てきたけれど、皆《みな》、ひどく疲《つか》れた様子《ようす》でぐったりとし、元気《げんき》がなかった。

あら。

「見《み》てごらん、あれ。」

黒木君《くろきくん》がクスクス笑《わら》いながらポケットからペンライトを出《だ》し、皆《みな》が隠《かく》れていた校門《こうもん》の後《うし》ろの方《ほう》に向《む》ける。

そこには一位《いちい》が植《う》わっていたんだけれど、たくさんの葉《は》が千切《ちぎ》れて、下《した》の地面《じめん》が緑色《みどりいろ》になっていた。

はて？

「アーヤが話《はなし》につまったり、迷《まよ》ったりするたびに、皆《みな》がハラハラ、イライラして手《て》の届《とど》くところにある葉《は》っぱを毟《むし》り取《と》るもんだからさ、あんなになったわけ。」

私《わたし》は、その時《とき》の皆《みな》の様子《ようす》を想像《そうぞう》し、思《おも》わず笑《わら》い出《だ》してしまった。

皆《みな》は一瞬《いっしゅん》、顔《かお》を見合《みあ》わせ、直後《ちょくご》に大声《おおごえ》で叫《さけ》んだ。

「笑《わら》うなっ！」

「誰《だれ》のせいなんでしょ！」

「ひどいよ！」

ごめん、皆《みんな》、ありがとう！

28　いつものKZ《カッズ》が最高《さいこう》だ

あくる早朝《そうちょう》、データを持《も》った小塚君《こづかくん》がミミーと合流《ごうりゅう》して保健所《ほけんじょ》に行《い》った。

早《はや》くしないと被害者《ひがいしゃ》が出《で》る危険性《きけんせい》があったので、学校《がっこう》に多少遅《たしょうおく》れてもやむをえないとの判断《はんだん》で、保健所《ほけんじょ》の玄関《げんかん》で待《ま》っていてドアが開《あ》くなり飛《と》びこんだみたい。

上杉君《うえすぎくん》は、医師免許証《いしめんきょしょう》の偽造《ぎぞう》の証拠《しょうこ》を警察《けいさつ》に送《おく》ろうとして、黒木君《くろきくん》に没収《ぼっしゅう》された。

「これ、俺《おれ》と梅津医師《うめづいし》の約束《やくそく》だからね。」

翼《たすく》は、ダリの絵《え》とUSB《ユーエスビー》メモリーを、匿名《とくめい》で警察《けいさつ》に郵送《ゆうそう》した。

そして秀明《しゅうめい》の休《やす》み時間《じかん》に、全員《ぜんいん》がカフェテリアに集合《しゅうごう》したんだ。

「保健所《ほけんじょ》では、すぐ調査《ちょうさ》するって言《い》ってた。」

小塚君《こづかくん》は、いく分疲《ぶんつか》れ気味《ぎみ》だった。

「あの浄化槽《じょうかそう》は幼稚園《ようちえん》の敷地《しきち》の端《はし》にあって、そこから一番近《いちばんちか》いのは市立中《しりつちゅう》の開《あ》かずの井戸《いど》だったんだ。フェンスの外《そと》から見《み》た限《かぎ》りでは、園内《えんない》の井戸《いど》も同《おな》じくらいな距離《きょり》にあるように見《み》えたけど、実際《じっさい》はもっと離《はな》れてるらしい。それで今《いま》まで感染者《かんせんしゃ》が出《で》なかったんだろうな。でも、時間《じかん》の問題《もんだい》で危《あぶ》なかったよ。」

私《わたし》はそれらを事件《じけん》ノートに書《か》きこみ、そしてエンドマークを付《つ》けた。

その時《とき》になって、まだ事件名《じけんめい》が付《つ》いていないことに気《き》づいたんだ。

今回《こんかい》は、ほんの少《すこ》しの余裕《よゆう》もない展開《てんかい》だったからなぁ。

私《わたし》も結局《けっきょく》、上杉君《うえすぎくん》に自分《じぶん》の気持《きも》ちを伝《つた》える時間《じかん》がなかったし・・・。

でも一番大変《いちばんたいへん》だったのは、やっぱり、突然《とつぜん》リーダーにならなければならなかった翼《たすく》だよね。

ご苦労様《くろうさま》！

「事件名《じけんめい》は、『市立中学校《しりつちゅうがっこう》6つの都市伝説《としでんせつ》』で、いい？」

私《わたし》が聞《き》くと、皆《みな》が簡単《かんたん》に賛成《さんせい》した。

そういえば事件名《じけんめい》にこだわるのは、いつも私《わたし》と若武《わかたけ》だけだったんだ、皆《みんな》あまり関心《かんしん》がないんだよね。

「宮下美久《みやしたみく》は、」

黒木君《くろきくん》が、思《おも》い出《だ》すように言《い》った。

「家庭的《かていてき》に同情《どうじょう》すべき点《てん》はあるけれど、とにかく、もっと自分《じぶん》を見《み》つめないとダメだね。」

言葉《ことば》の意味《いみ》がよくわからず、私《わたし》が考《かんが》えこんでいると、翼《たすく》がそれに気《き》づいて、こちらを見《み》た。

「苦《くる》しみって、どこから生《う》まれてくるか、知《し》ってる？」

えっと、悩《なや》みから？

「自分《じぶん》がこうありたいと思《おも》っている理想《りそう》の形《かたち》と、現実《げんじつ》との差《さ》から生《う》まれるんだ。」

あ、そうか。

「苦《くる》しみから自由《じゆう》になりたかったら、その差《さ》を埋《う》めること。それには自分《じぶん》を見《み》つめ、どこが、どう理想《りそう》と違《ちが》っているのか、どうすれば近寄《ちかよ》れるのかを考《かんが》え抜《ぬ》くことだよ。」

ああミミーも、早《はや》くそれに気《き》づいてくれるといいね。

「小塚《こづか》、それ、宮下《みやした》に教《おし》えてやれば？」

上杉君《うえすぎくん》に言《い》われて、小塚君《こづかくん》は目《め》をパチパチさせた。

「なんで、僕《ぼく》が？」

忍《しのぶ》がクスッと笑《わら》う。

「一緒《いっしょ》に保健所《ほけんじょ》、行《い》ったんだろ。今後《こんご》も、そのことでいろいろと接触《せっしょく》の機会《きかい》があるだろうからさ。おまえが適任《てきにん》。」

小塚君《こづかくん》は、すごく困《こま》ったような顔《かお》になった。

「あのねえ、僕《ぼく》はね、それですごく疲《つか》れ、」

その声《こえ》に重《かさ》ねるように、テーブルの後《うし》ろで大《おお》きな声《こえ》が上《あ》がった。

「諸君《しょくん》、」

びっくりして振《ふ》り返《かえ》ると、そこに若武《わかたけ》が立《た》っていたんだ。

「急《きゅう》なことだが、俺《おれ》はKZ《カッズ》に復帰《ふっき》する。」

私《わたし》たちは、顔《かお》を見合《みあ》わせた。

上杉君《うえすぎくん》が、無表情《むひょうじょう》のまま口《くち》を開《ひら》く。

「なんで?」

若武《わかたけ》は、そばにあった椅子《いす》を引《ひ》きずり寄《よ》せ、そこに腰《こし》を下《お》ろしながらテーブルに両腕《りょううで》を突《つ》いた。

「俺《おれ》、振《フ》られたんだ。」

そう言《い》いながらガックリとテーブルに突《つ》っ伏《ぷ》し、頭《あたま》を抱《かか》える。

「いきなりだ。訳《わけ》がわからん。」

忍《しのぶ》と黒木君《くろきくん》が肩《かた》を震《ふる》わせ、声《こえ》を殺《ころ》して笑《わら》い出《だ》した。

「理由聞《りゆうき》こうと思《おも》ったら、LINE《ライン》、ブロックされてるし、電話出《でんわで》ねーし。俺《おれ》のどこが悪《わる》かったっていうんだ。一生懸命《いっしょうけんめい》やってたんだぞ。」

翼《たすく》も上杉君《うえすぎくん》も、噴《ふ》き出《だ》したいのを必死《ひっし》でこらえている。

私《わたし》も、だった。

ただ小塚君《こづかくん》だけが、若干《じゃっかん》、同情気味《どうじょうぎみ》だったけれど、それでもやっぱり目《め》が笑《わら》っていた。

「でも振《ふ》られたのは、確《たし》かだ。で、KZ《カッズ》に戻《もど》りたいって思《おも》ってんだけど、おまえら、どう？　入《い》れてくれる？」

若武《わかたけ》は顔《かお》を上《あ》げ、皆《みな》を見回《みまわ》して一瞬《いっしゅん》、ポカン。

「何《なん》だ、その顔《かお》。」

私《わたし》たちはもう我慢《がまん》しきれなくなって、どっと笑《わら》い出《だ》した。

若武《わかたけ》はキョトンとしていたけれど、やがて突《つ》っ立《た》って叫《さけ》んだ。

「おまえら、何《なに》か企《たくら》みやがったなっ！」

ご名答《めいとう》！

でも若武《わかたけ》とKZ《カッズ》のためだったんだよ。

「若武先生《わかたけせんせい》、落《お》ち着《つ》いて。」

黒木君《くろきくん》が若武《わかたけ》の肩《かた》を抱《だ》いてなだめ、椅子《いす》を勧《すす》める。

若武《わかたけ》は不承不承《ふしょうぶしょう》、腰《こし》を下《お》ろし、私《わたし》たちを見回《みまわ》した。

「ところで校内都市伝説《こうないとしでんせつ》の方《ほう》は、どうなってる？」

私《わたし》は、事件《じけん》ノートに視線《しせん》を落《お》とした。

「ちゃんと真相《しんそう》を究明《きゅうめい》して、Ｆｉｎ《フィン》、終了《しゅうりょう》したよ。」

若武《わかたけ》は身《み》を乗《の》り出《だ》す。

「テレビや新聞《しんぶん》が喜《よろこ》びそうな、俺《おれ》たちＫＺ《カッズ》が脚光《きゃっこう》を浴《あ》びられるような、すっごい事件《じけん》が混《ま》じってなかったか？」

ああ、いつものパターンだ。

そう思《おも》いながら私《わたし》は、それを懐《なつ》かしく思《おも》った。

だってＫＺ《カッズ》は、発足当時《ほっそくとうじ》からずうっとこうだったんだもの。

上杉君《うえすぎくん》が、さりげなくつぶやく。

「あったぜ、すげぇ大事件《だいじけん》。」

若武《わかたけ》は、パッと顔《かお》を輝《かがや》かせた。

「おお、どんなのだ？」

忍《しのぶ》がニッコリする。

「なりすまし医師《いし》、証拠不十分《しょうこふじゅうぶん》だった刑事事件《けいじじけん》の決定的証拠《けっていてきしょうこ》、大量感染者《たいりょうかんせんしゃ》が出《で》る恐《おそ》れのある汚染《おせん》井戸《いど》の発見《はっけん》。」

若武《わかたけ》は、気分《きぶん》が高揚《こうよう》するのを抑《おさ》えられないといったように腰《こし》を上《あ》げかけた。

「おお、すげぇじゃん。テレビ局《きょく》に連絡《れんらく》したか？」

翼《たすく》が答《こた》える。

「警察《けいさつ》にデータ送《おく》った。今頃《いまごろ》、捜査《そうさ》が始《はじ》まってるでしょ。」

若武《わかたけ》は、しぼんでいく風船《ふうせん》みたいに情《なさ》けない顔《かお》になった。

あーあ、ちょっとかわいそうかも。

そう思《おも》っていると、力《ちから》を振《ふ》り絞《しぼ》るようにして叫《さけ》んだんだ。

「マジかっ!?　このネタを持《も》ってきたのは、俺《おれ》なんだぞ。なんで勝手《かって》にそんなことやったんだっ！」

黒木君《くろきくん》が眉《まゆ》を上《あ》げる。

「あれ、おまえ、リーダーを辞任《じにん》してKZ《カッズ》脱退《だったい》してたんじゃなかったっけ？」

グッと詰《つ》まった若武《わかたけ》に、上杉君《うえすぎくん》が追《お》い打《う》ちをかけた。

「それでさぁ、皆《みんな》で決《き》めたんだ、若武《わかたけ》が戻《もど》ってきても当分《とうぶん》リーダーにはしないし、発言《はつげん》も制限《せいげん》するって。」

若武《わかたけ》は真《ま》っ青《さお》になり、泣《な》き出《だ》しそうな声《こえ》を上《あ》げた。

「そんな、ひでぇ！　ひでぇじゃん!!」

その顔《かお》が、あまりにもおかしかったので、私《わたし》たちは笑《わら》い転《ころ》げた。

もう許《ゆる》してやってもいいかなって思《おも》えるくらい、皆《みな》で、徹底的《てっていてき》に笑《わら》ったんだ。

若武《わかたけ》はスネて横《よこ》を向《む》き、か細《ぼそ》い声《こえ》でつぶやいた。

「おまえらなぁ、覚《おぼ》えとけよ。いつか絶対《ぜったい》、仕返《しかえ》ししてやっからな。」

私《わたし》はまだ笑《わら》いが止《と》まらなかったけれど、でも心《こころ》では思《おも》っていた。

若武《わかたけ》がいて、私《わたし》たちがいて、こんな会話《かいわ》をしている、それがやっぱりKZ《カッズ》なんだって。

いつものKZ《カッズ》が、最高《さいこう》だ！

＊

その週《しゅう》の終《お》わりに、私《わたし》の家《いえ》に手紙《てがみ》が届《とど》いた。

梅津奈緒美《うめづなおみ》からだった。

開《あ》けてみると、そこには、お礼《れい》が書《か》かれていた。

とても励《はげ》まされ、そんなふうに読《よ》んでくれている人《ひと》がいるとわかって、もう一度《いちど》書《か》いてみようという気持《きも》ちになれたって。

すごくうれしかった。

「次《つぎ》を書《か》いたら送《おく》ります。目《め》を通《とお》してもらえるとうれしいな。」

そう結《むす》ばれている手紙《てがみ》を、私《わたし》は何度《なんど》も読《よ》み返《かえ》しながら、ふっと思《おも》った。

私《わたし》も、小説《しょうせつ》を書《か》いてみようかなって。

前《まえ》からずっと考《かんが》えていたのは、将来《しょうらい》は言葉《ことば》に関《かか》わる仕事《しごと》をして多《おお》くの人《ひと》とつながっていきたいってことだった。

でもそれが具体的《ぐたいてき》に何《なん》なのかは、イメージしていなかったんだ。

小説《しょうせつ》を書《か》くことは、言葉《ことば》に関《かか》わる仕事《しごと》だし、いろんな人《ひと》に読《よ》んでもらえるし、それが翻訳《ほんやく》されて様々《さまざま》な国《くに》で出版《しゅっぱん》されていけば、世界中《せかいじゅう》の人《ひと》とつながることができる。

それって、すごいな。

私《わたし》、そこを目指《めざ》してもいいかもしれない！

《完《かん》》

あとがき

皆様《みなさま》、いつも読《よ》んでくださって、ありがとう！

この事件《じけん》ノートシリーズは、ＫＺ《カッズ》、Ｇ《ジエニ》、ＫＺＤ《カッズディー》（ＫＺ《カッズ》 Ｄｅｅｐ《ディープ》 Ｆｉｌｅ《ファイル》）の３つの物語《ものがたり》に分《わ》かれて、同時《どうじ》に進行《しんこう》しています。

これらの違《ちが》いをひと言《こと》でいうと、ＫＺ《カッズ》の３年後《ねんご》の話《はなし》を扱《あつか》っているのがＧ《ジエニ》、ＫＺ《カッズ》を深《ふか》めてキャラクターの心《こころ》の深層《しんそう》を追求《ついきゅう》しているのがＫＺＤ《カッズディー》です。

本屋《ほんや》さんでは、ＫＺ《カッズ》とＧ《ジエニ》は青《あお》い鳥文庫《とりぶんこ》の棚《たな》にありますが、ＫＺＤ《カッズディー》は一般文芸書《いっぱんぶんげいしょ》のコーナーに置《お》かれています。

またこれらに共通《きょうつう》した特徴《とくちょう》は、そのつど新《あたら》しい事件《じけん》を扱《あつか》い、謎《なぞ》を解決《かいけつ》して終《お》わるので、どこからでも読《よ》めることです。

気《き》に入《い》ったタイトル、あるいはテーマの本《ほん》から読《よ》んでみてください。

ご意見《いけん》、ご感想《かんそう》など、お待《ま》ちしています。

＊

藤本《ふじもと》ひとみです。

昨年《さくねん》10月《がつ》に発刊《はっかん》されたKZD《カッズディー》の2作目《さくめ》「桜坂《さくらざか》は罪《つみ》をかかえる」への、たくさんのお手紙《てがみ》、ありがとう！

年齢的《ねんれいてき》には、13歳《さい》の中《ちゅう》1少女《しょうじょ》から79歳《さい》の熟女《じゅくじょ》まで、また中《ちゅう》2少年《しょうねん》から61歳《さい》の壮年男性《そうねんだんせい》まで、多《おお》くの方々《かたがた》に読《よ》んでいただけて、本当《ほんとう》にうれしく思《おも》っています。

表紙《ひょうし》カバーの絵《え》は、「シンデレラ特急《とっきゅう》は知《し》っている」の中《なか》で、彩《あや》が好《す》きだと言《い》っている画家《がか》の描《えが》いたものです。忘《わす》れている人《ひと》は、読《よ》み返《かえ》してみてね。

またストーリー中《ちゅう》、上杉《うえすぎ》が選択《せんたく》した生《い》き方《かた》について、共感《きょうかん》や憧《あこが》れのお手紙《てがみ》が多《おお》かったのですが、中《なか》には、

「あんな過去《かこ》を持《も》った黒木君《くろきくん》を、もっとみてみたい！」

というご意見《いけん》もありました。

う〜む、黒木《くろき》は、非常《ひじょう》に動《うご》かしにくいキャラクターの1人《ひとり》なんですよね。

でも頑張《がんば》って、ご要望《ようぼう》にお応《こた》えしたいと思《おも》っています。

次作《じさく》のKZD《カッズディー》は、2017年《ねん》5月《がつ》25日《にち》（木《もく》）の発刊《はっかん》です。

タイトルは、「いつの日《ひ》か伝説《でんせつ》になる」。

8世紀《せいき》の京都《きょうと》に、わずか10年間《ねんかん》しか存在《そんざい》しなかった呪《のろ》いの都《みやこ》、長岡京《ながおかきょう》を舞台《ぶたい》に、KZ《カッズ》メンバーが事件《じけん》の謎《なぞ》を解《と》くサスペンス・ストーリーです。

すっごくおもしろい・・・予定《よてい》。

どうぞ、お楽《たの》しみに、トン！

住滝良《すみたきりょう》です。

いつも読《よ》んでいただいて、ありがとうございます。

最近《さいきん》、猫《ねこ》ブームだそうですが、住滝《すみたき》は、犬《いぬ》が好《す》きです。

それも、柴犬《しばいぬ》。

小《ちい》さな犬種《けんしゅ》ですが、人《ひと》に絶対《ぜったい》に媚《こ》びない凜々《りり》しいところがありながら、心《こころ》が通《かよ》うと、とても優《やさ》しく、深《ふか》い愛情《あいじょう》を見《み》せてくれる性格《せいかく》が、たまりません。

陽《ひ》だまりに座《すわ》り、
「ああ、温《あった》かいなぁ。」
と言《い》わんばかりに目《め》を細《ほそ》めている様子《ようす》は、愛《あい》らしすぎて胸《むね》がキュンキュンします。
柴犬《しばいぬ》を見《み》る時《とき》の、住滝《すみたき》のポイントは、尻尾《しっぽ》。
キリッと上《あ》がって、強《つよ》く巻《ま》いているのが、美柴《びしば》です。
通勤途中《つうきんとちゅう》、そんな柴《しば》を見《み》かけると、思《おも》わず立《た》ち止《ど》まり、うっとり！
時々《ときどき》は、ついていきたくなるほどです。
ああ柴犬《しばいぬ》の、ストーカーになりそう・・・です。

「事件《じけん》ノート」シリーズの次作《じさく》は、2017年《ねん》5月《がつ》発売予定《はつばいよてい》のKZ《カッズ》 Deep《ディープ》 File《ファイル》『いつの日《ひ》か伝説《でんせつ》になる』です。お楽《たの》しみに！

＊原作者紹介

藤本《ふじもと》ひとみ

長野県生まれ。西洋史への深い造詣と綿密な取材に基づく歴史小説で脚光をあびる。フランス政府観光局親善大使をつとめ、現在AF（フランス観光開発機構）名誉委員。著作に、『皇妃エリザベート』『シャネル』『アンジェリク　緋色の旗』『ハプスブルクの宝剣』『幕末銃姫伝』など多数。青い鳥文庫の作品では『三銃士』『マリー・アントワネット物語』（上・中・下巻）『新島八重物語』がある。

＊著者紹介

住滝《すみたき》 良《りょう》

千葉県生まれ。大学では心理学を専攻。ゲームとまんがを愛する東京都在住の小説家。性格はポジティブで楽天的。趣味は、日本中の神社や寺の「御朱印集め」。

＊画家紹介

駒形《こまがた》

大阪府在住。京都の造形大学を卒業後、フリーのイラストレーターとなる。おもなさし絵の作品に「動物と話せる少女リリアーネ」シリーズ（学研教育出版）がある。

この作品は書き下ろしです。

講談社　青い鳥文庫　　286-26

探偵《たんてい》チームＫＺ《カッズ》事件《じけん》ノート
学校《がっこう》の都市《とし》伝説《でんせつ》は知《し》っている
藤本《ふじもと》ひとみ　原作
住滝《すみたき》良《りょう》　文

2017年3月15日　第1刷発行

（定価はカバーに表示してあります。）

発行者　鈴木　哲
発行所　株式会社講談社
　東京都文京区音羽2-12-21　郵便番号112-8001
　電話　編集（03）5395-3536
　　　　販売（03）5395-3625
　　　　業務（03）5395-3615

N.D.C.913　318p　18cm

装　丁　久住和代
印　刷　図書印刷株式会社
製　本　図書印刷株式会社
本文データ制作　講談社デジタル製作

ISBN978-4-06-285611-9

「講談社《こうだんしゃ》 青《あお》い鳥文庫《とりぶんこ》」刊行《かんこう》のことば

太陽《たいよう》と水《みず》と土《つち》のめぐみをうけて、葉《は》をしげらせ、花《はな》をさかせ、実《み》をむすんでいる森《もり》。小《こ》鳥《とり》や、けものや、こん虫《ちゅう》たちが、春《はる》・夏《なつ》・秋《あき》・冬《ふゆ》の生活《せいかつ》のリズムに合《あ》わせてくらしている森《もり》。森《もり》には、かぎりない自然《しぜん》の力《ちから》と、いのちのかがやきがあります。

本《ほん》の世界《せかい》も森《もり》と同《おな》じです。そこには、人間《にんげん》の理想《りそう》や知恵《ちえ》、夢《ゆめ》や楽《たの》しさがいっぱいつまっています。

本《ほん》の森《もり》をおとずれると、チルチルとミチルが「青《あお》い鳥《とり》」を追《お》い求《もと》めた旅《たび》で、さまざまな体験《たいけん》を得《え》たように、みなさんも思《おも》いがけないすばらしい世界《せかい》にめぐりあえて、心《こころ》をゆたかにするにちがいありません。

「講談社《こうだんしゃ》 青《あお》い鳥文庫《とりぶんこ》」は、七十年《ねん》の歴史《れきし》を持《も》つ講談社《こうだんしゃ》が、一人《ひとり》でも多《おお》くの人《ひと》のために、すぐれた作品《さくひん》をよりすぐり、安《やす》い定価《ていか》でおおくりする本《ほん》の森《もり》です。その一さつ一さつが、みなさんにとって、青《あお》い鳥《とり》であることをいのって出版《しゅっぱん》していきます。この森《もり》が美《うつく》しいみどりの葉《は》をしげらせ、あざやかな花《はな》を開《ひら》き、明日《あす》をになうみなさんの心《こころ》のふるさととして、大《おお》きく育《そだ》つよう、応援《おうえん》を願《ねが》っています。

昭和《しょうわ》五十五年《ねん》十一月《がつ》

講談社